YR IAS YNG NGRUDDIAU'R RHOSYN

Yr ias yng ngruddiau'r rhosyn

gan

Gwyn Llewelyn

Argraffiad cyntaf: Tachwedd 2000

Ⓗ *Gwyn Llewelyn/Gwasg Carreg Gwalch*

*Cedwir pob hawl.
Ni chaniateir atgynhyrchu unrhyw ran o'r cyhoeddiad hwn,
na'i gadw mewn cyfundrefn adferadwy, na'i drosglwyddo mewn
unrhyw ddull na thrwy unrhyw gyfrwng, electronig, electrostatig,
tâp magnetig, mecanyddol, ffotogopïo, recordio nac fel arall,
heb ganiatâd ymlaen llaw gan y cyhoeddwyr, Gwasg Carreg Gwalch,
12 Iard yr Orsaf, Llanrwst, Dyffryn Conwy, Cymru LL26 0LS.*

*Rhif Llyfr Safonol Rhyngwladol:
0-86381-654-1*

Cynllun y clawr: Sian Parri

*Argraffwyd a chyhoeddwyd gan Wasg Carreg Gwalch,
12 Iard yr Orsaf, Llanrwst, LL26 0EH.
☎ (01492) 642031   📄 (01492) 641502
e-bost: llyfrau@carreg-gwalch.co.uk
lle ar y we: www.carreg-gwalch.co.uk*

*Er cof am fy nhad a mam, Owen Llewelyn a Jane Williams,
Bryn Neuadd, Tynygongl, Ynys Môn, ac am fy
nhad-yng-nghyfraith, y cyn-archdderwydd Gwyndaf,
y benthyciais o'i awdl 'Magdalen' – buddugol ym mhrifwyl
Caernarfon, 1935 – linnell yn deitl i'r nofel hon*

Diolchiadau

Y mae fy niolch yn y lle cyntaf i'r hynafgwr mwyn Michael Owen, yr olaf o fwynwyr Pilgrims Rest a'i briod hoff Rhoda, y croesawyd fi i'w haelwyd yn y Transvaal, De Affrica. Rwy'n ddiolchgar hefyd i'r prifeirdd Ieuan Wyn ac Iwan Llwyd am ganiatâd i ddyfynnu o'u gwaith, ac i'r canlynol am amrywiol bytiau gwerthfawr o wybodaeth:

Y Dr Cyril Parry, Porthaethwy; Dr Dafydd Huws, Caerdydd; Ieuan Redvers Jones, cwmni cyfreithwyr R. Gordon Roberts Laurie & Co, Llangefni; Geraint Clwyd-Jones, cwmni cyfreithwyr Parry, Davies, Clwyd-Jones & Lloyd, Llangefni; Dr Robyn Léwis, Nefyn; Rhian Medi a Victor Anderson, Swyddfa Plaid Cymru, Llundain; Richard Tudor a Ken Fitzpatrick, Pwllheli; Alfred Owen Jones, Llanbedrog; Dr Geraint Jenkins, Tregaron; Gwyn Briwnant Jones, Caerdydd; David Williams, Caer; Capten Gwyn Parry Hughes, Caernarfon; David Rogers Jones, Bae Colwyn; J.O. Jones, Porthaethwy; Huw Williams, Bangor; Handel Evans, Gwyneth Rowlands, Eluned Stephen a Diana Jones o Wasanaeth Llyfrgell Môn; Comisiwn Beddau Rhyfel y Gymanwlad, Maidenhead; yr Imperial War Museum, Llundain ac Amgueddfa Pilgrims Rest, De Affrica. Am gymorth gyda'r teipysgrif rwy'n ddiolchgar i Catherine ac Adrian Thomas, Anghenion Swyddfa Gwynedd, Porthaethwy ac i Wasg Carreg Gwalch am eu gofal a'u gwaith graenus wedyn.

Nid am y tro cyntaf, ond am y tro olaf ysywaeth, diolchaf i gyfaill cywir W.M. (Moc) Rogers, Caerdydd am fwrw golwg dros y llawysgrif, am osod toeau bach, ac am osod a chwynu yr 'n' a'r 'r' ddwbwl felldith cyn ei farw yng Nghorffennaf 1999.

Ond yn bennaf oll i Luned am ei mawr amynedd yn ystod y misoedd y bûm yn pendilio rhwng dechrau a diwedd yr

'Ni ddaw ond cenllysg Mai i guro'r hafod;
A bydd y plant yn chware ar ei rhiniog
Heb weld is pridd yr ardd y bicell finiog
Dim ond y 'N'ad fi'n angof' glas o'r rhosydd
A ddwed yfory am Olgotha'r ffosydd'

'Buddugoliaeth'
Cynan

Gwelwch hen enwau gwelwon ar gofeb
Argyfwng, a chynion
Yn naddu graen ithfaen hon
Naddu enwau newyddion.

Ieuan Wyn

Prolog

Môn, Hydref 1999

Un rhif arall a byddai'r gorchwyl drosodd. Gosododd flaen y cŷn ar y llinell. Tap-tap, tap-tap. Yn reddfol, plygodd ymlaen i chwythu'r llwch.

'Pam 'dach chi'n 'sgwennu ar y garreg, Mr Jones?'

Yr ieuengaf o'r tri phlentyn oedd hwn. Bu'n ymwybodol ers tro iddynt fod â'u hwynebau'n pwyso yn erbyn y bariau haearn ac yn pwnio'u gilydd. Ceisio magu plwc. Ar wahân iddyn nhw cafodd eitha llonydd. Ambell un yn pasio ac yn torri gair, ond neb yn holi rhyw lawer. Pawb fel pe'n gwybod beth oedd ar droed ond bod y chwilfrydedd drosodd. Roedd brath y cŷn ar y maen fel yr atalnod olaf.

'Torri enw ydw i, 'sti.'

'Enw pwy?' Cwestiwn gan yr ail y tro hwn. Bachgen gwelw gyda mop o wallt coch.

'O, rhywun oedd yn byw 'ma ers talwm, fachgen.'

'Ers talwm, ers talwm?'

Gwenodd Richard Jones. Y bychan eto. Tawedog iawn oedd yr hynaf o'r tri. Yn ôl ei bryd a'i wedd, gallai'n hawdd fod yn frawd i'r bychan. Wedi clywed yr hanes efallai, ond ddim yn ddigon siŵr o'i bethau i ofyn cwestiwn ystyrlon.

Tap-tap, tap-tap . . . Unwaith eto plygodd Richard Jones fel petai am chwythu'r llwch. Gwenodd. Mor anodd oedd ymwrthod â hen arferiad. Ni arhosai'r llwch yn yr awel ysgafn a fu'n chwythu i'w feingefn drwy gydol y bore. Cymaint haws oedd gweithio ar faen ar ei led-orwedd. Edrychodd uwch ei ben. Deunaw o enwau, siŵr o fod. Llai o gryn dipyn islaw'r bwlch.

'Ie, ngwas i, ers talwm iawn, iawn.'

'Ydyn nhw wedi'u claddu dan llawr yn fa'ma, Mr Jones, 'run fath âg yn fynwant?' Yr hynaf wedi mentro o'r diwedd. Ysgwydodd ei ben am fwy nag un rheswm. Pam talu crocbris am garreg farmor goch mewn cyfnod pan oedd arian mor brin, a phan fyddai carreg galch o chwarel Penmon wedi gwneud y tro llawn cystal.

'Na, does 'na 'run ohonyn nhw yn fa'ma wsti. Maen nhw dros y byd i gyd. A rhai yng ngwaelod y môr.'

Yn union gyferbyn â'i lygaid gwelodd enwau llefydd diarth, anodd i'w hynganu a yrrodd ias i lawr ei gefn serch na fu ar eu cyfyl erioed; ias nad oedd a wnelo hi ddim â hin bore digon mwyn yn Hydref.

'Ac mae 'na ambell un heb ei gladdu yn unman o gwbl, 'sti.'

'Be 'dach chi'n feddwl, Mr Jones.'

Clywodd sŵn car yn arafu y tu cefn iddo ac edrychodd dros ei ysgwydd.

''Na chi'r hen blant. Well i chi fynd i chwara rŵan. Gwnewch yn fawr o'r *teachers rest*. Fe fydd y gwylia ar ben mewn dim o dro. Yn ôl yn yr ysgol y byddwch chi gyda hyn.'

'Fasa' ni'n câl yr hanas gin Miss Evans 'dach chi'n meddwl?'

'Wel dyna syniad da. Gofynnwch chi iddi yr wsnos nesa.'

'Ta ta, Mr Jones.'

Dau, os nad tri llais bron yn unsain ond ddaeth neb o'r car am dipyn. Coes y rhif saith ac fe fyddai'r gwaith ar ben. Ni ddeuai'n ôl tan drannoeth i euro'r llythrennau. Fu hi'n fawr o joban i gyd. Un enw, un cyfeiriad, un dyddiad. Cystal ymestyn tipyn ar y gorchwyl a bilio am awran arall. Clywodd sŵn drws y car yn cau a'r Cynghorydd Dafydd Edwards yn ffarwelio â rhywun.

'Well heddiw Richard Jones.'

'Wel do, mi dawelodd yr hen wynt 'na.'

'Dim golwg ohonyn nhw o hyd, 'chi.'

'Sut 'dach chi'n deud?'

'Y cwch, Richard Jones, y cwch hwylio.'

Cofiodd Richard Jones fod Dafydd Edwards, yn ogystal â bod yn gynghorydd lleol yn ysgrifennydd y bad achub.

'Dwi'm 'di cael amser eto i edrach ar y papur ma' arna' i ofn. Wedi colli 'dach chi'n deud?'

'Wel fe anfonais i'r cwch allan. Yr un mawr 'chi – nid yr *inshore*. Fuo'r hogia'n chwilio tan ddau o'r gloch y bore. Dim golwg ohonyn nhw. Dim sein o ddim. Ar wahân i'r hogan 'na ar y traeth wrth gwrs . . . '

Teimlai Richard Jones y dylai ddweud rhywbeth. Anodd oedd meddwl am y geiriau priodol.

'Sobor iawn, Mr Edwards, sobor iawn.' Er mwyn ceisio pwysleisio'r dwyster na theimlai yr ail-adroddodd y geiriau. Dim ond pobl Môn all gyfleu tristwch drwy ynganu geiriau wrth anadlu i mewn.

Gosododd Dafydd Edwards ei esgid ddu ar ris uchaf y llwyfan islaw'r golofn a phlygodd ymlaen i syllu ar yr ysgythriad. Roedd diosg un het a gwisgo un arall yn dod yn naturiol iddo.

'Bron â gorffen, dwi'n gweld?'

'Wel do, fe ddaeth yn iawn, nen' tad. Dim ond mymryn o baent, dyna'i gyd.'

'Da iawn, Richard Jones. Twt iawn. Dudwch i mi, wnaethoch chi lwyddo . . . ?'

Roedd yr hanner cwestiwn fel pe'n hofran y tu allan i'w enau ond fe wyddai Richard Jones yr ateb.

'Do. Roeddwn i'n reit lwcus a deud y gwir. Roedd 'na

gryn wyth modfedd wyddoch chi rhwng y rhain a'r rhai ar y gwaelod. Bron na fase chi'n deud eu bod nhw wedi bod yn disgwyl am ragor, Mr Edwards.'

Doedd y Cynghorydd ddim yn hollol siŵr sut i gymryd y peth. Ai bod yn eironig oedd y saer maen, ynte rhyw fath o jôc ar ei gorn ef a'r ddadl y bu'n rhan ohoni oedd ei sylw. Cofiai o hyd y lle a gafodd trafodaeth y Cyngor Cymuned yn y papur bro.

'Ie, wel. Fe gofiwch mae'n siŵr fy safbwynt i ar y peth. Ond dyna ni. Na, meddwl oeddwn i . . . '

Unwaith eto gadawyd y cwestiwn heb ei ofyn.

'Peidiwch â phoeni, Mr Edwards bach. Mae 'na fwlch. Dim ond rhyw hanner modfedd mae'n wir, ond llawn digon, wyddoch chi, i ddangos nad ydio'n un o'r lleill. A ph'run bynnag, mi fydda i'n ôl yn y bore efo pot o baent aur. Fe fydd hynny'n dangos yn eglur iawn. Os leiciwch chi, mi roi rhyw dwtsh iddyn nhw i gyd tra bydda i wrthi. Mi fasa nhw'n cymryd côt o baent. Go brin fod 'na neb wedi gwneud dim iddyn nhw ers blynyddoedd . . . '

'Digon posib, Richard Jones, digon posib. Ond dim ar boen eich bywyd. Fe fydd hi'n Sul y Cadoediad gyda hyn ac rydw i am i bawb weld yn glir beth ydan ni wedi ei wneud. *Duty done*, Mr Jones, *duty done*. A fi 'di'r maer eleni, fel y gwyddoch chi . . . '

Pennod 1

Môn, Gorffennaf 1910

Rhoddodd Edward Lloyd wadn ei esgid uchel ar y garreg a gwthiodd. Ni symudodd y maen ond rhoddodd ei esgid wich. Yr esgidiau gloywon, lledr meddal a wisgai y noson honno. Roedd yn falch o'r wich; llawn cystal â'r wich o esgid unrhyw un o'i gyfeillion a glywodd yn cerdded i'w seddi yn Horeb i'r gwasanaeth dagreuol hwnnw y Sul cynt.

'Edrych, Gwen,' meddai, 'dydi'n symud dim. Mae'n rhaid fod 'na dipyn mwy ohoni o'r golwg dan ddaear.'

Roedd y garreg yn un o ddeg ar hugain neu ragor a ffurfiai'r cylch suddedig yn y ddaear o'u blaenau.

'Cytiau'r Gwyddelod maen nhw'n eu galw nhw, wsti, er dwn i ddim pam chwaith. Pam nad cytiau'r hen Gymry, neu gytiau'r Brythoniaid? Pwy sydd i ddeud mai Gwyddelod gosododd nhw yma? Maen nhw'n siŵr o fod yn filoedd o flynyddoedd oed.'

Ni ymddangosai Gwen fel pe bai'n gwrando'n astud iawn. Roedd wedi gweld y cerrig a ddynodai ffurf yr adeilad cyntefig a'r lleill oedd o'i gwmpas ddwsinau o weithiau o'r blaen a bu'n gwrando ar Edward yn damcaniaethu am eu tarddiad droeon. Roedd bron â bod yn rhan o'r ddefod o gyrraedd atynt; litani i basio heibio'r cyfnod o fwrw swildod cyn y byddai Edward yn tynnu ei gôt, yn neidio i lawr i'r cylch ac yn ei thaenu ar y llawr, fel pe bai'r syniad o eistedd i orffwys ar ôl cerdded i ben draw ponc Pant y Saer yn rhywbeth a oedd ond newydd groesi ei feddwl. Eto synhwyrai ei fod heno yn llai parod nag arfer i wneud hynny, a pha syndod?

Fe fyddai'n anodd cael noson well – hyd yn oed yng Ngorffennaf. Ymddangosai'r môr a orchuddiai'r traeth yn y pellter yn fwy gwyrdd na glas. Roedd amlinell y gorwel fel pe'n cychwyn yn union wrth droed Penrhyn y Gogarth.

'Ew, mae'n braf yma, Gwen. Diguro a deud y gwir . . . '

Arhosodd yn sydyn. Roedd hi'n ei adnabod yn ddigon da i wybod pam yr oedai, a gwyddai yntau hynny. Gwisgai ei siwt frethyn ail orau gyda gwasgod a tsiaen oriawr yn ei chroesi ac roedd llinell plyg y llodrau yn syth fel saeth. Câi Gwen yr argraff iddo fynd i gryn drafferth i berffeithio cwlwm ei dei yn y goler galed. Pan estynnodd ei law allan er mwyn ei helpu i groesi'r gamfa, sylwodd fod ei ewinedd newydd eu torri'n sgwâr a'u blaenau'n wyn.

'Ie, rhyfedd fod y Gwyddelod wedi codi tai yn y fan yma. Dim cysgod na dim. Fe fydden nhw wedi bod yn llawer gwell i lawr wrth ymyl llwybr pen clawdd ar y ffordd i fyny . . . '

'Edward, pam ydach chi'n mwydro am y Gwyddelod? Heno o bob noson. Fe wyddon ni'n dau'r hanes yn iawn i'r graddau mae unrhyw un yn ei wybod. Roeddan nhw'n byw yn y fan yma. Yn cael eu geni, yn treulio'u hoes yma, yn hela mae'n siŵr ac yna'n marw ac yn cael eu claddu dan y gromlech yn fan'cw. Does neb yn gwybod eu hanes ac, a deud y gwir wrtha' chi, Edward, does fawr o ots gen i chwaith.'

'Roeddwn i ond yn deud am eu bod nhw'n sôn fod pobl am ddod i dyllu dan y gromlech. Chwilio am hen botiau ac ati, meddan nhw. Ac esgyrn hefyd, efallai. Mae hi'n bwysig i ni astudio'r gorffennol. Hwnnw yw sail ein dyfodol ni fydda Griffiths y sgŵl yn arfer ei ddeud, fel rwyt tithau'n cofio mae'n siŵr.'

'Fe fyddwn i'n meddwl, Edward, mai'n dyfodol ni sy'n bwysig heno, nid rhyw lwyth o esgyrn. Dyma'r diwedd, yntê? Dydw i ddim yn mynd i'ch gweld chi byth eto yn nag ydw. Dyna'r gwir yntê? Pam na allwch chi gydnabod hynny?'

'Wel mi fydda i ffwrdd am sbel, Gwen. Wrth gwrs y bydda i – ychydig flynyddoedd efallai. Ond holl bwynt mynd ydi i mi allu cynnig gwell i ti pan ddo i'n ôl.'

Eisteddodd Gwen rhwng dwy garreg ar erchwyn y cylch. Roedd ei thraed yn cyffwrdd y ddaear feddal ac roedd y ddwy garreg o boptu iddi bron â chyrraedd ei cheseiliau fel breichiau cadair.

'Does 'na'r un bywyd y gallech chi gynnig i mi fyddai'n well na hwn,' meddai. Ceisiodd estyn ei ffunen boced o'i llawes heb i Edward ei gweld. Fydda i mo'i hangen hi. Dim eto. Ond roedd Edward wedi cerdded ychydig gamau oddi wrthi.

'Mae 'na fywyd gwell, Gwen. Rydw i'n teimlo'r peth ym mêr fy esgyrn. Mae'r byd yn newid. Yn newid er gwell. Nid yma cymaint. Rhyw hen anniddigrwydd sydd yma o hyd. Dwi'n siŵr y bydd glowyr y de yn mynd ar streic yn fuan iawn i gefnogi'r docwyr a Duw a ŵyr am ba hyd y bydd hynny'n para. Ond y gwledydd pell: y rheiny sy'n cynnig cyfle i bobl. Mae 'na ddarganfyddiadau newydd yn cael eu gwneud o hyd. Awyrlongau yn hedfan. Llefydd newydd yn cael eu darganfod. Mewn dim o dro fe fyddwn ni'n gwybod popeth; yn gallu gwneud popeth.'

Chwarddodd er mwyn ceisio ysgafnhau'r tyndra.

'Diawl, y diwrnod o'r blaen mi gafodd 'Nhad reid yn EY 887, car Hugh Owen, Llanddyfnan. Meddylia am y peth. Does 'na fawr o geir yn Sir Fôn 'ma i gyd. Nid fod yr hen ddyn 'cw isio un, medda fo. Mi wêl ei ddyddiau mewn poni a thrap mwn. Ond mi ydw i eisiau un Gwen. Ac mi fydda i'n prynu un cyn gynted ag y dof 'nôl. Y crandia fydd ar gael. Mi gawn ni dorri cut go iawn efo'n gilydd wedyn.'

'Nid tra bydd eich tad yn fyw. O, dwi'n gwybod eich bod chi wedi gwadu hynny ar hyd yr amser. Ond byddwch yn onest, Edward. Wnâi hi ddim o'r tro i fab Plas Mathafarn briodi merch un o'i weithwyr yn na wnâi? Synnwn i fawr nad ydi o'n falch i'ch gweld chi'n mynd er mwyn i chi gael anghofio amdana i.'

Ar ei hunion roedd hi'n edifarhau, ond roedd hi'n rhy hwyr. O'r diwedd yr oedd wedi llunio'r geiriau y bu'n osgoi eu hyngan. Neidiodd Edward i lawr ati a thynnodd hi ar ei thraed. Gafaelodd ynddi ac fe'i daliodd hi'n dynn.

'Dydi hyn'na ddim yn deg, Gwen, nac yn wir. Fe wyddost ti hynny. Mae pawb yn gwybod amdanom ni. Does gen i ddim cywilydd ohonot ti. Ti 'di'r ferch harddaf yn y gymdogaeth i gyd. A phan briodwn ni, ganddon ni y bydd y plant tlysa yng Nglanmorfa. Cadwa 'Nhad allan o hyn. Does a wnelo fo ddim â'r peth. Mae o wedi gwneud popeth i geisio 'narbwyllo i beidio a mynd. Mi wyddost ti hynny. Ond rydw i wedi deud yr un peth wrtho fo ag ydw i wedi ddeud wrthat ti o'r cychwyn. Rŵan ydi'r amser i fynd. Diawl, pe bawn i ddim yn bwriadu dod yn ôl, fe fyddwn i'n dy briodi di'n syth ac yn mynd â thi efo mi.

Ceisia ddeall, mae'n rhaid i mi gael yr ysfa yma allan o 'nghroen. Wedyn fe alla i gartrefu, ac fe wna i. Wedi'r cwbwl, fyddwn i'n ffŵl i beidio. Mae Plas Mathafarn yn ffarm dda. Yn ffarm fawr. Ac mae ganddom ni gynlluniau i'w ehangu hi. Rhyngot ti a mi, unwaith yr aiff yr hen Wmffra Jones sy'n ffarmio drws nesa, fe brynwn ni'r tir. Bydd tir y plas yn estyn yr holl ffordd i lawr at y clogwyn wedyn. Fe fyddwn i'n wirion iawn i beidio â dod yn ôl. Ond does dim yn anarferol yn yr hyn dwi'n ei wneud. Mae 'na gannoedd, miloedd o ddynion ifanc yn mynd i wledydd pell. Meddylia am y criw 'na aeth i Dde America yn y ganrif ddwytha'. Cannoedd o Gymry o ganol cefn gwlad Sir Feirionnydd ffor'na, ac ambell un o ffordd hyn hefyd. Dwi'n gwybod na chawson nhw 'r hyn yr oeddan nhw'n ei ddisgwyl yn ôl pob sôn, ond ma' 'na filoedd wedi mynd i'r Mericia ac wedi'i gneud hi'n iawn, a rhai hyd yn oed yn Awstralia, er mai i ganol carcharorion yr aethon nhw mae'n debyg.

Mae 'na ffortiwn i'w gwneud, Gwen, dim ond i rywun ddewis ei wlad yn ddoeth. Dyna pam rydw i am fynd i Dde Affrica. Cyn i mi gyrraedd yno mi fydd y wlad yn rhan o'r Ymerodraeth Brydeinig. Meddylia am y peth. Fyddan nhw'n ddim gwahanol i ni wedyn! A sôn am aur! Roedd y bechgyn 'na o Sir Gaernarfon wnes i gyfarfod yn ffair y Borth y llynedd yn dweud fod llythyrau yn dod yn ôl i Gwm y Glo yn sôn am ddarnau cymaint â 'mawd i yn syrthio allan o'r graig. Ac nid rhyw freuddwyd gwirion fel mynd i chwilio am aur yn y Klondyke ers talwm lle mae hi'n ddieflig o oer ydi mynd i Dde Affrica. Tydi dynion gwyn yn gorfod gwneud fawr ddim – y bobl dduon sy'n gwneud y gwaith caled i gyd. A ph'run bynnag, mae 'na beiriannau modern yn dod i mewn rŵan. Maen nhw'n bell ar y blaen i ni 'sti. Beth sydd gin ti yn Sir Fôn i arbed gwaith? Dim ond ambell i dractor a dyrnwr mawr sydd wedi gweld dyddia gwell, dyna'r cwbwl.'

Oedodd Edward. Sylweddolodd ei fod wedi mynd ar gefn ei geffyl eto. Roedd Gwen yn ei freichiau o hyd. Sylwodd fod ei llygaid yn llaith.

'Mi wna i fy ffortiwn, Gwen.'

'Beth wnewch chi golli, Edward? Ar wahân i mi wrth gwrs!'

'Mae 'na gymaint fydda i'n golli. Wrth gwrs fod 'na. Y ti yn fwy na dim, ond cyfeillgarwch y bechgyn hefyd. Twm, Ty'n Ffridd; Ned, Cae Bach; Dic, Pen Goetan. Colli mynd i'r ffeiriau cyflogi. Pethau bach fel y boddhad mae rhywun yn ei gael wrth besgi lloi ac wrth weld cnwd yn tyfu ar ôl hau. Y boddhad mwya' debyg ydi gwybod fod y Plas 'cw'n ffarm sy'n talu. 'Y 'nhad a'i gwnaeth hi wrth gwrs, a 'nhaid o'i flaen ond rŵan ein bod ni'n datblygu'r busnes blawdiau ar ôl iddyn nhw agor steshion Traeth Coch y llynedd, mi alla ni ddal ati a thyfu eto. Wyt ti'n gweld Gwen, mi ddo i'n ôl. Mae 'na ddyletswydd arna i. Fedra i ddim cefnu ar hyn i gyd.'

'Mi fyddan nhw'n eich colli chi yn y capel hefyd, Edward. 'Taech chi'n aros fe fyddech chi'n arolygwr yr ysgol Sul mewn dim o dro. A chyn hir mi fyddech chithau'n flaenor fel eich tad – cyn i chi fod yn bump ar hugain o bosib. Glywsoch chi mo Mr Williams y gweinidog yn deud nos Sul y dylech chi fod wedi mynd i'r coleg hyd yn oed?'

'Mi golla i'r capel mi wn. Mae 'na griw da yn Horeb. Ac mi fydda i wrth fy modd yn dadlau yn y dosbarth ysgol Sul. Ond rhyw hen ddadlau er mwyn dadlau ydi o. Mae ganddon ni lawer iawn i fod yn ddiolchgar amdano. A'r hen lyfr sy'n iawn yn y diwadd. Mi â i â'r Beibl roddodd Mr Williams i mi efo mi beth bynnag. Mi ddaru o sgwennu ynddo fo 'sti: adnod o'r drydedd salm ar hugain. Geiriau braidd yn drwm falle ond un felly ydi Mr Williams fel y gwyddost ti, "Ie, pe rhodiwn ar hyd glyn cysgod angau, nid ofnaf niwed: canys yr wyt ti gyd â mi; dy wialen a'th ffon a'm cysurant".'

Edrychodd i lawr arni. Roedd ei gwallt wedi ei dynnu'n dynn y tu ôl i'w phen. Roedd broetsh du ynghanol coler uchel ei ffrog. Wrth gerdded y tu ôl iddi ar hyd llwybr pen clawdd bu'n dotio at ei fferau yn y sanau duon pan godai ei ffrog laes o dro i dro i wneud y cerdded yn haws. Hoffai ymchwydd ei llwynau yn ymledu dan blygiadau'r ffrog a syrthiai o'i chanol cul. Tynnodd hi ato a thrwy drwch ei ddillad hafaidd aeafol credai ei fod yn gallu teimlo ei bronnau deunaw oed yn gwthio yn ei erbyn.

'Dwi'n dy garu di, Gwen,' meddai. 'Cofia hynny. A tha waeth beth ddigwydd, fe fydda i'n dal i dy garu di.'

Trodd ei hwyneb tuag ato a chusanodd y gwefusau llawn. Teimlai leithder ar ei foch ac yr oedd blas halen yn ei geg. Estynnodd ei law y tu ôl i'w phen a thynnodd y crib o'i gwallt. Arllwysodd y llywethau golau yn is na'i hysgwyddau. Yn fwy diweddar na'i arfer, tynnodd ei gôt a gosododd hi ar lawr. Gorweddodd y ddau arni ar y gwair cwta. Dwy droedfedd islaw arwynebedd ponc Pant y Saer byddai'n rhaid dod o fewn llathen neu ddwy i gwt y Gwyddelod cyn y gellid eu gweld. Cusanu a siarad am yn ail. Siarad a chusanu. O'r ddau, roedd hi'n haws cusanu. Roedd y mân siarad yn straen. Yr ymwybyddiaeth o'u gwahanu fel islais i bob ymgom. Er mwyn osgoi geiriau âi'r cusanau yn fwy tanbaid. Cordeddai eu tafodau y naill am y llall. Eu hanadlu'n prysuro. Roedd gwres yn ymateb Gwen i'w gusanu – rhyw danbeidrwydd na theimlodd Edward o'r blaen yn ei hymateb i'w gyffyrddiadau. O'r blaen bu'n gwthio ei ddwylo o'r neilltu dan chwerthin, ond y noson honno ni cheisiodd ei rwystro, ond doedd dim o'r hen ysgafnder ychwaith yn ei hymateb i'w anwes. Gorweddodd arni a gwyddai wrth iddi wthio yn ei erbyn ei bod yn ymwybodol o'r cyffro yn ei lwynau. Tynnodd Gwen y froetsh a gaeai wddf ei blows a chan fwmian rhywbeth am ofalu peidio â'i golli ymbalfalodd am boced ei siaced a dododd hi yno i'w chadw yn ddiogel. Yn y man datododd Edward fotymau mân ei blows yn betrus, fesul un. Estynnodd ei law drwy haenau cotwm esmwyth a dilyffethair y dillad isaf. Tynnodd ei anadl yn sydyn pan sylweddolodd fod cledr ei law ar ei bron noeth. Rhyfeddodd fod plygiadau ei gwisg yn gallu celu cymaint. Symudodd ei ben i lawr a theimlodd hi'n ochneidio wrth iddo roi ei geg am y pigyn cnawd tywyll. Dan wasgfa ei fysedd teimlodd flaen y fron arall yn caledu i'w gyffyrddiad. Aeth yn ôl i gusanu ei cheg. Deuai sŵn o'i gwefusau na chlywodd Edward o'r blaen. Rhyw angerdd, rhyw ias, a'i dychrynai braidd. Gwthiodd ei ben-glin yn araf i hollt y ffrog laes rhwng ei choesau. Ni theimlodd unrhyw wrthwynebiad. Mentrodd ymhellach. Yn raddol, gan ymateb i'w bwysau, teimlodd Gwen yn codi ei chluniau i ryddhau'r defnydd. Wrth wneud, llithrodd y ffrog yn ôl dros ei phengliniau. Gallai weld ble gorffennai'r sanau du. Roedd yn amlwg fod y syndod yn eglur ar ei wyneb. Chwarddodd Gwen.

'Fe gewch chi dwtsiad. Roeddwn i'n sylwi wrth groesi'r gamfa fod eich ewinedd chi'n lân! Ond dim ond cyffwrdd cofiwch.'

Nid oedd erioed wedi caniatáu hyn iddo o'r blaen. Teimlodd ei lleithder â'i fysedd. Anwesodd hi yno. Clywai hi yn ochneidio. Cyn hir, teimlodd ei bod yn bryd iddo geisio symud ei llaw tuag ato.

'Na, Edward, peidiwch.'

'Ond Gwen, alla i ddim peidio. Mae hyn yn rhywbeth sydd i fod i ddigwydd.'

'Plîs Edward! Rydw i'n eich caru chi ond ddylen ni ddim. Ac fe wnaethon ni benderfynu . . . '

'Ond roedd hynny cyn i bethau newid, Gwen. Cyn i mi feddwl mynd i ffwrdd. Mae hyn yn wahanol. Rhaid i ni Gwen. Rhaid i ni. Alli di mo ngwrthod i. Dim heno, ac nid ar ôl i ni fynd mor bell â hyn. Gafael yna i Gwen.'

Gyda mwy o rym nag a fwriadodd gafaelodd yn ei garddwrn a theimlodd hi'n gwingo, nid gan angerdd bellach ond gan boen.

'Peidiwch Edward, rydach chi'n fy mrifo i.'

Gollyngodd ei garddwrn ac agorodd y botymau ei hun.

'Edrych arna' i Gwen. Edrych beth wyt ti'n ei wneud i mi. Rydw i dy eisiau di. Ac rwyt ti fy eisiau innau. Wrth gwrs dy fod ti. Paid â chwarae â nheimladau i. Fe fyddwn ni'n dau yn cofio hyn wedi i mi fynd fel rhywbeth . . . Fel rhywbeth perffaith. Dydw i ddim yn mynd i adael i ti 'ngwrthod i.'

Ceisiodd Gwen gau ei phengliniau. Yn ofer ceisiodd wthio ei pheisiau i lawr. Yn sydyn, teimlodd frath o boen. Pigiad sydyn, rhyw lawnder a gipiodd ei hanadl. Hercio gwyllt na pharodd ond eiliadau. Yna llonyddwch anesmwyth. Hwnnw ac nid y boen, na'r weithred fyrhoedlog y byddai Gwen yn ei gofio. Gorweddodd Edward yn fud arni nes bod ei bwysau bron â'i llethu. Ystwyriodd hithau oddi tano. Yn y diwedd symudodd i orwedd ar ei wyneb wrth ei hochr.

'Mae'n ddrwg gen i Gwen.'

Roedd ei lais yn floesg, ei wyneb yn gorffwys ar ei freichiau, y môr pell yr un mor llonydd ond bod ei wastadedd bellach yn edrych fel plwm, a doedd amlinell y gorwel ddim hanner mor bendant ag o'r blaen. Gwen dorrodd ar y tawelwch.

'Pryd ewch chi?'

Roedd yn falch fod y distawrwydd drosodd.

'Trên cynta bore fory. Mae Mam wedi pacio i mi'n barod. Wyddost ti fel rydach chi'r merched. Rhyw hen ffýs a ffwdan. Trwnc anferth efo strapia yn ei gau o. Deud y gwir, roeddwn i wedi meddwl mynd i Bentraeth heddiw i ddeud wrthyn nhw yn Cloth Hall na fydda i ddim isio'r beic wedi'r cwbwl. Roeddwn i wedi rhoi *order* am un newydd 'sti. Chwe phunt. *Hercules* gwyrdd. *Sturmey Archer three speed*, brêcs *roller lever, oil bath gerces*, crand ofnadwy . . .'

Tawodd yn sydyn. Ni ddylai frolio y byddai wedi talu chwe phunt am feic. Mwy na chyflog mis i'w thad o bosib. Ond roedd fel pe bai'r llifeiriant geiriol yn angenrheidiol fel rhagymadrodd i'r unig beth oedd ar ei feddwl.

'Wyt ti'n iawn, dwyt ti? Wyddost ti beth 'sgin i. Ddigwyddith 'na ddim ar ôl . . . Ar ôl beth wnaethon ni?'

'Ar ôl beth wnaethoch chi, 'dach chi'n feddwl.'

Gwingodd Edward wrth glywed y tinc ceryddgar yn ei llais. Edrychodd draw. Daliai Gwen i deimlo brath y trywaniad ciaidd pan feddiannodd ef hi. Nid oedd yn siŵr a hoffodd y peth ai peidio. Ni allai ddisgwyl i gyrraedd adre i gael archwilio'i dillad. Byddai'n rhaid gwneud cyfle rhywsut i gael llonydd i'w golchi.

'Fe fydda i'n iawn. Peidiwch â phoeni dim amdana' i. Ble wedyn? O steshion Traeth Coch dwi'n feddwl.'

'Trên i Bentre Berw. Newid yn fan'no. Newid yng Nghaer

ac wedyn trên arall i Rock Ferry. Wedyn trên i Lerpwl a chwilio am Pier Head. *Warwick Castle* ydi enw'r llong. *Union Castle*. Mae'r ticed gen i'n barod. *Steerage*. Pan sylweddolodd 'mod i o ddifri ac nad oedd dim iws iddo fo drïo fy stopio i, roedd 'Nhad am roi pres i mi gael *second class*, ond rydw i'n gwybod y bydd yn rhaid i mi ei ryffio hi rhyw ben, felly waeth i mi ddechrau'n syth ai peidio.

'Wyddost ti, rhaid i ni fynd ne' fydd dim modd ffendio'r llwybr.'

Y frawddeg wedi ei dweud. Yr hud wedi'i dorri. Ceisiodd y ddau gael gwared â'r gwair a'r brigau mân oddi ar ddillad ei gilydd orau y gallent yn y gwyll. Erbyn cyrraedd llwybr pen clawdd, roedd hi'n rhy dywyll i Edward sylwi bod dagrau yn llifo i lawr gruddiau Gwen.

'S.S. Warwick Castle'
Union Castle Line
Cape Town
De Affrica

1af o Awst 1910

Fy Annwyl Rieni,

O'r diwedd dyma fi yn anfon atoch fy nghyfarchion o ochr arall y byd. Cyraeddasom ddoe i olwg Table Mountain y clywais gymaint sôn amdano, ac yn wir o hirbell ymddengys yn fynydd mawreddog. Yr oedd cymylau gwynion yn gorchuddio ei gopa gan ei ymdebygu i liain y bwrdd ar nos Sul y Cymundeb yn Horeb. Erbyn heno rydym wrth angor yn y 'roads' fel y gelwir y peth, sef yr hyn sydd yn arferol fe ymddengys i ddisgwyl i brysurdeb y porthladd ysgafnhau fel y caniateir ni at y lanfa gyda thoriad gwawr yfory.

Mawr hyderaf ddarfod i chi dderbyn fy ngherdyn post o Ynysoedd y Canary yn sôn am enbydrwydd y stormydd a'n goddiweddodd ym Mae Biscay. Fe'm sicrhawyd y dodid y cerdyn yn dangos peth o odidowgrwydd yr ynysoedd ar fwrdd un arall o agerlongau cwmni yr 'Union Castle' a fyddid rhag blaen yn dychwelyd i Brydain Fawr. O'r Canary Islands, lle caniatawyd ni i'r lan a lle rhyfeddasom at ddail y coed palmwydd gwyrddlas tra oedd y llong yn codi glo i gadw ager yn y bwyleri, hwyliasom yn fwy esmwyth, gyda'r hin yn tyneru wrth i ni ddynesu i foroedd y dehau.

Yr wyf yn falch i mi fanteisio ar eich caredigrwydd parthed mater y tocyn. Cefais olwg ar amgylchiadau y trueiniaid yn y steerage class. Nid oedd yn nice o gwbl. Yn y second class rwyf wedi cael cwmni gŵyr a gwragedd bonheddig. Diolchaf i chi hefyd am eich rhodd ariannol hael a'm galluoga i ganfod lodgings yn Cape Town ac i ymsefydlu fy hun yn y Transvaal pan gyrhaeddaf yno. Deallaf fod train service cyson oddi yma i ddinas Pretoria tua gogledd y wlad.

Ydwyf, yn gywir, eich mab
Edward

'S.S. Warwick Castle'
Union Castle Line
Cape Town
De Affrica

1af o Awst 1910

Fy Annwyl Gwen,

O'r diwedd dyma fi yn anfon fy nghyfarchion atat dan sêl o ochr arall y byd. Cyraeddasom ddoe i olwg Table Mountain y clywais gymaint sôn amdano, ac yn wir o hirbell ymddengys yn fynydd mawreddog. Yr oedd cymylau gwynion yn gorchuddio ei gopa gan wneud iddo edrych fel gwely mawr yn disgwyl i'n croesawu i gyd orwedd arno. Erbyn heno rydym wrth angor yn y 'roads' fel y gelwir y peth, sef yr hyn sydd yn arferol fe ymddengys i ddisgwyl i brysurdeb y porthladd ysgafnhau fel y caniateir ni at y lanfa gyda thoriad gwawr yfory.

Ni chefais amser i gyfansoddi llythyr i ti o'r Canary Islands yn sôn am enbydrwydd y stormydd a'n goddiweddodd ym Mae Biscay ar y ffordd tuag yno. O'r Canary Islands, lle caniatawyd ni i'r lan a lle rhyfeddasom at ddail y coed palmwydd gwyrddlas tra oedd y llong yn codi glo i gadw ager yn y bwyleri, hwyliasom yn fwy esmwyth, gyda'r hin yn tyneru wrth i ni ddynesu i foroedd y dehau.

Bûm yn meddwl llawer amdanat yn ystod y fordaith ac yn ail-fyw ein profiadau tangnefeddus. Nid oedd yr amodau yn y steerage class lle teithiwn gyda bechgyn cyffredin fel minnau yn gyfforddus iawn. Yr oedd yno lawer o Wyddelod a'u bryd fel minnau ar wneud eu ffortiwn yn y gweithfeydd aur. Nid wyf yn siŵr beth fydd yn fy nisgwyl pan laniwn yfory ond rhywsut bydd yn rhaid i mi geisio canfod fy ffordd oddi yma i'r Transvaal sydd mewn rhan gwyllt o ogledd y wlad. Fe ysgrifennaf eto pan gyrhaeddaf yno ond ofnaf nas gwn pa bryd y bydd hynny.

Fy nghofion cariadus atat
Edward

Pennod 2

Sydney, De Cymru Newydd, Ebrill 1999

Safai Mike Dawson yn ffenestr ei fflat uwchlaw Bae Watson. Daliai lythyr yn ei law, ond dros y dŵr tua'r tês a Sydney yr edrychai. Yno roedd yr adeiladau a'r tyrau pigfain. Pe gwerthai'r fflat byddai'n gaffaeliad gallu honni ei bod yng ngolwg y Tŷ Opera yr oedd cymhlethdod ei bensaernïaeth yn parhau'n ddirgelwch iddo. Ai wyth cragen ynte deg a welai? Câi'r un broblem wrth edrych arno o'r cyfeiriad arall, drwy ffenestr ei swyddfa uchel yn Macquarie Tower. Teimlai bob tro fod cragen neu ddwy yn chwarae mig rhywle ymhlith y lleill. Yr amwysedd, fe dybiai, a wnaeth yr adeilad yn un o saith rhyfeddod y byd modern. I feddwl na ddaeth Joern Utzon byth yn ôl i weld ei gampwaith. Ac eto gellid hawdd deall fod drwgdeimlad ar y pryd ac y byddai pensaernïaeth mor chwyldroadol wedi peri arswyd i ambell un yn 1973. Yn nechrau'r nawdegau y daeth Mike Dawson i Sydney a meddwi ar swyn y lle mewn dim o dro. Yn ddiddadl, roedd yn un o'r dinasoedd mwyaf cyffrous yn y byd. Y fwyaf a'r hynaf o ddinasoedd gwlad a oedd yn dal i'w chael ei hystyried yn newydd gan weddill y byd. Roedd ei chyffro yn gafael, ei hegni yn cynhyrfu'r synhwyrau. Gwlad i bobl ifanc.

Ac eto penderfyniad doeth, toc wedi iddo sefydlu ei gwmni a mentro llogi swyddfa yn y tŵr yn Macquarie Street fu'r dewis i fyw ar draws y dŵr ym Mae Watson. Anodd yn fynych, ar derfyn diwrnod o waith, fyddai llusgo ei hun o gyffro'r ddinas. Trafferthus hefyd, yn amlach na pheidio, oedd dal y fferi. Ond bu'n ffodus iawn. Fel y cyfreithiwr a weithredodd ar ran yr adeiladwyr oedd â'u llygaid ar ddatblygu'r llain o dir uwchlaw'r môr ym Mae Watson rhoddodd yr argraff mai talcen caled fu ennill pob brwydr i sicrhau caniatâd cynllunio. Mewn gwirionedd bu'n rhyfeddol o hawdd gan y cytunai â'r polisi na ellid codi adeiladau i'r entrychion yn y fan hon. Roedd hynny'n plesio'r awdurdod cynllunio a'i wobr gan yr adeiladwyr fu cael dethol o blith y fflatiau gorffenedig. Dewisodd un a wynebai'r môr wrth reswm, a gellid dadlau mai'r safiad hon oedd yr orau un. Ffenestri dwbwl yn ymestyn hyd dau bared. Roedd ei gwerth eisoes wedi cynyddu ar ei chanfed bron.

Dilynodd lwybr awyren ar hyd yr awyr las. Prin y gellid gwahaniaethu rhwng y ddwy linell wen adawai ar ei hôl wrth iddi hedfan tua'r gogledd. Cyn nos dichon y byddai ar gyfandir arall. Yna trodd ei gefn ar y ffenestr. Roedd y llythyr yn ei law o hyd. Crychodd ei dalcen a thaflu un edrychiad arall arno cyn ei roi yn nrôr uchaf ei ddesg. Yr hen deimlad 'na o anniddigrwydd eto. Ar y carped trwchus ni allai glywed ei sŵn ei hun yn cerdded at y cwpwrdd pren rhosyn lle cadwai'r gwirodydd. Hanner awr wedi dau'r prynhawn. Rhy hwyr a rhy gynnar am gin a thonic. Fyddai hi ddim yn hir, siawns. Amser am win oedd hi. Caeodd y dorau gwydr ac aeth drwodd i'r cefn. Un o ddau fath o gegin sydd gan ddynion di-briod. Rhai a'u blerwch yn ddiarhebol neu rai mor ddestlus nes bod yn antiseptig bron. Honno oedd anian Mike Dawson. Disgleiriai pelydrau'r haul yn llafnau hirion drwy'r llenni *venetian* ar ddur di-staen oedd yn adlewyrchu ei symudiadau wrth iddo agor drws y rhewgell. Dewisodd botel o *Cloudy Bay*. Serch ei fod yn byw mewn gwlad a gynhyrchai winoedd gyda'r gorau yn y byd câi ei win gwyn o winllannoedd Seland Newydd. Doedd yr un i guro *Cloudy Bay, Sauvignon Blanc, 1993*. Agorodd hi ac estyn am un o'r rhes o wydrau crisial, hirgoes. Anweddodd yn syth pan roddodd ef i sefyll ar y bwrdd.

Tywalltodd y gwin a dychwelodd at y ffenestr. Fe'i

gwelodd hi bron ar unwaith. Y llywethau tywyll yn drymion uwchlaw'r ffrog wen gwta. Y coesau hirion yn brasgamu'n osgeiddig mewn sandalau sodlau uchel o gyfeiriad y fferi a fyddai'n dal ynghlwm wrth y lanfa am funud neu ddau arall cyn dychwelyd ar ei siwrne ddiddiwedd yn ôl a blaen i Circular Quay. Ymgorfforiad o un o ferched dinas yn yr haul. Ni pheidiai â rhyfeddu at ei phrydferthwch. Roedd yn drawiadol, hyd yn oed ar balmant dinas a oedd yn gyforiog o ferched hardd. Carlamodd ei galon fymryn wrth ei gweld. Teimlodd yr hen ystwyrian cyfarwydd yn ei lwynau. Go brin y parhâi'r berthynas yn hir. Ac eto, y tro hwn, tybed? Gwenodd wrth gymryd dracht o'r gwin fel y clywodd rybudd y peiriant a agorai'r drws.

'Rydw i ar fy ffordd . . . ' Daeth y llais drwy'r blwch siarad yn y pared ac mewn eiliadau bron clywodd ei hallwedd yn y drws. Nid oedd Justine, mwy nag yntau, wedi ei magu yn Sydney ond roedd ganddi'r un brwdfrydedd ac egni i anwesu'r bywyd bras. Ar ôl rhoi'r gorau i fod yn weinyddes i Quantas cafodd swydd gyda chwmni cysylltiadau cyhoeddus. Yn y man, sefydlodd ei chwmni ei hun.

Aeth Mike Dawson yn ôl at y rhewgell i lenwi'r gwydraid arall a gadwodd yn ei law. Wrth ddod drwy'r drws taflodd Justine ei bag oddi ar ei hysgwydd i gyfeiriad y soffa ledr wen a datododd gadwyn lliw aur ei gwregys. Ni ddywedodd air ond estynnodd ei dwylo y tu ôl i'w chefn am eiliad cyn ymestyn ei breichiau o'i blaen. Ysgydwodd ei hun a llithrodd y ffrog o frodwaith ysgafn tuag ato oddi ar ei hysgwyddau. Gwasgai ei breichiau ei bronnau brown at ei gilydd. Gwnâi i'w hymchwydd ymddangos yn ddwbwl eu maint ar lwyfan y Gossard gwyn. Syrthiodd y ffrog at ei thraed. Drwy ddefnydd tryloyw'r mymryn trionglog oedd yn weddill amdani gallai weld cysgod y tusw tywyll yn codi'n llinell gul o'i bru. Ni ddywedodd Justine yr un gair, dim ond sodro ei llygaid mawr arno islaw llinellau perffaith ei haeliau. Gwenodd wrth gamu o'r ffrog ffasiynol, ddrud, a oedd yn dwmpath di-siâp o gylch ei thraed a dynesodd y coesau hirion tuag ato ar sodlau uchel y sandalau gwynion gyda'r byclau aur.

Cymerodd Mike Dawson ddracht o'i win heb dynnu ei lygaid oddi arni ac estynnodd y gwydryn arall iddi hi. Bron cyffwrdd â'i gilydd, ond yn cadw ar wahân, yfodd y ddau. Mwmian ei gwerthfawrogiad o flas y gwin oedd yr unig sŵn a wnaeth tra'n gwthio strapiau'r bra oddi ar ei hysgwyddau gyda'i llaw arall. Fesul un, cododd ei bronnau nes bod y blaenau tywyll yn dod i'r golwg. Roedd eu hawydd yn rhythu arno. Daliodd i ymatal. Bu yma o'r blaen. Doedd y gêm ond megis dechrau. Gwyddai hithau hynny. Doedd dim brys ar y naill na'r llall. Yr oedi oedd rhan o'r mwynhad. Gosododd ei llaw fel cwpan am ei afl. Eu cyffyrddiad cyntaf. Yn araf, araf aeth ar ei chwrcwd heb unwaith dynnu ei lygaid oddi ar ei wyneb. Gosododd y gwydryn a'i weddillion ar y bwrdd isel oedd yn awr o fewn ei chyrraedd.

Agorodd ei drowsus ac ar amrant bron roedd ei dwylo'n llawn. Tylinodd y cnawd blysiog â'i bysedd blaenllym, lliw cwrel. Yn ffigurol yn ogystal, roedd yn gyfangwbl yn ei dwylo. Serch ei bod ar ei gliniau o'i flaen, yn dal i edrych i fyny arno gyda'i hanner gwên gellweirus, teimlai Mike rhywfodd nad oedd ef â rhan yn y gweithgareddau. Cadwai reolaeth ond nid ef a reolai. Dros dro, nid oedd y rhan o'i gorff yr oedd hi yn ei anwesu yn rhan ohono ef. Diwallu ei hangen hi ei hun a wnâi. Y merched fu â'r hawl i dderbyn neu i wrthod erioed – o'r Tŷ Gwyn i'r 'bwthyn to cawn' – 'tae nhw ond yn dewis sylweddoli hynny. Nid oedd lleisiau benywaidd huawdl diwedd yr ugeinfed ganrif, ac Awstraliaid fel Germaine Greer yn eu plith, wedi darganfod dim newydd. Tybed yn wir a fu rhyw gynllwyn oesol ar waith i gelu sawl gwirionedd? Drwy gydol ei wrs i'w gymhwyso'n gyfreithiwr, ni ddywedwyd wrtho erioed mewn cymaint o eiriau y byddai disgwyl iddo lurgunio'r gwirionedd yn awr ac yn y man yn ôl yr angen. Hyd y gwyddai, ni roddid cyfarwyddyd ffurfiol fel rhan o gwrs ordeinio offeiriaid y byddai'n rhaid treulio oes mewn coler gron yn arddel ofergoel. Yn yr un modd y gwyddai pob dyn yn y bôn mai yn nwylo'r merched y bu'r awenau drwy'r oesoedd. Yn nwylo, a bellach yng ngenau Justine, yr oedd y grym eithaf. Y hi oedd meistres y ddefod.

Tynnodd ar y cnawd a rhedodd ei thafod o flaen ei fin i'w waelod. Clywai ei hanadl yn cyflymu. Yn gyflym, rhag cyrraedd penllanw cyn pryd, diosgodd Mike ei ddillad i gyd. Gafaelodd yn y llinyn tenau oedd yn diflannu i rych ei thin ac ar amrant yr oedd hithau'n noeth. Safodd y ddau am ennyd o flaen y ffenestr uchel yn cusanu'n ddwfn. Agorodd ei choesau i'w fysedd. Nid am y tro cyntaf rhyfeddodd fod dyhead merch yn gallu cynhyrchu cymaint o leithder.

Cyn ildio i'r demtasiwn i'w rhoi i orwedd ar y carped lliw arian arweiniodd hi i'r ystafell wely. Ei dro ef yn awr. Penliniodd wrth droed y gwely llydan. Y cyfan a welai oedd yr agen iach o gnawd lliw rhosyn yng nghanol y düwch cras wrth waelod yr unig lecyn gwyn oedd yn weddill ar ei chorff gwinau. Plannodd ei wyneb ynddi. Chwaraeodd â chraidd ei dyhead gyda blaen ei dafod. Sugnodd o'i lleithder. Teimlodd hi'n gafael yn ei wallt. Yn ei dynnu ati. Gwthiodd ei dafod iddi. Rhywsut fe lwyddai Justine yn ddi-feth i gyfleu pan fyddai'n barod amdano. Cododd, a rhoddodd ei ddwylo oddi tani. Llusgodd hi hyd y cwrlid yn ei erbyn a phlymiodd i'w dyfnderoedd.

Cyn diwedd y prynhawn roedd ail botel win yn wag. Roedd y ddau yn llwglyd. Yn hytrach na mynd yn ôl eu bwriad am bryd i un o'r gwestai crand yn Sydney penderfynasant fanteisio ar un o atyniadau gorau'r fro a oedd o fewn tafliad carreg. Adwaenai Mike y perchennog, a heb fawr o drafferth cafodd fwrdd i ddau yn *Doyles on the beach*. Roedd y bwyty'n llawn erbyn iddynt gyrraedd. Ond roedd hynny i'w ddisgwyl. Nid heb gryn ddylanwad y ceir bwrdd ar fyr rybudd yn un o sefydliadau gastronomaidd mwyaf adnabyddus Awstralia. Twristiaid, fel arfer, oedd y rhan fwyaf o'r cwsmeriaid. Cafodd Mike y teimlad hunanfodlon arferol wrth sylwi fod y rhan fwyaf o'r dynion yn llygadrythu ar y ferch a gerddai o'i flaen. Tae nhw ond yn gwybod . . . Arweiniodd y gweinyddwr hwy rhwng y byrddau nes cyrraedd erchwyn y llwyfan ger y traeth lle'r oedd hi'n bosibl cyffwrdd a'r tywod â blaen troed.

'Rhagor o win?' gofynnodd.

'Mewn munud. Beth am hanner dwsin o wystrys i gychwyn?'

Cyrhaeddodd y blasusfwyd a chwarddodd y ddau wrth gyfleu gyda'u llygaid a'u tafodau brofiad mor synhwyrus yw bwyta pysgod cregyn. Câi Mike ei atgoffa fod natur yn gallu atgynhyrchu ffurf a blas ei chreadigaethau gorau o'r pethau mwyaf annisgwyl!

Dros y dŵr deuai goleuadau'r ddinas ynghyn fesul un. Dilynai un gadwyn amlinell bell y bont dros yr harbwr. Cyn hir sylwodd Justine fod Mike yn annodweddiadol dawel.

'Oes rhywbeth yn dy boeni di?'

'Dim wir. Fe fyddai'n gywilydd i unrhyw un deimlo yn anhapus yn Sydney.'

'Ond?'

'Weithiau wyddost ti, fe fydda i'n teimlo fod bywyd yn rhy dda. 'Sgwn i alli di ddeall? Mae gen i bopeth. Swydd dda. Yr holl *drapings* – B.M.W. fydda i bron byth yn ei ddefnyddio. A wyddost ti, fe gefais i gadarnhad y diwrnod o'r blaen fod yr Harley wnes i ordro ar y ffordd o'r *States*.'

'Wow! Cool. Fe eith hwnnw â thi allan o'r ddinas. Meddylia am y peth. Beic mawr mewn gwres. Y gwynt yn dy wallt. Barrier Reef, Uluru, y cyfandir i gyd. Dim tebyg i hynny i gael gwared â'r felan.'

'Mae'n bosib dy fod ti wedi cyffwrdd â rhywbeth. Dyna'r pwynt yntê? Rydan ni'n gaeth i'r cyfandir 'ma. O, mi wn ein bod ni'n dau wedi crwydro. Ti yn arbennig yn dy ddyddiau efo Quantas. Fe es innau rownd y byd rhwng coleg a gweithio. Ond yn y diwedd yn ôl yma rydan ni, am weddill ein hoes, fwy na thebyg.'

'O, tyrd Mike, dyna ydi cŵyn pawb – yma ac yn Seland Newydd. A meddylia am y miloedd sydd ddim mor ffodus â ni. Heb fod â'r modd i fynd. Yma y byddan nhw am byth. Waeth iddyn nhw heb â chwyno. Ac yn waeth na hynny, does ganddyn nhw unlle i fynd, p'run bynnag. Ugain milltir oddi yma ac rwyt ti ar gyrion y diffeithwch. Wel, ychydig pellach efallai, ond unwaith y croesi di'r Mynyddoedd Gleision weli di ddim byd wedyn am bum mil o filltiroedd, fwy neu lai – nes y byddwn ni yn cyrraedd adre!'

Rhynnodd wrth feddwl am y peth, ac fel pe i bwysleisio'r ias daeth awel ysgafn o'r môr i oglais ei chefn. Cododd y sgwaryn Hermes i guddio'i hysgwyddau.

'Fel rwyt ti'n dweud, rydan ni wedi crwydro, ac mae ganddon ni'n dau'r modd i fynd i unrhyw le yn y byd, tae ni'n dewis. Lle es ti yn ystod dy flwyddyn allan, gyda llaw?'

'O, y mannau arferol, States, Ewrop, Asia. India wrth gwrs ar y ffordd yn ôl. Nepal. Roedd yn rhaid gwneud y cyfan. Ond gan 'mod i mor *stoned* y rhan fwyf o'r amser a dreuliais yno, dwi'n cofio fawr ddim am y lle.'

Chwarddodd Justine. 'Beth sy'n newydd? Oni bai ein bod ni yn cael *joint* yn gyson dwi'n siŵr y bydden ni gyd yn mynd yn wirion. Ble es ti yn Ewrop?'

'Pob man bron. Ffrainc, yr Eidal, Sbaen. Prydain wrth gwrs. Mynd o Lundain i Iwerddon ac yn ôl. Digon difyr a deud y gwir oherwydd fe es i drwy Gymru. Croesi i Iwerddon o le o'r enw Caergybi – tref ar ynys. Ynys Môn. O'r fan honno roedd fy nhaid yn dod, mae'n debyg. Doeddet ti ddim yn gwybod 'mod i'n siarad Cymraeg oeddet ti?'

Roedd yn edifar bron yn syth. Yn ôl yr arfer bu'n rhaid esbonio tipyn wedyn am y wlad fechan Geltaidd ar erchwyn Gorllewin Ewrop nad oedd Justine, mwy na'r rhan fwyaf o bobl y byd, prin wedi clywed sôn amdani ond fel rhyw atodiad i Loegr. Am y gwahaniaeth rhyngddi hi ag Iwerddon a'r Alban. Am yr iaith leiafrifol yr oedd ei fam, er mawr syndod, wedi siarad ag ef pan oedd yn blentyn yn Burnie yn Tasmania. Wrth siarad, cloffodd. Edrychodd yn feddylgar heibio'i hysgwydd tuag at y goleuadau pell.

'Dyna ti eto. Oni bai 'mod i'n dy adnabod di'n well, fe dd'wedwn i fod hiraeth arna' ti. Ond mae 'na rywbeth, yn does? Rhywbeth yn pwyso ar dy feddwl di heno?'

'Efallai dy fod ti'n iawn. Prin 'mod i'n deall y peth fy hun. Mae o'n rhan o'r anniddigrwydd 'ma roeddan ni'n sôn amdano fo. Rhyw deimlad plentynnaidd fydda i'n ei gael weithiau. Fel wrth edrych ar awyrennau yn hedfan yn uchel. Fe'i cefais o gynnau pan oeddwn i'n disgwyl amdanat ti. Eisiau bod yn rhywle heblaw'r lle rydw i'n digwydd bod ar y pryd. Ar ôl yr holl hedfan rwyt ti wedi'i wneud, fyddwn i ddim yn disgwyl i ti ddeall hynny.'

Chwarddodd Justine a theimlodd ei bysedd o dan y bwrdd yn cosi y tu mewn i'w goes.

'Wel diolch yn fawr iawn! Eisiau dianc a minnau ar y ffordd i roi'r *works* i ti eto. A dyna'r diolch rydw i'n ei gael. Ond o ddifri, dwi'n meddwl 'mod i'n deall. Nid bod gweld *vapour trails* yn cael unrhyw effaith arna i. Cefais i lond bol creda di fi. Tydi bod yn *flight attendant* yn fawr o sbort – yn enwedig efo Quantas, sy'n tueddu i roi'r bechgyn ar y *long hauls* bron i gyd. Ond mi gefais i fy siâr. Erbyn y diwedd roeddwn i wedi gwneud y *routes* i gyd.'

Roedd y bwyd wedi ei fwyta heb iddynt sylweddoli, a'u hail gwpanaid o goffi yn cael ei harllwys. Daeth ei thro hi i edrych yn freuddwydiol.

'Wyddost ti beth hoffwn i ei wneud? Mae gan fy nhad

gwch ar y Swan. *Ocean racer. Forty footer* go iawn. Nid ei fod o'n defnyddio fawr ddim arno fo. A deud y gwir mae o wedi bod mor brysur yn gwneud pres ar hyd ei oes, dydi o ddim wedi cael cyfle i ymlacio rhyw lawer. Wel mi hoffwn i lwytho'r cwch efo digon o fwyd a gwin a mynd i fyny o Fremantle ar hyd arfordir y gogledd. Port Headland, Darwin ac i Fôr Arafura. Crwydro wedyn drwy ynysoedd Indonesia. Llefydd nad oes gan neb syniad am eu bodolaeth nhw . . . '

'Hei, howld on. Mae'n swnio i mi dy fod ti wedi cynllunio dy daith yn barod. Wyddwn i ddim dy fod ti'n llongwr.'

'Paid â sôn, s'gin ti mo'r help os mai yn Perth y cefaist dy fagu. Mae pawb yn hwylio. Mae 'na hen ddywediad sy'n dweud fod hanner y boblogaeth ar eu ffordd at eu cychod, a bod yr hanner arall arnyn nhw'n barod! Mae'n rhaid deud, pan oeddwn i'n gwneud y *run* i Singapore, Bangkok, Hong Kong, y Dwyrain Pell i gyd, roeddan ni'n pasio dros y llefydd mwya *amazing*. Dwi'n siŵr fod 'na ynysoedd ym Môr Banda a Flores, cyrion Indonesia a Java ffor'na nad oes neb erioed wedi bod ar eu cyfyl nhw. Rŵan 'di'r amser i fynd, cyn i'r twristiaid ddod o hyd iddyn nhw.'

Edrychodd Mike arni mewn syndod. Roedd ei brwdfrydedd yn heintus; ei llygaid tywyll yn pefrio yng ngolau'r gannwyll a oleuai eu bwrdd. Byth ers pan ddaeth i'w hadnabod roedd wedi meddwl amdani fel rhywun yn crisialu *chic* y dinasoedd. Ymgnawdoliad o'r bywyd bras. Ni allai ei dychmygu gyda'r gwallt tywyll yn gydynnau blêr mewn awel gref a'i hwyneb wedi ei lanhau o'i golur mewn gwynt a heli môr.

'Pan oeddwn i'n ferch fach iawn roedd fy nhad yn mynd â ni – 'mrawd a minnau, ar afon Swan. Wedyn roeddan ni'n mentro i'r môr mawr. Dwi'n cofio mynd unwaith i ynysoedd Abrolhus lle glaniodd y dynion gwyn cyntaf ar gyfandir Awstralia – nid yn y pen yma fel mae pawb yn credu. Roedd o'n brofiad anhygoel.'

Tawelodd y ddau. Er nad rhannu cyfrinachau a wnaethant, na phlymio i ddyfnderoedd profiadau, roedd fel pe baent wedi agor eu calonnau; wedi cydnabod am y tro cyntaf fod mwy i'w perthynas na blys am afradlonedd a rhyw tanbaid, cyson ond darfodedig. Nid fod Mike yn siŵr iawn ai dyna a ddymunai bellach.

'Dydw i ddim am dy ofyn di'n ôl,' meddai. 'Cychwyn yn gynnar fory. Hen achos cymhleth. Tipyn o waith darllen. Gwely cynnar piau hi.'

Ond ni theimlai fod unrhyw argyhoeddiad yn ei wên wrth osod ei gerdyn aur ar ben y bil, a chymerodd arno na welai'r siom yn ei llygaid.

'Dim problem. Diolch am y swper. Wela' i di.'

Wrth ei hebrwng at y lanfa i ddal y fferi olaf yn ôl i Sydney, teimlai'r hen ysfa eto yng ngwaelod ei fol, yr hen ias yn ei gnoi wrth iddo wneud dim ond edrych arni. Ni allai yn ei fyw ddeall pam y gwrthodai gyfle i ailadrodd profiadau nwydwyllt y prynhawn; ei fod yn ymwrthod â chyfle i brofi o bosib rhyw anturiaeth gnawdol newydd a berffeithiodd Justine yng nghwmni rhywun arall. Nid oedd ball ar ei dyfeisgarwch unwaith y tynnai amdani. Cusanodd hi ar y cei, ond llugoer oedd ei hymateb. Cerddodd Mike yn ôl yn araf i'w fflat.

Er nad oedd gan ei chwaer unrhyw beth i'w ddweud wrtho oedd yn destun pryder na gofid o unrhyw fath, roedd rhywbeth yng nghynnwys ei llythyr o Seland Newydd yn dal i'w boeni.

High Ridge Station
R.P.B. 319
Wairoa
North Island
N.Z.

3rd April 1999

Dear Mike,

Hi, big brother! Remember me? And how's OZ's smart ass lawyer? Coining in the mega bucks big time I guess. Well, we got settled at last – of sorts. Nothing dinkum about this place. Much needs doing. But Mario reckons we'll make a go of it. Its going to be one hell of a struggle as the previous guys had really let it go. Its your usual small time OZ type station. Much like we had in Tasy, only more hilly – and there's less brush which is a good thing. Way out of town Burney was your regular jungle compared with this. You must come over to see us. This time it's a different country. Not our childhood home look-alike as we had before. But there I go again rambling on. And you probably never will come. But you know there will always be a welcome. Take us as we are, as Mam used to say. Now, you know me. She must have a reason for writing you'll be saying to yourself. And of course you're right. After Mam died we carried on much as before. Never got round to clearing all her stuff and that. What with the kids and one thing and another. Anyway, in the end we had to. Mario heard of this place. Great opportunity etc etc so in the end we had to tackle it. What a bloody mountain of stuff the old girl had gathered over the years. Bloody hell. You wouldn't believe it. Most of it went on the bonfire of course. God knows why I didn't get rid of it earlier. Cheap and nasty most of it – straight out of the shop that Welsh guy established in Burney long ago. You know the one. Gramps used to talk about it. Jones his name was. His name is all over the place.

Came from Anglesey or someplace. Anyway, that's the reason I'm writing. Gramps I mean. In the middle of all Mam's stuff there was his stuff as well. Just as it came over with him from Africa I guess. And some of nan's things as well. Mario said burn the effing lot. If they hadn't missed it when they were alive they sure weren't going to miss it now! But I had a look anyway. Don't mind telling you Mike, some of it brought a tear to my eye. You know, bits and pieces we remember from when we were kids. Things like that jug with the donkey and the chipped spout. Used it for years. Bloody unhygienic if you ask me. Anyway in the middle of all the junk there was this suitcase. More of a small trunk really. Stuff that belonged to gramps. His glasses, watch, pipes, Bible, all mildewed. That kind of thing. But it was mostly letters. And most in Welsh. Now as you know I never kept it up. Well things were different by the time I came along. Nine years between us and all that. Wish I had sometimes. I think Mam was sorry at times that she hadn't spoken it to me too. It would have been nice at the end to have had a chat with her in the old Cymreig. Anyway these letters might be just a pile of junk. But I carried the box across anyway. Sentiment I suppose. So I'm sending you a sample. They're pretty old. All before 1920. I selected two. Near the top and near the bottom of the pile so to speak. Take a look and tell me if they're worth keeping. Would you like the lot or what? Otherwise I'll just do what Mario wanted me to do in the first place. He sends his regards by the way, much as he hates your guts. But what the hell – you probably feel the same about your eyetie brother in law!!!

Cariad mawr (is that how you spell it?)
Olwen

P.S. Strange thing is some of the letters, all addressed to the old man, don't seem ever to have been opened. Not just resealed themselves or something – but just not opened at all. Weird.

Plas Mathafarn
Glanmorfa
Anglesea
Great Britain

21ain o Orffennaf, 1911

Ein hannwyl fab, Edward,

Pa sut yr ydych yn cadw erbyn hyn? Mae yn chwith gan eich mam a minnau i feddwl fod blwyddyn gyfan wedi myned heibio ers pan ddarfod i chwi adael cartref. Diolch am eich llythyr diwethaf yn yr hwn y deallwn eich bod yn parhau i ymgartrefu yn dda yna a bod rhagor o Gymry wedi cyrraedd i'r gymdogaeth. Byddwch chwi yn awr yn gallu eu gwneud hwy yn gartrefol yn yr un modd ag y gwnaeth eich rhagflaenwyr chwithau chwi yn gartrefol pan gyraeddasoch yna. Dywedoch mai o South Wales y daeth rhai o'r newydd-ddyfodiaid. Efallai y bu iddynt gael gwaredigaeth amserol oherwydd oddi yno ddoe ddiwethaf daeth newydd i'n tristáu. Y papur dyddiol a ddywed i naw o bobl gael eu lladd yn nhref Llanelli yn South Wales nos Fercher, tri ohonynt gan fwledi milwyr o'r Worcester Regiment. Mae yr anhrefn oherwydd streic gan weithwyr y ffordd haearn bellach yn bygwth sefydlogrwydd ein gwlad. Edward annwyl, ac ni dybiaswn erioed y dywedwn hyn, efallai i chwi wneud yn ddoeth yn dilyn yr anian a wnaeth i chwi ddeisyfu trafaelio. Serch hynny nid yw popeth yn ddrwg. Cafodd y Tywysog Edward ei wneud yn Dywysog Cymru mewn Investiture crand yng Nghastell Caernarvon yr wythnos ddiwethaf. Roedd amryw o bwysigion y fro a gofiwch, megis Mr Chadwick, Haulfre, Beaumaris a theulu Davies Treborth wrth gwrs wedi cael gwahoddiad. Yna, wythnos i heddiw, agorodd y Brenin ei hun yr University College newydd ym Mangor. Mae yn imposing iawn fel y cofiwch o'i weld yn cael ei adeiladu cyn i chwi adael. Y mae yn gwneud haf braf iawn gydag ambell i ddiwrnod poeth. Edrychwn ymlaen at glywed gennych yn fuan eto. Y mae Mr Williams y gweinidog yn dymuno i ni ei gofio atoch.

Ein cofion cynnes atoch,
Eich tad a'ch mam

Plas Mathafarn
Glanmorfa
Anglesea
Great Britain

11eg o Ragfyr 1919

Fy annwyl fab Edward,

Newydd trist sydd gennyf mae arnaf ofn, sef i'ch hysbysu i'ch annwyl fam gael ei galw at yr Arglwydd ar y 4ydd dydd o Ragfyr. Buom gyda'n gilydd lawer blwyddyn fel y gwyddoch, gan oroesi i'r ganrif hon a chael ein harbed drwy'r blynyddoedd enbyd diwethaf hyn. Loes i'm calon yw cyfansoddi hyn o eiriau, yn enwedig gan na wyddwn os cânt byth eu darllen gennych. Fe gyfrannodd eich absenoldeb fe wn at ddioddefaint distaw a dirwgnach eich mam. Yr influenza â'i cipiodd ymaith meddai Dr John ar y certificate ond fe wyddai'r ddau ohonom mai tor calon aeth a hi at ei gwobr. Maddeuwch i mi am ddywedyd hyn Edward, ond mae eich tawelwch wedi bod yn loes na allodd neb ond ni ei amgyffred. Bellach bydd y groes a gariasom gyda'n gilydd yn rhywbeth y bydd yn rhaid i mi ei dwyn fy hunan. Ceisiodd Mr Williams ein darbwyllo droeon i dderbyn yr hyn ddywedwyd wrthym. Bu yma gyda mi drachefn neithiwr. Roedd yn dda iawn yn yr angladd. Angladd mawr i ddynion ydoedd. Roedd yn enbyd iawn ym mynwent Horeb gydag awel fain o'r dwyrain. Ond cafodd gynhebrwng anrhydeddus Edward. Amryw yn sôn amdani. Canwyd emyn David Charles, 'O fryniau Caersalem' ar y dôn, 'Crug y Bar' ac yna wrth lan y bedd hoff emyn eich mam, yn enwedig ers pan adawsoch, Edward, oedd un Islwyn, 'Gwel uwchlaw cymylau amser'. Teimlwn yr hoffech gael gwybod hynny. Y mae'n chwith meddwl amdani ym mynwent Horeb.

Ydwyf
Eich annwyl dad

Pennod 3

Pilgrim's Rest, De Affrica, Hydref, 1910

'Mr Lloyd, bach, dewch i miwn, da chi. Chi wedi gwneud hen ddigon am heddi, 'sbo. Bydd cinio ar y ford mewn chwinced nawr.'

Gwenodd Edward Lloyd a phwyso ar y fforch. Gwthiodd ei law heibio'i dalcen wrth dynnu'i gap brethyn oddi ar ei ben. Yr oedd yn gwneud gwanwyn da medden nhw. Cyn hir byddai'n poethi'n sylweddol ond am y tro yr oedd y tywydd yn ei siwtio i'r dim. Edrychodd i fyny. Roedd bryniau gwyrddion y Transvaal yn cau am y pentre ond eto ni theimlai eu bod yn gaethiwus o gwbl. Cerddodd yn hamddenol i gyfeiriad y tŷ.

'Dewch i miwn i chi gael ymolch. Does dim rhaid i chi gymoni'r hen ardd 'na o gwbl, wir i chi. 'Ni yn gwerthfawrogi, cofiwch. Fe fydde Tomos yn gofalu amdani. Ond nid eich gwaith chi yw 'na, Mr Lloyd.'

'Dim trafferth, Mrs Pugh. Does dim llawer o waith arni. Ond tydi pethau'n tyfu yn y lle 'ma? Welais i ddim byd tebyg erioed. Mi ro' i ychydig o datws i lawr i chi yn ystod y dyddiau nesa. Fe ddylen ni gael cnwd go lew, ac yn reit fuan hefyd, 'ddyliwn i. Digon o law, a'r ddaear yn gynnes.'

Sychodd Edward ei ddwylo ar y llian garw a ddaliai Mrs Pugh tuag ato a dilynodd hi i'r parlwr bach.

'Wyddoch chi, Mrs Pugh, does dim rhaid i chi baratoi cinio ar wahân i mi fel hyn. Fe fyddwn i lawn mor hapus yn y gegin.' Bu bron iddo ddweud 'lawn mor gartrefol' ond gwyddai fod yn rhaid cadw o fewn confensiynau ymddygiad. Sylweddolai mor ffodus y bu iddo glywed, toc wedi iddo gyrraedd Pilgrim's Rest, am Mrs Pugh a'i dwy ferch a gynigiai lety. Bu'r daith o Cape Town yn ddidramgwydd. Taith ddifyr ar y trên i Pretoria ac yna ymlaen i Nelspruit cyn croesi'r Drakensberg mewn poni a thrap. Anodd credu iddo fod yn Affrica fwy na deufis eisoes. Y syndod mwyaf fu canfod mor annhebyg i Affrica ei freuddwydion oedd y lle. Nid ei fod wedi disgwyl anifeiliaid gwylltion wrth garreg y drws – a chofiai edrych ar luniau o eangderau'r *savannah* mewn hen lyfrau pan oedd ym Môn. Fe welodd eliffantod drwy ffenestri'r trên ac nid anghofiai byth weld jiraff am y tro cyntaf. Eu gyddfau main draw yn y pellter yn codi'n llawer uwch na'r gwair tal ac yn siglo'n ôl a blaen fel pendil cloc wrth iddynt redeg drwy'r tês rhag sŵn y trên. Daeth yn gyfarwydd iawn â heidiau o sebra a chafodd ar ddeall gan un o'i gyd-deithwyr mai Egrets y gelwid yr adar gwynion oedd yn ymgynnull ymhlith yr anifeiliaid. Ymdebygent i frain Cymru, ond eu bod yn llawer llai, ac yn adar harddach o ran golwg. Caent lonydd a chroeso i sefyll ar gefnau'r creaduriaid er mwyn chwilio am gynrhon. Roedd bwyd ardderchog i'w gael ar y trên a cheid stiward, fel y cafwyd ar y *Warwick Castle*, er mwyn gwneud ei wely y noson a dreuliodd arni.

'Dewch, bwytwch lan, Mr Lloyd, mae 'da fi bwdin reis pan fyddwch chi wedi beni â'r cig idon 'na.'

'Roeddwn i ymhell i ffwrdd mae arna i ofn, Mrs Pugh. Mae'r bwyd yn ardderchog. Yn union fel bod adre. Diolch yn fawr i chi.'

'Popeth yn iawn, Mr Lloyd, mae'n dda 'da ni eich ca'l chi. Mae wedi bod . . . ' Tawodd Mrs Pugh a deallai Edward ei anhawster.

'O, rydw i'n deall yn iawn,' meddai, 'mae'n siŵr ei bod wedi bod yn amser anodd iawn i chi.'

'Cofiwch chi, maen nhw wedi bod yn dda iawn 'da ni, yn y gwaith. 'Na'th Mr Barrie ei hun ddod draw i'n gweld ni wedi'r ddamwain. Fe helpon nhw 'da'r angladd ac yn y blân, ond 'smo hi wedi bod yn hawdd, alla i weud wrthoch chi.

Mae'n siŵr mai nôl yr awn ni yn y man.'

Ceisiodd Edward feddwl am ateb i hynny ond ni fu'n rhaid iddo. Clywodd leisiau Elizabeth a Mary yn dod heibio talcen y tŷ a diflannodd Mrs Pugh i'w cyfarfod. Roedd hi'n fwy na blwyddyn, yn ôl a ddeallai, er pan laddwyd Tomos Pugh dan gwymp yn y gwaith aur. Ef a thri arall. Brodorion duon oedd y lleill. Roeddynt yn gweithio ar wythïen newydd, ac yn ôl rhai o'r bechgyn, gwthient ymlaen braidd yn fyrbwyll wedi iddynt sylwi eu bod wedi cyrraedd haen gyfoethog. Bu Edward yno ei hun, er na ddywedodd hynny wrth Mrs Pugh. Gwelodd yr union lecyn lle daeth y to i lawr, a gallai ddeall cyffro unrhyw un wrth weld yr adlewyrchiad disglair yng ngolau'r lampau. Daeth y 'Pugh seam', fel y cafodd ei galw er cof amdano, â golud o'r newydd i'r pwll. Blwyddyn yn ddiweddarach roedd dynion fel Edward yn dal i heidio i Pilgrim's Rest. Nid fod unrhyw un am wneud ffortiwn bersonol enfawr yn was cyflog i'r *Transvaal Gold Mining Estates* ond yr oedd mwy o 'wyrthiau'r arglwydd' islaw'r bryniau gwyrddion o'i gwmpas nag yng Nghwm Rhondda. Oddi yno y daethai Tomas Pugh ddeuddeng mlynedd ynghynt. Dwyflwydd oed oedd Mary ar y pryd. Ganed Elizabeth ddwy flynedd ar ôl iddynt gyrraedd.

'Prynhawn da, Mr Lloyd.' Roeddynt am dyfu i fod yn ferched hardd. Ond yr argraff a gafodd ar ôl prin dri mis yn y dyffryn oedd nad lle i bobl ifanc, ac yn enwedig i ferched ifanc oedd Pilgrim's Rest. Cafodd y lle ei enw annisgwyl wedi i fwynwr o'r enw William Trafford gyrraedd yno a phenderfynu fod y fath gyflawnder o aur yn mynd i olygu terfyn ar ei bererindod oes. Dyna'r stori. Yn wahanol i'r mwynwr arall hwnnw a ddaeth i'r cwm gyda'i holl eiddo mewn berfa a darganfod yr aur am y tro cyntaf yn 1873, ni fedrai Trafford gadw'r gyfrinach. Mewn dim o dro roedd cannoedd o fwynwyr yn heidio dros y Drakensberg a'r bryniau yn ildio mwy o aur na mwynfeydd Johannesburg.

Serch fod y *boom* drosodd bellach, roedd newydd-ddyfodiaid yn dal i allu gwneud bywoliaeth broffidiol yn Pilgrim's Rest. Ond heb fod â neb yn y gwaith aur, buan iawn yr âi'n galed ar unrhyw deulu.

'Aethom ni draw i'r fynwent i roi blodau ar fedd Tada,' meddai Elizabeth. 'Y'ch chi wedi bod lan yn y fynwent, Mr Lloyd?'

'Na, mae arna' i ofn nad ydw i wedi cael cyfle eto. Bydd rhaid i mi fynd.'

'Fe allwn ni gyd fynd eto ar ôl te os chi mo'en. Ma' lle braf yn y fynwent.'

Sylwodd Edward ar y dagrau'n cronni yn llygaid Hannah Pugh. Esgusododd ei hun, ac aeth yn ôl i balu'r ardd. Roedd yn sicr iddi fod mewn tipyn o gyfyng gyngor cyn penderfynu nad oedd ganddi fawr o ddewis ond cymryd *lodger* i ddal dau pen llinyn ynghyd. Agorodd gwys gyfan cyn sylweddoli mai anaml y meddyliai am Fôn, ac ond yn achlysurol iawn am Gwen. Byddai'n siŵr o gael llythyr ganddi unrhyw ddiwrnod. Eisoes derbyniodd ei lythyr cyntaf gan ei rieni gan iddo anfon ei gyfeiriad newydd atynt cyn gynted ag y symudodd i aros yn Ferndale. Roedd yr awyrgylch, y profiadau newydd a gafodd, yn mynd â'i fryd i gyd. Ar lawr y dyffryn coediog teimlai fel pe bai wedi cael modd i fyw. Nid oedd yn ymwybodol pan oedd yn byw ym Môn, o unrhyw beth a'i lletha i, ond roedd y rhyddid dilyffethair a deimlai yma yn gwneud i'w galon lamu. Mwy nag unwaith ers iddo gyrraedd teimlodd fel canu nes gwneud i'r creigiau ddiasbedain.

Y syndod mwyaf i Edward pan gyrhaeddodd y dyffryn oedd cynifer o Gymry oedd yno. Nid gormodiaeth addewid y bechgyn o Gwm y Glo a gyfarfu yn ffair y Borth. Roedd y Gymraeg i'w chlywed yn feunyddiol yn Pilgrim's Rest. Yn wir, roedd y lle fel Tŵr Babel. Arhosodd am ychydig ddyddiau ar y cychwyn ym marics y gwaith a phan gafodd ei berswadio i fynd i un o ddwy dafarn y pentref un noson toc wedi iddo gyrraedd, synnodd glywed yr amrywiaeth o ieithoedd. Roedd gallu'r mwynwyr i yfed yn ddiarhebol ac ni theimlai'n gysurus iawn yn eu plith. Roedd yn well ganddo'r Suliau, pan âi, gyda rhai o'i gyfeillion newydd i'r eglwys. Yr oedd wedi disgwyl y byddai ffurf y moddion yn ddiarth, fel y cofiai y byddent ar ddydd diolchgarwch, sef yr unig ddiwrnod o'r flwyddyn yr âi i'r eglwys yng Nglanmorfa. Roedd arlliw mwy cyd-enwadol i drefn yr oedfaon yn Pilgrim's Rest. Eisoes roedd wedi rhoi ar ddeall iddynt yr arferai chwarae'r organ ar ôl sylwi fod un newydd sbon yn yr eglwys fechan dan y coed. Mewn dim o dro daeth galwad arall o'r tŷ.

'Dewch i gael dishgled, Mr Lloyd. Wedyn, os 'chi moin, fe gewch ddod 'da ni i'r fynwent.'

Daeth i werthfawrogi yn fuan nad oedd dim tebyg i hwyrnos gynnar yn Affrica; y cyfnod byr hwnnw ar ôl gwres y dydd a chyn i sydynrwydd y nos ddod i anwesu popeth. Cerddai wrth ochr Hannah Pugh i fyny'r rhiw. Roedd hi oddeutu'r deugain oed, fe dybiai, yn fach ac yn dew, ac ôl gwaith caled arni. Y merched yn dalach.

'Tynnu ar ôl 'i tad maen nhw Mr Lloyd.'

Yr oedd fel petai wedi darllen ei feddwl.

'Roedd e'n dal. Ac yn gryf. Roedd e'n gwneud yn dda yn y Rhondda, ond roedd e'n benderfynol o ddod mas fan hyn. Cofiwch chi Mr Lloyd, gafon ni ddyddie hapus. Mae Pilgrim's yn lle braf. Ond dim bellach wrth gwrs . . . Nid i ni.'

Ac eithrio lliw porffor y blodau ar y coed jacaranda tal a thrydar ambell aderyn diarth, hawdd y gallai'r fynwent fod ar ysgwydd un o fryniau serth Cwm Rhondda.

'Fe synnwch chi gymaint o Gymry sydd wedi'u claddu yma, Mr Lloyd. Mae 'na rhyw gysur yn hynny 'sbo. Fe fydd o mewn cwmni da pan fyddwn ni'n gadael.'

'Yn ôl yr ewch chi?'

'S'dim i ni yn Pilgrim's nawr. A rhaid i mi feddwl am y merched. Ma' llythyre'n dod o hyd gan 'Nhad a Mam sydd moen i ni fynd nôl. Ac mae mam Tomos yn dal yn fyw'r gredures. Mewn ôd wrth gwrs. Fe dorrodd hi 'chalon ar ôl y ddamwain fel y gallse chi feddwl. 'Smo hi riôd wedi gweld Elizabeth. Mae arna' i hynny iddi hi, 'sbo.'

Arhosai'r merched amdanynt wrth glwyd y fynwent. Sylweddolodd Edward fod Mary yn arbennig, yn bedair ar ddeg oed, am fod yn ferch harddach o lawer na'i mam. Ond serch nad oedd ond wyth mlynedd yn hŷn na hi, teimlo'n dadol tuag ati a wnâi. Dim ond rhyw ddechrau ystwyrian wnâi unrhyw awydd arall wrth iddo edrych arni. Sylweddolai hefyd fod ei gael ef dan yr unto wedi golygu cryn anhwylustod i'r dair ohonynt. Bellach fe rannai'r ddwy chwaer wely a hwnnw yn yr un ystafell â'u mam yn y bwthyn bach.

'Gawn ni dorri blodau gwylltion o'r gwrych, Mami?'

'Wrth gwrs cei di cariad, ond dwi 'di dod â rhain o'r ardd hefyd. Roedd dy dad yn hoffi daffodils.'

Teimlai Edward yn chwithig ac yn anghysurus yn rhannu'r galar teuluol blwydd oed. Awgrymodd y byddai'n ymuno â nhw yn y man ond cafodd ei berswadio i gydgerdded gyda nhw at lan y bedd.

''Smo ni wedi cael amser i osod carreg eto.'

Aflonyddodd wrth ei ochr a gwyddai Edward o'r gorau fod Hannah Pugh yn sylweddoli ei fod yn deall mai arian ac nid amser oedd yn cyfrif mai dan domen o welltglas y gorweddai Tomos Pugh ym mynwent Pilgrim's Rest. Ond roedd y groes syml o'r pren gorau a'r plât pres yn disgleirio ym mhelydr haul ola'r dydd.

'Fe'ch gadawa i chi rŵan i mi gael gweld rhai o'r beddau eraill,' meddai cyn hir. 'Ac fe alwa i heibio Jack Daniels ar fy ffordd yn ôl. Ond fydda i ddim yn hwyr.'

Cerddodd oddi wrthynt hyd ro y llwybr, heibio un bedd

ar ôl y llall. Roedd Hannah Pugh yn iawn. Roedd yn syndod cynifer o Gymry oedd yno. Ar un garreg ddwy res o'r fan lle gorweddai Tomos Pugh gwelodd y geiriau:

> Pell wyf o dre, hen Gymru fâd
> A chartref annwyl mam a thad.

Crwydrodd ymhellach. Ar fedd John David Morris o Eithin Duon, Llanrug a fu farw yn Pilgrim's Rest yn naw ar hugain oed yn y flwyddyn y daeth Tomos Pugh a'i deulu o Gwm Rhondda yr oedd englyn cyfan o waith Llew Llwyfo, serch mai yn Saesneg yr oedd yr holl eiriau eraill ar y garreg.

> John Dewi Morrys erys am orig
> Yma, lle huna, mewn bro bellenig;
> Ond, 'e gwyd yn fendigedig – eto,
> Heb wyrth i'w effro'n Neheubarth Affrig.

Cofiai Edward ei dad yn sôn am Llew Llwyfo. Onid oedd yn un o Fôn ac wedi bod yn fwynwr unwaith fel y rhain; fel yntau'n wir, ond yng ngwaith copor Mynydd Parys?

Synhwyrodd Edward symudiad yn y fynwent a gwelodd Hannah Pugh a'i dwy ferch yn symud drwy'r gwyll am y fynedfa. Cododd ei law arnynt ond sylweddolodd na allant ei weld. Yr oedd wedi crwydro ymhellach nag a feddyliodd a'r nos drofannol yn prysur ddod. Dilynodd hwy cyn iddi dywyllu gormod i weld ei ffordd oddi yno, ond yn fwriadol cerddodd yn rhy araf i'w dal.

Yn hytrach na mynd ar ei union yn ôl i'r tŷ cerddodd i gyfeiriad y bellaf o ddwy dafarn y pentre. Y *Pilgrim's Hotel* oedd cyrchfan fwyaf poblogaidd y mwynwyr ac ar nos Sadwrn fe fyddai'n llawn. Clywai'r sŵn yn dod o'r bar cyn ei chyrraedd. Yn hytrach na mynd i mewn edrychodd drwy un o gwareli bychan y ffenestr. Gwelai amryw yr oedd yn eu hadnabod, ond hyd y gallai weld, nid oedd Jack Daniels ymhlith ei gyfeillion arferol.

'Ned, myn diawl, ti'n dŵad am beint!'

'Sut wyt ti Dic? Na dim heno diolch. Chwilio am Jac oeddwn i. Ti 'di 'weld o?'

'Weli di mo Jac heno, was. Dim yn y *Pilgrim's* beth bynnag. Ond os daw o i mewn yn nes mlaen fe dduda i wrtho fo dy fod di wedi bod yn chwilio amdano fo.'

Gan daflu winc awgrymog diflannodd Dic Pritchard a'i ddau gyfaill yn uchel eu cloch i ddwndwr y dafarn. Trodd Edward ar ei sawdl a cherddodd islaw canghennau'r coed i lawr yr allt drwy'r pentre. Pan gyrhaeddodd gyferbyn â'r dafarn arall oedodd. Nid oedd hanner cymaint o sŵn yn dod o far y *Royal*. Pe bai'n llymeitiwr, yno, gydag is-reolwyr y gwaith a phobl fusnes Pilgrim's y byddai anian Edward yn ei arwain i yfed ond gwyddai mai wrth far y *Pilgrim's*, gyda'r mwynwyr eraill yr oedd ei le. Closiodd at y drws ac edrychodd drwyddo'n ofalus. Fel y disgwyliai, nid oedd golwg o Jack. Yn wir, yr oedd bar salŵn y *Royal* yn syndod o wag. Fe roddai un cynnig arall ar ddod o hyd iddo a cherddodd i gyfeiriad y clwstwr tai yng ngwaelod y pentref lle'r oedd y rhan fwyaf o'r mwynwyr nad oeddynt yn byw yn y barics yn lletya. Nid oedd yn siŵr iawn pa dŷ, ond ni fu raid iddo holi. Wrth gamu yn y cysgodion i lawr yr allt, gwelai rywun yn sleifio islaw lamp heibio wal y tŷ pella yn y rhes. Sylweddolodd yn syth mai Jack oedd yno. Camodd i'r golau a galwodd ei enw.

'Ned, fachgen, beth wyt ti'n wneud yn f'yma?'

'Bobol bach, mae golwg y diawl arna ti, lle wyt ti wedi bod?'

Sylweddolodd Edward yn syth nad oedd yn cael y croeso twymgalon arferol. Camodd Jack wysg ei gefn i'r cysgod dan fondo'r tŷ to sinc gan daro'i drwyn â blaen ei fys yn gyflym ddwywaith neu dair i awgrymu y dylai ei gyfaill feindio'i fusnes. Bu'n dawel am ennyd fel pe'n pendroni ynghylch rhywbeth. Yna edrychai fel petai wedi gwneud rhyw benderfyniad pwysig.

'Ti ddim 'di bod yma'n hir iawn eto naddo? Ond mi ddôi di i ddallt Ned. Gwranda. Rhaid i mi fynd i'r twb fel y gweli di. Ond rydan ni wedi dod yn ffrindia da'n reit handi. Beth am i ni gyfarfod yn y *Pilgrim's* yn nes ymlaen? Rydw i wedi cael cythraul o ddwrnod da. Mi fydd gin i rwbath i ddangos i ti. Wela i di . . . '

Heb air ymhellach diflannodd Jack Daniels i'r nos.

Pennod 4

Sydney, De Cymru Newydd, Ebrill 1999

Mike Dawson oedd un o'r rhai cyntaf i lamu i'r lan pan gyffyrddodd y fferi â'r lanfa yn Circular Quay. Rhoddodd ei docyn yn yr hollt a brasgamodd i ganol y torfeydd yn haul y prynhawn. Gwelodd hi drwy gil ei lygad, y lleian arian a safai yn ei hunfan wrth y porth. Serch ei fod ar frys, ni allai ymatal. Efallai mewn gwirionedd iddo fod yn chwilio amdani, fod rhyw sibrydiad yn ei isymwybod yn dweud wrtho y byddai yno eto heddiw, islaw'r hysbysfwrdd yn rhoi amserau'r llongau a wibiai fel gwybed ar ddŵr aflonydd yr harbwr y tu cefn iddo. Safodd o'i blaen am ennyd mor llonydd â hithau. Roedd wedi ei gyfareddu ganddi. Ni fyddai'r haf wedi bod yr un hebddi. Unwaith eto ceisiodd ddyfalu ai diniweidrwydd yr wyneb llwyd â'i denai ynte'r chwilfrydedd fod unrhyw un yn gallu ennill bywoliaeth yn gwneud dim mwy na sefyll yn stond. Taflodd rhywun ddarn o arian i'w het. Ar amrantiad, llithrodd y ferch i rythm symudiad gosgeiddig nes mabwysiadu ystum newydd. Roedd yn llonydd eto; y tro hwn â'i llaw dde wrth ei boch, y llall yn ymestyn o'i blaen. Sylweddolodd ei bod yn edrych i fyw ei lygaid. Er mai osgo ymbilgar oedd i'w safiad newydd ni allai ddarllen unrhyw awgrym o emosiwn yn ei threm. Syllai'r llygaid gleision arno. Gwenodd Mike. Ni wnaeth y lleian yr un dim. Penderfynodd ei herio drwy syllu'n ôl yr un mor danbaid heb ildio. Yn y diwedd, doedd bosib, byddai'n rhaid iddi symud ei hamrannau. Doedd hynny ond yn naturiol. Clywodd sŵn metal yn tincian wrth ei draed. Cyfraniad arall at ei hamynedd yn yr het. Symudai eto. Ei haelodau yn llifo'n esmwyth fel gwellt i su awel. Yn yr eiliad cyn iddi lonyddu, tybiodd Mike iddo'i gweld yn taflu cysgod gwên herfeiddiol i'w gyfeiriad, ond ni allai fod yn siŵr. Estynnodd i'w boced a thaflodd ddoler i'w het. Byddai yma eto fory siawns.

Yn llai brysiog bellach cerddodd Mike i dŵr gloyw ei swyddfa yn Ffordd Macquarie cyn cymryd y llifft i'r deuddegfed llawr. Treuliodd y bore'n gweithio gartre. Roedd ganddo brynhawn prysur o'i flaen yn cwblhau fersiwn newydd o gytundeb i sefydlu parc treftadaeth tua'r gogledd ger Coffs Harbour. Ehangodd y cwmni ers iddo ef a Jim Bailey ddod at ei gilydd. Bellach câi *Dawson, Bailey & Associates* tipyn o barch yn y ddinas a denant gwsmeriaid mwy dylanwadol o hyd.

'Prynhawn da, Linda,' meddai wrth gerdded i'r swyddfa allanol.

'Prynhawn da, Mike,' meddai'r ferch welw o'r tu ôl i'w gorsaf waith ar ddesg lle nad oedd dim arall ond copi o *Company* ac un rhosyn coch mewn gwydr meingoes. Gyda gwên synhwyrodd Mike iddi or-bwysleisio'r gair 'prynhawn'.

'Does fawr ddim yn digwydd. Ychydig o lythyrau i'w harwyddo. Ffoniodd Bertie Russell o Adelaide. Mae Mrs Rushton yn dal i weiddi ei bod hi eisiau cwblhau'r pryniant yn Darling Harbour. O ie, ffoniodd Justine hefyd, ac mae Jim eisiau gair yn nes ymlaen. Mae o wedi mynd i chwarae golff efo'r *creep* ych a fi 'na o Jenolen.'

'Rŵan rŵan Linda, un o'n cwsmeriaid gorau ni ydi'r "*creep* ych a fi 'na".'

'Hy, *perv* os 'dach chi'n gofyn i mi.'

Chwarddodd Mike cyn taflu golwg frysiog ar dudalen flaen y *Sydney Herald* a oedd wedi ei adael yn dwt ochr yn ochr â *Forbes* a *Newsweek* ar y bwrdd gwydr o flaen y soffa ledr ddu o flaen y ffenestr. Oni bai ei fod wedi hen arfer â'r olygfa, hawdd iawn fyddai cael y bendro wrth edrych allan. Dyna gyfaredd Sydney, meddyliodd. Roedd y cyfan mor ddestlus-agos at ei gilydd. Y *QE II* yn unig a ddigwyddai fod wrth y cei. Roedd lle i ddwy o'r llongau mwyaf ger y lanfa ar ochr y *Rocks* i'r harbwr. Pobl oludog, yn gwario taliadau bonws yswiriant oes am daith o amgylch y byd. Dim i mi, meddyliodd. Dim byth i mi. I feddwl nad oedd unrhyw beth yma rhyw ddwy ganrif yn ôl. Pa ryfedd i ddynion Capten Cook gael eu brawychu pan welsant ddynion bach gwyllt yr olwg yn llygadrythu arnynt o'r coed hyd lannau yr hyn a oedd am ddatblygu'n un o borthladdoedd mwyaf godidog y byd. Plygodd Mike y papur mor ddestlus ag y cafodd ef ac aeth i'w swyddfa ei hun. Diflannodd dwy awr heb iddo sylwi. Gwthiodd allweddell y cyfrifiadur oddi wrtho a phwysodd fotwm gerllaw mat ei lygoden.

'Coffi fyddai'n dda, Linda.'

'A deud y gwir, roeddwn i ar fy ffordd.'

Mewn rhyw ffordd byncaidd, drogoleitaidd, mae'n debyg ei bod hi'n hardd. Ond pam, mewn difri fod ambell ferch fodern yn mynnu ymddangos fel pe bai'n byw'n barhaol dan garreg? Sut, mewn difri yn wir, yn hinsawdd De Cymru Newydd, y gallai hi osgoi arddangos arlliw o leiaf, o liw haul?'

'Diolch Linda. 'Sgwn i wnewch chi gymwynas â mi? Ond dim ond os 'di'n gyfleus a dim ond os oes ganddoch chi reswm i fynd allan – i bostio neu beth bynnag.'

Safodd o'i flaen yn ddisgwylgar, herfeiddiol yn siglo'r mymryn lleiaf o un goes wen, hir, i'r llall a chydag un llaw ar ei chlun.

'*Yes, boss.*'

'Allech chi fynd i lawr i Bridge Street – y *Travel Bookshop*. Gofynnwch am "*Fodor's*" i Dde Affrica. Neu "*Lonely Planet*". Fawr o bwys p'run, wir. Cymrwch bres o'r *petty cash*.'

Roedd wedi cael y stŷd yn ei thrwyn ers rhai wythnosau. Bu'r clwstwr o fodrwyau yn ei chlust yno'n hwy. Sylwodd wrth iddi gerdded at y drws fod ganddi datŵ newydd yn ymwthio heibio strap ei ffrog gwta. Iâr fach yr haf hyd y gallai weld. Ynte gwennol ydoedd? Duw a ŵyr beth ddeuai i'r golwg pe câi'r awydd i'w hadnabod yn well. Gwenodd gan ysgwyd ei ben. Gydag amrannau mor hir ni fyddai arni angen sbectol dywyll pan âi allan i'r haul. Wedi iddi fynd cododd y ffôn.

'Olwen? Sut wyt ti?'

'Wel myn uffarn i, pwy fasa'n meddwl. Gair o lythyr a dyma ti'n cysylltu am y tro cynta ers oes pys. Hwyl go lew?'

'Iawn, falch o glywed y'ch bod chi wedi setlo.'

Roedd Mike yn adnabod ei chwaer yn ddigon da i wybod pan ddechreuai chwarae'r gêm. Llwyddodd i ymestyn y mân siarad nes ei fod ar bigau'r drain. Cafodd glywed yr holl hanes am yr eilwaith – am y symud o Tasmania i Ynys Ogleddol Seland Newydd, ynghyd â phennod ychwanegol am anturiaethau'r plentyn hynaf yn ei ysgol newydd. Yn y diwedd clywodd hi'n chwerthin ar draws y pymtheg can milltir i Wairoa.

'O.K. Mike dwi ond yn tynnu dy goes. Dwi'n casglu dy fod ti'n methu aros i gael golwg ar y llythyrau.'

'Tua faint sy'na? Alli di eu postio nhw?'

'Dim gobaith. Gormod o lawer, heb wneud hynny fesul tipyn. Ac am bris y *freight* fe allwn i bron iawn hedfan yna fy hun.'

'Ddwedaist ti fod 'na bethau eraill? Ar wahân i'r llythyrau, dwi'n feddwl . . . '

'Wel, mae 'na'r bocs y soniais i amdano – rhyw focs sgidie o beth – yn llawn rhyw hen drugareddau. Dim o bwys. A deud y gwir, bu bron i mi daflu'r rheiny y dydd o'r blaen.'

Drwy'r pared gwydr gwelodd Mike ben piws Linda'n dychwelyd.

'Gwranda, paid â thaflu yr un dim. Mae'n hen bryd i ni ddod at ein gilydd p'run bynnag. Ac mae 'na wahoddiad yn dy lythyr. Rydw i am ddod draw 'na. Fe geisia i drefnu pethau'r pen yma. Mewn wythnos neu ddwy. Sut byddai hynny?'

'Gwyliau eto, Mike?' meddai Linda wrth iddo roi'r ffôn yn ei grud.

'Dim ond *Rough Guide* oedd ganddyn nhw, O.K?'

'Fe wna'r tro'n iawn. Diolch.'

Roedd y manylion am Pilgrim's Rest ar dudalen 522.

'Nestled in a valley 35km north of Sabie, Pilgrim's Rest, an almost too-perfectly restored gold-mining town, is an irresistible port of call. A collection of red-roofed corrugated-iron buildings, including a period bank, a filling station with pre-1920 fuel pumps and the wonderful Royal Hotel brimming with Victoriana, the place is undeniably photogenic, but you can't help feeling there's not much behind the romanticized gold-rush image.'

Rhoddodd y llyfr o'r neilltu wedi darllen y cofnod ac edrychodd yn freuddwydiol trwy'r ffenestr am ennyd. Dangosai'r cloc ar y wal ei bod yn tynnu at bump o'r gloch. Yn sydyn trawodd yr allweddi priodol ar ei gyfrifiadur ac ymhen eiliadau ymddangosodd cloc ar y sgrîn yn dangos yr amser cyfredol yn ninasoedd pwysicaf y byd. Dangosai'r llinell a redai drwy Johannesburg fod y rhan fwyaf o Dde Affrica wyth awr ar y blaen i ddwyrain Awstralia. Byddai'n un o'r gloch y bore yno. Byddai'n rhaid aros tan yr oriau mân i roi galwad o fewn oriau gwaith rhesymol.

'Wela i chi fory Mike. Cofiwch nad ydach chi wedi galw Justine.'

'Cael a chael fu hi iddo'i dal cyn iddi adael ei swyddfa.

'Hi, lover boy. Long time no see. Sut oeddat ti'n gwybod mod i'n teimlo'n randi ...'

Clywodd y chwerthiniad cellweirus ac nid oedd yn siŵr os mai bod yn sarcastig oedd hi ai peidio.

'Wel mae 'na ddau ohonan ni, felly. Rhyw feddwl yr

oeddwn i y gallen ni gael pryd yn nes ymlaen. Os nad wyt ti'n gwneud rhywbeth arall, wrth gwrs. Fe geisia i gael lle i ni yn *Fishface*, os leici di.'

Gwyddai y byddai pryd yn *Kings Cross*, yn un o dai bwyta mwya trendi'r ddinas yn demtasiwn.

'*Fine*, roedd Paul yn hedfan i Hong Kong y bore 'ma. Mae o ar y *loop* i Honolulu. Wedyn fe allwn i ddod yn ôl efo ti os leci di. Sut fyddai hynny? Wela i di. Tua saith, *O.K*?'

Yn hytrach na rhoi'r derbynnydd yn ôl yn ei grud, pwysodd Mike y botwm i glirio'r lein a galwodd y gwasanaeth i ganfod rhifau tramor. O fewn eiliadau cafodd rif yr amgueddfa yn Pilgrim's Rest.

Yr oedd mewn cyfyng-gyngor. Gallai gymryd fferi'n syth a gyrru'n ôl yn ddiweddarach pan fyddai'r ffyrdd yn dawel, neu ladd amser yn y ddinas a dal y cwch olaf i Fae Watson. Fe roddai'r ail ddewis gyfle iddo fynd i chwilio am botelaid neu ddwy o win i fynd gyda'r pryd yr edrychai ymlaen ato yng nghwmni Justine. Roedd gwres y dydd yn gostwng. Cymerodd y lifft i'r stryd. Roedd hi'n dal yn boeth. Cerddodd i lawr y rhiw ac ymhen dim o dro yr oedd yn ôl ar y cei. Roedd criw o bobl yn dal yn glwstwr lle'r arferai'r lleian arian fynd trwy'i phethau ond pan gyrhaeddodd at gwr y dorf sylweddolodd nad oedd y ferch yn sefyll ar ei blwch. Yn hytrach roedd ei gaead ar agor a hithau'n plygu ei chlogyn i'w roi ynddo. Gwasgarai ei chynulleidfa fesul un ac un ond yn gyndyn, fel pe bai rheidrwydd ar rai i aros er mwyn cael dadrithiad. Roedd ei chefn tuag ato, denim ei shorts yn dynn, a'r godre'n rhaflo ger hollt ei phen ôl. Gwallt melyn oedd ganddi a hwnnw prin yn cyffwrdd gwddf crys-T a hysbysai iddi unwaith fod yn yr *Hard Rock Cafe* yn Efrog Newydd. Fel y dynesai, gwelai hi'n plicio un o'r menyg arian o'i phenelin i lawr at ei garddwrn. Tyfai mân flew melyn ar hyd y fraich a oedd mor frown â'i thraed noeth. Corff eiddil merch yn ei harddegau. Plygodd o'i chanol i godi'r het drom gyda'r un symudiad gosgeiddig ag a welodd ddechrau'r prynhawn – a throeon o'r blaen. Roedd ei chynulleidfa wedi cilio o'r diwedd. Doedd ond y ddau ohonynt ar ôl. Cododd ei phen a theimlodd Mike ei hun yn dal ei wynt. Roedd ei hwyneb o hyd dan golur, a ymestynai o ganol ei thalcen at ei gên. Ond dyna'r cyfan o'r lleian arian a oedd yn weddill. Agorodd Mike ei geg i ddweud rhywbeth wrthi. Gwyddai wrth y llygaid glas, cellweirus yng nghanol y paent iddi ei adnabod. Gwenai'n ddisgwylgar arno. Am unwaith ni allai feddwl am yr un dim ystyrlon i'w ddweud. Peth diarth iddo ef oedd mudandod, ond roedd y rhith wedi'i chwalu, a'r hud wedi diflannu.

Plas Mathafarn
Glanmorfa
Anglesea
Great Britain

27ain o Chwefror, 1913

Ein hannwyl fab, Edward,

Prysuraf i ysgrifennu yn ôl mewn ateb i'ch llythyr diwethaf. Calondid i'ch mam ac i minnau yw derbyn gohebiaeth oddi wrthych bob amser serch y buasem wrth reswm yn falch o glywed gennych yn amlach. Gwerthfawrogwn ar yr un pryd eich bod yn brysur iawn wrth eich dyletswyddau, yn enwedig a chwithau yn awr wedi cael eich dyrchafu i fod yn 'mine captain'. Y mae yn amlwg i mi fod rhywbeth felly yn cario cryn gyfrifoldeb fel sydd yn cael ei adlewyrchu yn y renumeration. Rhaid cyfaddef mai amheus iawn, fel y cofiwch, oeddwn i am eich bwriad i fyned yna ac i mi ymbil yn daer arnoch i bwyllo, ond y mae yn amlwg fod arian da i'w wneud yna yn enwedig gan y soniwch hefyd, mewn tôn braidd yn secretive yr wyf yn casglu, am y scheme sydd ganddoch mewn partnership gyda eich cyfaill Mr Daniels i ychwanegu peth yn rhagor at eich enillion. Tybed a oes cyfle yna i wneud investment? Gwyddoch fy mod yn gredwr cryf mewn enterprise. Yma y mae pethau yn myned rhagddynt yn ddigon tebyg i fel o'r blaen. Dim llawer o news yn lleol ond yn y byd mawr y tu allan cawn ein synnu o hyd gan bethau enbyd yn digwydd. Dychmygwch fod y ddynes yna, Mrs Pankhurst, wedi cyfaddef iddi osod bomb yng nghartref newydd Mr Lloyd George yn Waltonheath yn Surrey. Mr Lloyd George o bawb! Yr oedd y trial yn cychwyn yn Epsom echdoe medd y papur newydd. Ni wn beth i'w wneud o'r peth. Y mae gennyf respect o'r mwyaf i ferched wrth gwrs ond cofiaf chwi yn sôn mewn llythyr fod tair mil o ddynion duon yn gweithio yn y mines yna. Ni allaf ddychmygu fod ganddynt hwy y vote ac mae i bobl ddefnyddio bombs i ymladd eu hachos fel y gwna'r suffragettes yn peri i bobl golli pob cydymdeimlad mae arnaf ofn. Mae eich mam yn arbennig yn falch iawn eich bod yn dal i gael eich gwneud yn gysurlawn yna ar aelwyd Mrs Pugh. Diddorol i minnau fu clywed i chwi gael eich gwahodd am afternoon tea i gartref general manager y mine, Mr Barrie a bod ei dŷ, Alanglade, fel y dywedwch, yn eich atgoffa o Blas Mathafarn. Gobeithio i chwi gael cyfle i ddweud hynny wrth Mr Barrie. Cofiwch bob amser ei bod yn bwysig eich bod yn manteisio ar gyfleoedd felly er mwyn dyfod ymlaen. Nid oes rhagor o news y tro hwn. Rydym yn falch iawn o weld yr hen fis creulon hwn yn tynnu tua ei derfyn. Nid ydyw y tywydd gaeafol yn gwneud unrhyw ddaioni i frest eich mam. Meddyliwn yn gyson amdanoch yn heulwen yr Affrig. Cofiwch ysgrifennu yn ôl atom yn fuan.

> *Eich cofion cynnes atoch,*
> *Eich tad a'ch mam*

Pennod 5

Wairoa, Seland Newydd, Mai 1999

Yn y dyfodol fe fydd pawb yn fyd enwog am chwarter awr meddai Andy Warhol yn 1986. Roedd y cyfle hwnnw eto i ddod i'r fan hyn meddyliodd Mike Dawson wrth edrych gyda gwên ar ei wyneb drwy ffenestr gron yr awyren fechan a'i cariodd o Auckland. Datganai'r llythrennau breision ar ymyl y rhodfa, *'Welcome to Gisborne, first city of the light'*. Mae gan bobman reswm i ymfalchïo ynglŷn â rhywbeth siawns, meddai wrtho'i hun, ac ar noson yr unfed ar ddeg ar hugain o Ragfyr, 1999 fe allai'r trigolion ymffrostio mai Gisborne, ar arfordir dwyreiniol Ynys Ogleddol Seland Newydd, fyddai'r lle cyntaf yn y byd i weld yr haul yn gwawrio ar ddiwrnod cyntaf mileniwm newydd. Dichon y byddai'n amhosib eisoes i ganfod llety yn unman yn y dref ar gyfer y noson honno er, erbyn meddwl, go brin yr âi unrhyw un yn Gisborne i'w wely pan ddeuai'r amser.

Er iddo siarsio Olwen y gallai logi car i yrru i Wairoa, mynnai y byddai'n dod i'w gyfarfod. Ond Mario a Stephen, yr hynaf o'u dau blentyn oedd yn disgwyl y tu mewn i adeilad isel y maes awyr.

'Wyt ti wedi tyfu'n hogyn mawr. Ti'n siŵr o fod yn saith oed erbyn hyn.'

Sgwariodd y bychan gan ddal i lyfu'i lolipop.

'Roedd yn ddrwg gan Olwen na allai ddod. Disgwyl y ffariar at un o'r lloi. Dim y gallwn i wneud, felly mi ddois i draw. Taith hwylus?'

Mewn dim o dro roedd y *Toyota Land Cruiser* yn dilyn glan Bae Poverty tua'r de. Roedd y cerbyd wedi gweld dyddiau gwell. Gallai Mike weld y ffordd trwy dwll yn y rhwd wrth ei draed.

'Mae o'n mynd yn iawn. A deud y gwir mae'r rhain yn mynd am byth. Credi di fod 'na hen foi ar gyrion Wairoa yn honni fod ganddo un oedd wedi'i wneud yn y tridegau?'

Roedd Mike yn amheus a oedd y cwmni wedi ei sefydlu bryd hynny ond dotiai at wyrddlesni'r wlad.

'Wyddost ti Mario, dydw i rioed wedi bod yn Seland Newydd o'r blaen. Am ryw reswm roeddwn i wedi disgwyl i'r lle fod yn debycach i Oz.'

'Tebyg iawn i Tasmania. Tipyn cynhesach, ond mae hynny'n fy siwtio i. Rydan ni wedi cartrefu'n ddidrafferth iawn.'

Edrychodd Mike heibio mwstash ei frawd yng nghyfraith ar y bryniau isel i'r dde.

'Tebyg iawn i'r Eidal ddyliwn i. Maen nhw wedi gwneud terasau ar lethrau'r bryniau hyd yn oed.'

Chwarddodd Mario gan esbonio mai rhwygo anystyriol y sefydlwyr cynnar oedd y rheswm pam fod cymaint o'r llechweddau wedi llithro, gan roi'r argraff iddynt gael eu llunio'n benodol at ryw berwyl mewn cyfres o silffoedd.

'Mae gynnon ni fryn neu ddau fel'na. Efallai y rho' i gynnig ar dyfu gwinllan. Mae'r 'silffoedd', fel y dwedi di, yn redi mêd. Fyddwn i'n teimlo'n gartrefol iawn wedyn!'

Serch nad oedd Olwen yn credu fod ei gŵr a'i brawd yn or-hoff o'i gilydd, teimlai Mike ei hun yn cynhesu at y gŵr byr, cydnerth wrth ei ochr. Y gwir oedd na chafodd brin gyfle i ddod i'w adnabod yn ystod ei garwriaeth fer â'i chwaer. Roedd eisoes wedi gadael am Awstralia, a phan ddaeth yn ôl o'i daith o amgylch y byd roedd Stephen ar y ffordd, y ddau wedi priodi ar frys ac yn ffermio'r hen gartref y tu allan i Burnie. Gwyddai fod Mario yn weithiwr dygn. Rhoddodd raen ar dir y fferm a esgeuluswyd yn ystod gwaeledd eu tad a chafwyd pris da pan werthwyd yr hen gartref cyn symud i Seland Newydd. Ildiodd Mike gyfran sylweddol o'i siâr yn y gwerthiant, ac am hynny efallai y teimlai Olwen fod chwithdod o du Mario tuag ato.

Pasiwyd drwy Wairoa, lle nad oedd yn fawr mwy na phentref, a chyn hir trodd y *Toyota* i lôn gul cyn dringo rhiw serth drwy goedlan o goed ewcalyptws isel. Dim tan ei fod ar ei libart ei hun y dangosodd Stephen unrhyw ddiddordeb yn y daith.

'Drychwch Yncl Mike, defaid ni yw'r rheina.'

Roedd golwg dda ar Olwen. Y tro diwethaf y gwelodd hi roedd yn feichiog. Bellach roedd y bwndel hwnnw ychydig yn dalach na phen welington Olwen, yn gafael yn dynn yng nghoes ei jîns â'i bawd at ei fôn yn ei cheg.

'Deud "helo" wrth Yncl Mike, Megan.'

Cusanodd ei brawd ar ei foch.

'Rwyt ti'n mynd i edrych yn fwy o *fat cat* bob tro dwi'n dy weld di. Amser i ti briodi a setlo lawr.'

Roedd hi'n oleuach ei phryd na Mike, yn fyrrach, ac eisoes yn dangos arwyddion mai ennill pwysau a wnâi wrth heneiddio. Tŷ pren glas ar hanner cael ei baentio oedd High Ridge Station.

'Fi sydd wrthi. Gwneud fesul tipyn. Mae gan Mario ddigon ar ei blât, fel y gweli di.'

I lygaid dinesig Mike roedd y lle fel unrhyw ffarm effeithiol; yn llawn blerwch dan reolaeth. I feddwl mai mab ffarm fu yntau unwaith. Gofynnodd iddo'i hun ganwaith, pwy ddewisai ffarmio o'i wirfodd? Yr anwadalwch, y gwaith nad oedd byth yn darfod, y costau, y pryder y gallai gwaeledd neu ddamwain – damwain yn arbennig mewn lle anghysbell fel hyn – roi terfyn mor sydyn ar bopeth. Arswydodd wrth feddwl am y peth.

'Yr argraff dwi'n ei gael ydi'ch bod chi wedi gwneud gwyrthiau'n barod. Faint sydd ers pan ydach chi yma? Blwyddyn?'

'Ychydig drosodd. Mae'n siŵr dy fod ti bron a marw eisiau bwyd. Tyrd i'r tŷ.'

Ar ôl swper trodd y sgwrs yn anochel i sôn am eu taid. Cofiai Mike yr hen greadur musgrell yn eistedd yn ei gwman mewn cornel yn ei hen gartref y tu allan i Burnie. Nid oedd y naill na'r llall yn cofio'u nain. Yn ôl a glywsant fe'i ganed yn Tasmania a phriododd y ddau toc wedi i Edward Lloyd gyrraedd o Affrica.

'Tydw i ddim wedi meddwl rhyw lawer am y peth o'r blaen,' meddai Mike ymhen ysbaid 'ond mae'n siŵr gen i fod Taid wedi canfod Cymraes yn Burnie oherwydd roedd Mam yn dal i fod yn bur rugl yn yr iaith fel y cofi di, Olwen. Mi feddyliwn iddo fo fod yn lwcus iawn yn cael gwraig o gwbl mewn lle oedd dal yn yr *outback* i bob pwrpas yn nechrau'r ganrif. Ac yn ôl y cof plentyn sydd gen i amdano fo, doedd o ddim yn bictiwr o foi y tu ôl i'r sbectol drwchus honno!'

'Byddai Mam yn arfer dweud fod gan Nain gysylltiad â theulu'r siop 'na sy'n dal yn Burnie hyd heddiw' meddai Olwen. 'Cafodd ei sefydlu gan rhywun yn dod o le o'r enw Niwbwrch, a Jones oedd ei chyfenw cyn iddi briodi, mae'n debyg. Gweithio yno oedd Tada cyn iddo fo hel ceiniog neu ddwy a dechrau ffermio. Roeddet ti'n gyrru 'mlaen yn dda efo fo, Mario.'

'Wel er 'mod i'n dod o'r Eidal ac yntau, gyda chyfenw fel Dawson o dras Iddewig rhyw oes meddai ef, roedd ganddon ni gefndir digon tebyg. Ac uchelgeisiau reit debyg i'n plant hefyd, dwi'n casglu. Mi wnaethon nhw aberthu tipyn i dy anfon di i'r brifysgol yn Ne Cymru Newydd, Mike . . . '

Synhwyro yn hytrach na gweld edrychiad rybuddiol ei chwaer ar ei gŵr wnaeth Mike. Ef a gafodd y manteision academaidd serch fod Olwen hithau ar fin cychwyn cwrs coleg pan aeth yn feichiog gyda Stephen a phriodi Mario. Gwelodd ei chyfle a throdd y stori yn ôl yn ddeheuig at y cefndir teuluol.

'Wyddost ti, yn tydio'n gywilydd nad ydyn ni'n gwybod rhagor amdanyn nhw. Wedi'r cwbwl mi wnaethon nhw fyw drwy gyfnod cyffrous. Taid yn gadael Affrica. Mudo i Tasmania ar adeg pan oedd y lle'n dal i ddatblygu, a'r cyfan mewn cyfnod pan nad oedd teithio'n hawdd fel mae o erbyn hyn. Diawl, wyt ti'n cofio, Mario, dim ond ychydig dros bythefnos gymrodd hi i'n stwff ni ddod yma ar y llong o Burnie ac roeddet ti wedi rhoi popeth yn ei le erbyn i mi a'r plant hedfan draw mewn diwrnod.'

'Ac wrth gwrs, roedd yr hen greadur wedi dod o Gymru cyn hynny. Mi gysylltais â Pilgrim's Rest, gyda llaw – y pentref lle cyfeiriwyd y llythyrau wnes ti anfon ata i. Mae'n debyg fod yr holl bentre bron yn union fel yr oedd o pan oedd Taid yn byw yno. Mae o wedi cael ei adfer fel rhyw fath o amgueddfa i ddangos y gweithfeydd aur ac ati. Tebyg iawn i Ballarat, dwi'n casglu. Fuoch chi yno? Pentre yn Victoria heb fod ymhell o Melbourne. Mae'n swnio'n debyg iawn, ond fod y lle 'ma, Pilgrim's Rest, yn dipyn mwy diweddar. Ond rwyt ti'n iawn, roedd eisiau gyts i hel dy bac o Sir Fôn i le felly yn 1910 neu pryd bynnag oedd hi.'

Cododd Olwen a diflannodd i ystafell arall.

'Mae'r gwin 'ma'n dda, Mario.'

'Lleol, wyddost ti. Mae'r winllan i lawr y ffordd. Hinsawdd da'r ffordd hyn. Fe fyddai'n rhy oer ar yr Ynys Ddeheuol. Ond yma . . . Cyn hir rwy'n meddwl y rho i gynnig arni o ddifri. Wyddost ti beth maen nhw'n ddeud am winoedd y 'byd newydd'? Gwin coch Awstralia, ond gwin gwyn Seland Newydd!'

'Wel, rhaid dweud, rydw i'n eitha hoff o *Cloudy Bay*.'

Chwarddodd Mario. '*Wow!* Cyflog wythnos i ffermwr tlawd fel fi!'

Daeth Olwen yn ôl yn cario cist dun gerfydd dau handl; cist wedi ei phaentio'n frown rhyw oes.

'Wel dyma ti, Mr cyfreithiwr, *all the wordly goods and chattels of one Alun Edward Lloyd, Esquire!*'

Gosododd y blwch ar y bwrdd, datododd y ddau fachyn

haearn ac agorodd y caead. Aroglai'n gryf o ryw hen lwydni cartrefol o hyd gydag awgrym o faco a gwêr.

'Waeth i ti heb na dechrau mynd drwyddyn nhw rŵan. Ond dyma sy' 'ma fel y dwedais i wrthat ti. Mae'n rhaid fod y byg hel achau 'ma wedi gafael i ddod a thi mor bell am lwyth o rybish. Ond na, o ddifri, fe alla i ddeall dy ddiddordeb di. Fel roeddan ni'n sôn gynnau. Pethau fel hyn sy'n cyfri yn y pen draw. Dyna'r trwbwl efo'n cenhedlaeth ni. Ar frys gwyllt drwy'r amser. A does gen innau ddim amser i gyboli efo nhw, wir i ti. Na'r amynedd chwaith, tawn i'n onest. Ond mae pethau fel hyn yn bwysig. Diawl, efallai y ffeindi di fod yr hen ŵr wedi claddu uffarn o gelc yn y lle 'na . . . Be ddudest ti oedd 'i enw fo, Pilgrim's Rest?'

'Un botel arall o win,' meddai Mario, 'ac fe gei di fynd drwyddyn nhw yn y bore.'

Cariodd Mike y gist i'w ystafell ac er iddo ymwrthod â'r demtasiwn i edrych ar ei chynnwys yn ei fodlonrwydd meddw, ni allai yn ei fyw fynd i gysgu yn y tawelwch llethol.

Drannoeth, gyda thun *Steinlager* iasoer wrth ei ochr ar fwrdd pren ar lwyfan concrit nad oedd yn ddigon crand i'w alw'n batio, dechreuodd Mike ddidoli cynnwys y gist. Roedd y rhan fwyaf o'r llythyrau wedi eu clymu'n fwndeli tynn gyda chareiau esgidiau, ac un bwndel wedi'i agor. Dichon mai perthyn i hwnnw wnâi'r ddau lythyr a anfonodd Olwen ato eisoes. Yr argraff a gafodd ganddi oedd fod llawer rhagor na'r prin ddwsin o fwndeli, ond o'u datod, hawdd iawn y byddai yno rai ugeiniau o lythyrau i gyd. Yn sicr, fe âi'r cyfan yn hwylus i'w fag llaw pan ddychwelai drannoeth i Sydney. Yn eu canol gwelai un bwndel teneuach na'r gweddill wedi ei glymu â ruban coch. Câi gyfle i ddarllen rhai ar yr awyren siawns. Fe ganolbwyntiai'n gyntaf ar gynnwys y bocs cardbord a orffwysai ar ben y bwndeli. Fel yr awgrymodd Olwen, ymddangosai mai geriach digon diwerth oedd ynddo. Sbectol ag iddi ond un fraich. Daliodd hi i fyny i edrych drwy'r gwydrau tewion. Drwyddi edrychai'r goeden *kauri* ym mhen draw'r cae fel *bonsai*. Oriawr aur â tholc yn ei chefn mewn cas melfed wedi'i wisgo'n dwll. Ar ei hwyneb enaml gwyn roedd yr enw, 'Owen Roberts, Gaerwen' wedi'i llingerfio. Cyllell boced gydag un llafn wedi torri a'r llall wedi'i hogi mor aml nes iddo fyrhau'n bigyn.

Edrychodd dros y weirglodd o'i flaen, draw i gyfeiriad Bae Hawke. Mor ychydig yw anghenion diwedd oes, meddyliodd. Dau hen getyn, y naill mor ddu a'r llall ac ôl dannedd wedi treulio coes un yn dwll. Y briwsion baco sych grimp yng ngwaelod hen dun a roddai'r chwa o arogl a ddeuai o'r gist: hwnnw a dau ddarn o gŵyr coch gydag ôl fflam matsen wedi duo'u blaenau. Roedd yno Feibl Cymraeg hefyd. Un bychan a'i gloriau bregus yn llwyd. Gerfydd llinynnau cotwm y cedwid y clawr blaen yn ei le. Roedd yr wyneb-ddalen yn frown fel pe bai wedi bod rhyw dro mewn dŵr budr ond roedd cryn dipyn o'r ysgrifen yn dal yn eglur.

'Rhoddedig i Alun Edward Lloyd, Plas Mathafarn, Glanmorfa, Sir Fôn ar achlysur ei ymadawiad â'r fro, gan gyfeillion Eglwys Horeb y M.C. Glanmorfa. Gorffennaf 1910.'

Roedd geiriau eraill islaw'r cyflwyniad ac er na allai eu darllen yn rhwydd roedd yn amlwg mai dyfyniad o adnod oedd yno. ' .. ...diwn ar h.. ....god angau, nid ofna.. .... wyt .. ...â mi, dy wialen ..th ....urant.' Nid oedd yn hyddysg yn y Beibl, a byddai'r orgraff hynafol yn ddiarth, ond nid oedd y staen ar hanner isaf y dudalen wedi gorchuddio'r rhif 23. Islaw roedd rhan o enw, ond y cyfan y gellid ei weld yn glir oedd ' ...iams, Gweinidog'.

Cafodd Mike yr hen ias annifyr hwnnw a gâi bob tro yr âi i addoldy, ac yn sicr wrth gyffwrdd â thrugareddau cred; rhyw deimlad ei fod, er yn deall eu harwyddocâd gan iddo gael rhyw lun o fagwrfa grefyddol yn Burnie, serch hynny yn tresmasu. Croes graen iddo fu cydio yn y Beibl. Yn erbyn ei ewyllys, craffodd arno, fel ar dalp o fywyd na fynnai ei rannu, mor ddiarth â rhywun estron ymhlith trugareddau diwedd oes ei daid. Wrth iddo ei osod yn ôl yn y bocs syrthiodd darn o bapur o'r tu mewn i'w glawr cefn i'r llawr. Roedd yn felyn a bregus ac wedi'i blygu'n bedwar. Gwyrodd i'w godi a chan aros ar ei gwrcwd agorodd y plygiadau'n ofalus. Yn ei law daliai ddogfen brawf ei olyniaeth: tystysgrif geni Alun Edward Lloyd ym Mhlas Mathafarn, Glanmorfa, *'in the county of Anglesea'* ar y chweched o Fawrth, 1888, yn fab i William Richard Lloyd, *Esq* a Hannah Elin Lloyd. Yn weddill yn y bocs roedd broetsh o ddeunydd du a welodd ei thebyg mewn siopau hen greiriau – y credai a elwid yn *jet* mewn rhyw oes o'r blaen. Roedd patrwm arni, ac roedd y pin a'i caeai yn dal i weithio. Doedd fawr ddim arall ar ôl. Hen gwmpawd pres a dwy geiniog Brydeinig â dyddiad 1910 ar un ohonynt. Anodd oedd gweld oed y llall ond gallai adnabod pen y Frenhines Victoria. Darn o gortyn, a llyfr tebyg i lyfr cownt hen ffasiwn heb glawr. Cododd y gweddillion a chymryd mai llyfr tâl milwr ydoedd. Nid oedd enw nac unrhyw arwydd i ddangos i bwy y perthynai, dim ond colofnau o ffigyrau, y cyfan mewn sylltau a cheiniogau. Wrth iddo ei roi yn ôl yn y bocs gwelodd iddo fod yn gorffwys ar gylch brown o faint hanner doler a darn o linyn bregus yn rhedeg drwy dwll ger ei ymyl. Cododd Mike ef a chraffu arno. Yn aneglur ond yn ddigamsyniol, wedi eu torri i wyneb y cylch, a wnaed o ryw ddefnydd fel cerdyn eithriadol o galed, gwelodd res o rifau. Ni allai eu darllen yn rhwydd. Oddi tanynt, ac yn berffaith eglur roedd y llythrennau C E ac islaw y rheiny, rhyw lythrennau eraill. Ond yr oedd yno enw hefyd, ar y dde gyferbyn â'r rhif ar ben uchaf y disg, ac yn fwy aneglur na dim arall. Chwythodd Mike ar wyneb y darn ac wrth wneud trawodd y golau ar wyneb y cylch nes taflu cysgod a wnâi ysgythriad yr enw'n gliriach. Wrth ei droi rhwng ei fys a'i fawd llwyddodd i'w ddarllen.

Crychodd ei dalcen ac estynnodd am y *Steinlager*. Roedd lleithder oer y tun wedi hen ddiflannu ond drachtiodd y cwrw a oedd erbyn hyn yn gynnes ac yn fflat. Disgleiriai De'r Môr Tawel yn y pellter yng ngolau llachar y bore. Cododd yn y man a cherdded yn araf i gyfeiriad y tŷ gan alw ar Olwen. Cariai ar gledr ei law ddisg adnabod y milwr o gist eu taid.

Ty'n Llan
Glanmorfa
Anglesea
Great Britain

29ain o Fedi 1910

Fy annwyl Edward

Diolch yn fawr iawn iawn am eich llythyr yn rhoddi eich cyfeiriad yn Affrica i mi. Yr wyf yn ysgrifennu yn ôl atoch ar unwaith. Gobeithio y gwnewch ei ateb yn yr un modd. Nid ydwyf wedi bod yn teimlo yn dda iawn. Mae Mam yn dweud fy mod wedi newid ac yn anodd byw gyda mi. Wir i chi Edward yr wyf yn meddwl y dylaswn fod wedi gadael popeth yma a mynnu eich bod yn myned a mi gyd a chwi. Ni fuaswn wedi bod yn hindrance i chwi o gwbwl ac fe fuaswn wedi gweithio yn galed i dalu yn ol i chwi y fare. Yr wyf yn teimlo nad oes dim i mi yn Glanmorfa rwan. A ydych yn meddwl y byddai yn bosibl i mi ddod yna ar eich ôl? Gwn y byddai yn step fawr i mi ei gymeryd ond yr wyf wedi bod yn meddwl am y peth ac yn siŵr y gallwn weithio yn Liverpool am dipyn i gael pres i dalu i ddod i Affrica. Fe fyddwn yn eich gwneud yn hapus iawn Edward, ac yn llawer gwell na eich bod yn byw mewn barics neu lodging house rhad fel y dywedwch. Mae Pilgrim's Rest yn swnio yn lle nice iawn. Rwyf yn siŵr y byddwn i yn cartrefu yn iawn yna ac ar ôl rhai blynyddoedd gallem ddod yn ôl fel yr ydych wedi addo. Please Edward, dywedwch wrthyf y byddech yn hoffi i mi ddod atoch chi. Ni fuaswn yn nuisance. Yr wyf yn eich caru ac yn eich colli ac yn teimlo fy mod eisiau eich support. Edrychaf ymlaen i dderbyn llythyr gennych yn fuan.

Ydwyf eich cariad
Gwen

Plas Mathafarn
Glanmorfa
Anglesea
Great Britain

30ain o Dachwedd 1910

Ein hannwyl fab, Edward,

Wel y mae y gaeaf wedi gafael yn ein gwlad unwaith eto a chwithau ymhell o'i grafangau y flwyddyn hon. Da gennym glywed yn eich llythyr diwethaf eich bod yn cartrefu yn eich llety. Y mae yn ymddangos i ni eich bod wedi bod yn ffortunus yn cael rhannu aelwyd grefyddol. Yr ydych yn cyfeirio hefyd fod sôn am gapel i'r Methodistiaid yn cael ei sefydlu yna yn ystod y flwyddyn sydd i ddyfod. Fe fydd hynny yn siŵr o fod yn gaffaeliad mawr i chwi ac i eich cyd-Gymry yn y dyffryn. Cawsom y fraint y Sul diwethaf o gael y Parchedig Ddoctor John Williams, Brynsiencyn gyda ni yn Horeb am 10 ac am 6. Cododd ei destun o Ephesiaid IV, 23,24 – 'Gwisgo y dyn newydd'. Yr ydym yn wir ffodus yn cael un o'i status ef yn weinidog o fewn ein henaduriaeth. Yma gyda ni yn y plas y treuliodd y Sul. Yr oedd hynny yn anrhydedd o'r mwyaf i eich mam ac i minnau. Soniai am y cyfarfod pregethu sydd i fod yn Llangefni rhwng hyn a'r Nadolig pryd y bydd yn rhannu pwlpud gyda'r Parch. Thomas Williams, Gwalchmai. Edrychaf ymlaen yn fawr at gael myned yno. Nid fod popeth yn ein heglwys fechan wedi bod mor edyfying. Yn y seiat yr wythnos diwethaf, i fy rhan i, fel y pen blaenor, y daeth y gorchwyl annymunol o orfod torri allan un o'r merched a syrthiodd i bechod. Diau y byddech yn ei chofio pe crybwyllwn ei henw. Y mae safonau moesol y wlad hon yn gadael llawer i'w ddeisyfu. Cydymdeimlwn â'r ferch ifanc yn ei thrallod yn naturiol ond nid oes lle i bechod wrth orsedd gras. Yn wir, y mae cyflwr y byd fel pe yn myned rhwng y cŵn a'r brain. Y diwrnod o'r blaen cafodd y Dr Crippen y clywsoch amdano yna y fan yna hefyd, mi dybiaf, ei haeddiant ar ôl ceisio dianc ar fordaith odinebus i Canada wedi iddo lofruddio ei wraig. Bu yr achos yn destun siarad mawr i bobl yr holl wlad. Un item arall o news a fydd o interest i eich landlady o South Wales yw fod milwyr wedi cael eu dispatchio i gadw trefn yn y Rhondda Coalfield. Yr oedd ymron dri chant o heddgeidwaid o Lundain wedi cael eu hanfon eisoes i geisio tawelu y strikers yn Tonypandy. Fe weithiodd y tactics oherwydd yn fuan wedyn darfu i'r strikers setlo eu claim a rhoi terfyn ar eu strike. Nid oes gennym ragor o news am y tro. Yr ydym yn genfigennus ohonoch yn yr hinsawdd boeth yna. Diau y clywn oddi wrthych rhwng hyn a'r Nadolig. Fe wn fod eich mam yn anfon rhyw treat bychan atoch, ond a gaf i fanteisio ar y cyfle hwn i ddymuno Nadolig Llawen i chwi rhag ofn na fydd yn eich cyrraedd mewn pryd. Cofiwch ysgrifennu. Yr ydym fel y gwyddoch bob amser yn falch o dderbyn eich llythyrau.

Ein cofion cynnes atoch
Eich tad a'ch mam

Ty'n Llan
Glanmorfa
Anglesea
Great Britain

1af o Fai, 1911

Fy annwyl Edward

Paham nad ydych yn ysgrifennu ataf nac yn ceisio cysylltu a mi mewn unrhyw fodd? Fe wn fod ein carwriaeth yn gyfrinachol ond rwyf yn ymbil arnoch. Mae yr hyn sydd wedi digwydd yn wybyddus i bawb ac mae celu y gwirionedd yn fy llethu. Gwnewch le i ni yn eich teimladau, yr wyf yn erfyn arnoch. Fe fûm yn ystyried taflu fy hun ar drugaredd eich tad. Ond fe wyddoch na wnawn hynny byth. Ar wahan i ddim arall ni fyddai fy pride yn caniatáu i mi yng ngwyneb yr hyn sydd wedi digwydd. Fe wn mai secret oedd ein perthynas er eich bod chi yn hoffi rhoi yr impression nad oedd ots gennych chwi a bod pawb yn gwybod amdanom. Y mae y stori yn y pentref eich bod yn ennill arian da yn y gold mine. Tybed a fyddai modd i chwi rywsut fy arbed o'r cywilydd hwn sydd fel baich du uwch fy mhen wrth wynebu pob dydd. Dywedwch eich bod yn malio amdanaf. Yr wyf yn eich caru Edward ar waethaf popeth.

Cofion anwylaf atoch fy nghariad
Gwen

Plas Mathafarn
Glanmorfa
Anglesea
Great Britain

31ain o Ionawr, 1915

Ein hannwyl fab, Edward,

Yr wyf yn prysuro i ateb eich llythyr diwethaf atom oblegid mae ei gynnwys yn peri gofid dwys i ni. Dywedwch y teimlwch reidrwydd i joinio y British Expeditionary Force yn Ffrainc. Edward annwyl, deisyfwn arnoch i beidio â bod mor fyrbwyll. Bob dydd o'r bron y mae y newyddion o'r Front yn ein cyrraedd yn y papurau newyddion. Nid ydynt yn cynnwys unrhyw gysuron. Heddiw'r bore gwelwn fel y bu i dair o longau y British Merchant Fleet gael eu suddo yn yr Irish Sea. Mae peth fel yna yn dod â'r rhyfel bron iawn yma at draethau Môn. Dywedwyd yn y papur ychydig wythnosau yn ôl fod strength y fyddin Brydeinig yn 720,000. Mae hynny, does bosibl, yn llawn digon. Mae sôn o hyd am conscription ond ni chredaf y daw i hynny gan fod digon o fechgyn ifanc yn dal i fyned i'r gâd o'u gwirfodd. Eisoes cawsom golledion trist yn yr ardal hon. Drwg gennyf yw eich hysbysu er engraifft fod eich hen gyfaill Dic Lewis, Pen Goetan yn 'missing, believed killed' er na ddywed yr awdurdodau wrth ei rieni ym mha le y bu y golled. Roedd Dic druan yn un o'r rhai cyntaf i enlistio. Nid ydwyf yn pacifist Edward, fel y gwyddoch, ond nid ydwyf yn hoffi ychwaith y ffordd y mae rhai o weinidogion ein hefengyl yn mawrygu y gyflafan hon a ddaeth ar ein gwarthaf. Y maent yn annog ein dynion ifanc i adael popeth a thalu sylw i apêl y posteri sydd wedi ymddangos ym mhobman i godi cywilydd ar y rhai sydd yn aros adre. Yr ydym i gyd wrth gwrs yn ymhyfrydu fod Mr Lloyd George yn leading light yn y Government ond y mae hefyd yn dylanwadu ar bobl flaenllaw yng Nghymru i gefnogi y rhyfel ac y mae y dynion ifanc yn eu tro yn gwrando arnynt hwythau. Yn wir yr ydwyf yn ofidus fod Mr Lloyd George wedi gweled yn dda i ddyblu yr income tax eleni i dalu am y War Effort. Meddyliwch am y peth. Byddaf yn talu deunaw ymhob punt, a hanner coron ar fy savings. Mae y peth yn disgrace. Yr unig beth calonogol a ddarllenais yn ddiweddar yw fod yr Allies a'r Ellmyn wedi oedi yn eu hymrafael adeg y Nadolig ac i'r ddwy ochr fraterneishio am ychydig. Wrth gwrs cawsant eu ceryddu yn hallt gan y generals a bu i'r ddwy ochr 'recommence hostilities' mewn dim o dro. O na fyddai ysbryd brawdgarwch fel yna yn teyrnasu yn barhaol. Diolch i chwi gyda llaw am eich anrhegion Nadolig. Fe ddaethom o hyd i'r 'nugget' bychan yn y fan ble y dywedasoch yr oeddych wedi ei guddio. Fel y dywedwch, y mae yr iaith Gymraeg yn useful iawn weithiau! Y mae yr aur yn ddigon o ryfeddod, a'ch mam, fel y gallech ddyfalu, wedi dotio. Da chi Edward, rhoddwch heibio eich bwriad ffôl i enlistio. Meddyliwch mor ffodus yr ydych yn y fan yna ymhell o sŵn yr ymrafael. Ysgrifennwch rhag blaen i ddweud wrthym eich bod wedi rhoi yr idea gwallgo' yma o'ch meddwl. Ni allaf ond meddwl am eiriau Sir Edward Grey oedd yn cael eu cyhoeddi drachefn mewn sawl un o'r papurau newyddion ddiwedd December fel quotation y flwyddyn yn sôn am 'the lamps going out all over Europe'. Rwyf wedi cadw y cutting ar y silff ben tân.

*Ein cofion cynnes atoch
Eich tad a'ch mam*

Ty'n Llan
Glanmorfa

14/2/15

Edward

Ni chlywch gennyf eto. Hwn fydd y tro olaf gan na allaf wynebu rhagor ar fy mhen fy hun. Ni allaf gredu y gallech fod mor greulon a gwrthod ateb yr un o'm llythyrau. Mae'r siarad a'r sibrydion yn mynd ymlaen ac ymlaen ac ymlaen nes fy ngyrru'n wirion. Dioddefais ers bron bedair blynedd Yr oedd y Nadolig yn hunllef ac ni allaf weled fy ffordd drwy'r gaeaf caled hwn. Yr wyf wedi cael digon. Nid wyf byth bron yn gadael y tŷ. Yr wyf bron yn 23 ac mae fy mywyd wedi cael ei ddifetha. Ond fe gedwais fy ngair. Gallaf fod yn falch o hynny. Dyna yr unig beth sydd gennyf i ymfalchïo o'i blegid. Fydd neb byth yn gwybod y gwir ac erbyn i chwi dderbyn y llythyr hwn ni fyddaf innau yma i falio ychwaith. Gobeithio Edward y gallwch rywfodd dawelu eich cydwybod pan feddyliwch amdanom.

Gwen

Pennod 6

Pilgrim's Rest, De Affrica, Mawrth 1915

Un o'r pethau cyntaf y daeth Edward Lloyd yn ymwybodol ohono pan gyrhaeddodd i weithio ym mwynfeydd Pilgrim's Rest oedd nad oes yr un düwch i'w gymharu â düwch crombil daear. Ta waeth pa mor dywyll y nos neu pa mor ddiddos bynnag fyddai swatio dan y dillad pan oedd yn blentyn yng nghlydwch ei wely plu yng Nglanmorfa, canfu nad oedd yr un dim tebyg i dduwch y lefelau heb olau. Yn wir, gartref ym Môn, y lleiaf clawstroffobig o'r siroedd, nid oedd wedi rhoi munud i feddwl am yr amodau gwaith a fyddai yn ei ddisgwyl yn Affrica; digon oedd gwybod y câi ei gyflogi, ac yn iwfforia ei ddyddiau cyntaf dan ddaear nid oedd yn ymwybodol o'r teimladau a ddeuai i'w lethu yn y man. Fesul tipyn y daeth y parwydydd llaith yn nes a phwysau mynydd o nenfwd yn is. Arswydai o hyd wrth gofio'r diwrnod, toc wedi iddo gyrraedd, pan arhosodd ar ôl i morol fod y distiau'n ddiogel ar gyfer shifft y prynhawn ger y ffâs lle gweithiai. Gwelai lampau ei gydweithwyr yn pellhau gan ei adael yng nghylch cyfyng y llewyrch o'r lamp ar ei helmed ei hun. Ni chymerodd y gorchwyl yn hir a throdd i'w dilyn. Ar y cychwyn cerddai drwy ddŵr a thalpau cerrig, ond fel y codai'r inclein âi'r cerdded yn haws, y llawr yn sychach a chyn hir, o glyw sŵn y dŵr, prin y clywai sŵn ei draed ei hun yn siffrwd drwy'r carped o lwch oddi tanynt. Martshiai'n dalog yng ngolau egwan y gadwyn bylbiau mewn cewyll gwifren a grogai o'r graig wrth ei ochr. Cyn hir, wrth i lefelau eraill ymuno â'i un ef, âi'r twnel yn lletach ac yn oleuach ond yna, yn sydyn, fe bylodd y goleuadau i gyd. Un fflach, a dyna'r cyfan yn diffodd. Safodd ym mhelydr pŵl ei lamp ei hun. Cymerodd beth amser iddo ddygymod â'r gwahaniaeth, a sylweddolodd nad oedd wedi ystyried cyn hyn cymaint y dibynnai ar rediad y gadwyn hir o fylbiau o'i flaen. Y rheiny fyddai yn eu harwain, ar ddiwedd pob shifft, tua'r botwm llachar o oleuni a welid ym mhen draw'r twnel. Cerddodd yn ei flaen yn fwy gochelgar na chynt gan ddisgwyl clywed trwst bechgyn y shifft nesaf yn dod tuag ato unrhyw funud. Roedd ar ddaear galed erbyn hyn; roedd gwadnau ei esgidiau hoelion mawr yn diasbedain o'r parwydydd, o'r to, ac o dan ei draed. Teimlai fel rhedeg ond roedd sŵn ei draed ei hun yn ei ddychryn. Roedd fel petai'n cerdded mewn cylch o sŵn ym mhensel fain y golau o'i helmed. Dyna pryd y diffoddodd y lamp. Safodd yn stond a rhedodd ei fysedd ar hyd y wifren â'i cysylltai i'r batri ar ei wregys. Daeth i'r casgliad fod y bwlb wedi chwythu. Digwyddai weithiau, er nad iddo ef o'r blaen. Cedwid digon yn y storfa ac anfonid un o'r llafnau ieuengaf yno i nôl un, gyda rhybudd i beidio ag oedi. Yn y cyfamser parhânt â'r gwaith o geibio'r graig yn y llewyrch egwan o oleuni a rennid rhwng pawb. Ond y diwrnod hwnnw, a haul anterth y prynhawn ar yr wyneb, yr oedd yn fagddu ym mhwll *Beta*. Llyncodd Edward Lloyd a sylweddoli fod ei geg yn sych. Sylweddolodd beth arall na chydnabu o'r blaen – hyd yn oed iddo'i hun, sef iddo fod yn anghysurus o dan ddaear, cynefin naturiol y mwynwr o'r cychwyn. Nid oedd neb arall yn y gweithfeydd i'w gweld yn poeni dim ac yn raddol, yng nghanol miri ei gydweithwyr, fe sylweddolodd yntau y byddai'n rhaid dygymod. Gwyddai hefyd na feiddiai ddangos diffyg hyder yng ngŵydd ei weithwyr duon a oedd fel pe'n synhwyro unrhyw wendid mewn dyn gwyn. Nid oeddent yn debyg o wrthryfela, ond clywodd am eu dulliau cynnil a sarhaus o ddangos dirmyg. Ac eto'r funud honno, byddai wedi rhoi'r byd am gael cwmni dau neu dri ohonynt. Gallai arthio'n lartsh yn ôl ei arfer i guddio'i arswyd. Arferai dybio nad y tywyllwch a'i blinai cymaint â'r ffaith ei fod yng nghrombil y ddaear. Y diwrnod hwnnw bu'n rhaid iddo gydnabod fod y tywyllwch ei hun yn ormesol. Roedd yn fwy na gormes. Roedd yn ei lyncu ac yn ei lethu. Rhoddodd floedd. Swniai fel ellyllon y fall yn ei wawdio o fil o gerrig ateb. Dechreuodd redeg er na sylweddolai ei fod yn gwneud. Hyrddiodd ei hun yn gibddall i wyneb y graig. Clywodd sŵn gwydr ei lamp yn malu'n chwilfriw. Yr oedd ar ei liniau. Y tywyllwch ddiawl fel carthen yn ei dagu, fel cwrlid yn cau amdano. Ceisiai ei deimlo ac ni allai ei gyffwrdd. Crynai fel deilen a theimlai ei hun yn anadlu'n gyflym, gyflym. Eisteddodd â'i gefn ar y graig a thrwy rincian ei ddannedd wylodd yn hidl. Ni wyddai am faint y parhaodd ei lesmair ond rhoddodd y gorau i'w igian y munud y sylweddolodd fod traed noethion wrth ymyl ei ben a pharabl iaith gyfansawdd y mwynfeydd, *Funagalo*, uwchlaw'r pwll o oleuni y gorweddai fel baban heb ei eni yn ei ganol, a rhywun mewn awdurdod yn gorchymyn y mwyaf cydnerth o'r gweithwyr duon i'w gario i olau dydd. Clywodd wedyn mai'r benbleth fwyaf i'w gydweithwyr ar shifft y prynhawn oedd canfod beth achosodd iddo ymddangos yn anymwybodol. Serch fod lamp ei helmed yn yfflon, nid oedd yr un archoll ar ei gorff yn unman. Drannoeth, dan chwibanu ac yng nghanol ei fintai ei hun fe fartsiodd yn dalog yn ôl at ei wythïen ac ni wyddai neb ond ef ei hun ei fod yn chwys diferol cyn cyffwrdd yn ei gaib a'i raw.

Ni ddaeth profiad felly i'w ran wedyn. Wrth gael mwy o gyfrifoldeb a mwy o ddynion i weithio oddi tano gofalai na ddeuai cyfle iddo gael ei adael ar ei ben ei hun dan ddaear. Ond wrth gerdded y llwybr cyfarwydd islaw'r coed i fyny *Breakneck Gully*, cofiodd unwaith eto am yr hen arswyd na allai byth ddianc rhagddo. Roedd y tywyllwch yma hefyd yn ddudew ond nid arswyd y nos a deimlai wrth ddringo'r llethr serth ond yr hen ofn gwahanol hwnnw a oedd yn rhan annatod o'r cyffro pan fyddai ar y perwyl hwn. Anaml y byddai mor dywyll â hyn ond yn yr awyr agored nid oes yr un noson lle na ellir gweld rhyw arlliw o symudiad. Weithiau, drwy'r canghennau, deuai llewyrch gwan y sêr ond heb leuad, palfalu wrth eu gorchwyl fyddai raid heno siawns. Yn awr ac yn y man gwelai amlinell Jack Daniels yn wargam dan ei lwyth o'i flaen ond prin y byddai unrhyw un yn gallu clywed sŵn yr un o'r ddau gyda bwrlwm yr afon dros y creigiau islaw. Ymhen y rhawg yr oeddynt allan ar rostir agored a siffrwd brwyn dan eu traed wrth i'r ddau ddolennu at lan y ffrwd a oedd yn dawelach yma ar y gwastad cyn cyflymu a rhuthro ar ei phen i'r ceunant.

Heb ddweud gair agorodd y ddau eu pecynnau. Roedd y paratoi yn ddefodol bron ac mewn dim o dro roedd rhythm i'r gorchwyl. Trochi a hidlo, symud i gysgod y dorlan am yn ail. Taflu golau'r fflachlamp ar y gwaddod. Sigliad neu ddwy arall cyn dychwelyd at y nant. Weithiau byddai'r oedi islaw'r geulan yn cymryd yn hwy. Arwydd da oedd hynny. Ni siaradant air wrth ymgolli'n llwyr i'r gwaith. Bu hwn yn llecyn da, ond yn fuan byddai'n rhaid symud ymlaen i roi cynnig ar ran arall o'r nant, neu hyd yn oed fynd i chwilota mewn ceunant arall. Aeth awr heibio. Dwy awr. Roedd Edward ar fin awgrymu cadw noswyl. Yn sicr, byddai'n rhaid bod yn ôl yn Pilgrim's cyn toriad gwawr. Clywodd chwibaniad isel.

'Ar f'enaid i Ned, drycha ar hwn!'

Roedd Jac yn cyrcydu islaw ceulan a'i badell wedi'i rhoi o'r neilltu. Taflai olau ei fflachlamp ar gledr ei law. Cyn iddo'i gyrraedd hyd yn oed, gallai Edward weld rhywbeth yn disgleirio.

'Myn uffarn i, mae'n dair owns o leia!'

Syllodd y ddau ar y dernyn aur. Lwmpyn garw heb iddo na ffurf na llun, ond yn ddigamsyniol, darn digon mawr i fod yn destun siarad i benaethiaid y *Transvaal Gold Mining*

Estates pe bai wedi dod i'r fei yn un o'r lefelau.'

'Bobol bach, welais i ddim byd tebyg erioed, a minnau ar fin awgrymu i ni roi'r gorau iddi yn y fan hyn.'

'Falle dy fod ti'n iawn. Hawdd y gallen ni ogro am flwyddyn gron a chael fawr rhagor. Yn sicr i ti, go brin y cae' ni ddim byd tebyg i hwn.'

Syllodd y ddau mewn syndod ar yr aur. Gafaelodd Edward ynddo a'i droi rhwng ei fys a'i fawd. Roedd ei bwysau'n llethol. Ers pan ddechreuodd y ddau weithio'r ffrwd, dichon eu bod wedi canfod yr un faint eisoes, ond mewn gronynnau bychain, fawr mwy na dafnau o lwch. Yn wir roedd y ddau wedi cael ambell ronyn yn barod y noson honno, ond fe wyddai Edward mai eiddo Jack fyddai hwn. *'Finders keepers'*, fel y dywedodd wrtho y noson y rhannodd ei gyfrinach dan ei anadl ym mar cefn y *Pilgrim's*. Esboniodd fel yr oedd cymaint o'r mwynwyr profiadol yn codi allan gefn nos i chwilio'r nentydd. Cofiai ei eiriau.

'Mae'n gêm beryglus, was. Nid cael ein taflu allan fasa ni. Ond jêl. Dwi'n nabod rhai gafodd eu dal. Ddaethon nhw byth yn ôl. Rwyt ti'n *black-listed* lle bynnag yr ei di yn Affrica. Waeth i ti ei miglo hi am adre ddim.'

Y perygl fu rhan o'r wefr; hynny a'r ffaith i gyflog Edward gael ei dreblu mewn dim o dro. A mantais, ar un ystyr, meddyliodd, oedd na feiddiai wneud dim â'i ffortiwn fechan. Nid ar boen ei fywyd y gallai werthu yng nghyffiniau Pilgrim's Rest er bod rhai, fe wyddai, yn gwneud busnes o hynny, yn dawel bach. Na, fe gasglai'r ysbail hyd oni adawai Pilgrim's. Fe âi yn ôl i Gymru yn ŵr goludog, rhyw ddydd. Ac eto . . . Bob hyn a hyn deuai'r hen chwilen a fu'n ei boeni i'w frathu.

'Diawcs, Jack, 'da ni wedi bod yn lwcus. Ti ddim yn meddwl weithiau dywed ei bod hi'n bryd i ni roi'r gorau iddi? Cyfri'n bendithion. *Get out while the going's good.* 'Da ni'n dau wedi gwneud celc go lew. Chdi'n arbennig gan i ti fod wrthi 'mhell o 'mlaen i.'

'Bosib bod chdi'n iawn ond myn diawl mi fydda'n galed. Mae'r peth yn mynd i dy waed di'n tydi? Sôn am gold ffifar myn uffarn i. Fe'i daliais i o'r munud cyrhaeddais i yma. Meddwl beth fydda'r hogia yn Ninorwic yn 'i ddeud. Crafu bywoliaeth yn fan'no ar wynab y graig bob tywydd am nesa peth i ddim. Ninna'n fan'ma yn ei lordio hi. Llwyth o blacs ar ein bec an côl ni a bonws fel hyn bob wîcend!'

Ni fu rhagor o ogro y noson honno. Eisteddai'r ddau ar garreg a'u traed yn y gro wedi cynefino digon â'r tywyllwch i weld amlinell pethau'n weddol glir. Roedd Jack Daniels yn dal i anwesu'r talp o aur rhwng ei fysedd. Craffai i'w gyfeiriad bob yn hyn a hyn.

'Fedra i ddim disgwyl i gael adra i roi hwn dan lamp. Weles i ddim tebyg erioed ar f'enaid i. A meddwl am y peth. Fedra i neud dim efo fo. Ffortiwn myn uffarn i, a fasa fiw i mi drio'i werthu o. R'arglwydd mi fasa'r peth yn destun siarad yr holl ffordd i Pretoria, myn diawl. Mae'n debyg y bydd yn rhaid i mi ddal 'ngafal ynddo fo nes â i o'ma. A does gen i ddim bwriad i neud hynny. Fel oeddat ti'n deud, ma' Pilgrim's 'ma 'di bod yn dda i ni, was.'

Ni ddywedodd Edward air am dipyn, dim ond syllu i gyfeiriad sŵn esmwyth y dŵr llyfn a lithrai heibio.

'Mi fydda i'n teimlo 'mod i wedi cael digon weithiau, Jac. A wyddost ti, mi fydda i'n teimlo'n euog hefyd . . . Meddwl am yr hogia'n cael eu lladd yn rhesi yn Ffrainc. A ninnau fan hyn ar ben ein digon. Dydi o ddim yn iawn rhywsut.'

'R'arglwydd meddylia lwcus 'da ni 'di bod. Cael allan in ddy nic of teim. Piti garw a bob dim, ond 'da ni'n wel owt of it was. Mi ges i lythyr gan 'yn chwaer rhyw fis yn ôl. Deud bod Wil Tŷ Fry 'di ladd. 'Yn ffrind gora i yn rysgol bach. Taswn i adra ma' siŵr baswn i wedi joinio efo fo. Felly oeddan ni pan roeddan ni'n blant – gneud popath efo'n gilydd. Geisish i berswadio fo ddod efo fi. Nything dwing.

Roedd 'i fam o'n weddw ti'n gweld. Dad o 'di'i ladd ar Clogwyn Mawr yn 08. Pŵar bygar.'

Saib arall, mwy anesmwyth y tro hwn.

'Mi fyddai 'Nhad yn cytuno efo ti. Mae o'n gwneud popeth i fy narbwyllo i aros yma. Rhyfedd a deud y gwir. Doedd o ddim eisiau ngweld i'n dŵad a rŵan dydi o ddim eisiau 'ngweld i'n mynd adre! Mae o yn 'i waith yn sgwennu i geisio narbwyllo fi i beidio joinio. Mi gefais lythyr arall ganddo fo'r diwrnod o'r blaen. Deud eto 'i fod o wedi digio efo John Williams, Brynsiencyn. A dyna i ti ddeud go fawr i'r hen ddyn. 'I arwr mawr o'n ricriwtio ar sgwâr Llangefni. Wel, mi bechodd! Sôn am ryfel cyfiawn a 'ballu, mae'n debyg. Wyddwn i ddim fod yr hen ddyn yn gymaint o *pacifist*.'

'Dydi o ddim, siŵr Dduw. Gwbod dy fod ti ar gwd thing yn fan'ma mae o. Cadw dy ben i lawr was. Barith rhyfal 'ma ddim yn hir. Mynd adre wedyn siŵr iawn.'

'Rhyw feddwl oeddwn i y baswn i'n mynd i Ffrainc, ar fy ffordd felly. Fel ti'n deud, mi fydd drosodd reit fuan siawns. Rhoi syrpreis i'r hen deulu. Cyrraedd adre wedi bod yn y rhyfel – ac wedi gneud fy ffortiwn hefyd. Lladd dau dderyn efo un garreg!'

Cododd y ddau i gasglu'r geriach ynghyd cyn cerdded tua cwr y coed. Roeddynt wedi ei gadael braidd yn hwyr cyn cychwyn. Cael a chael fyddai iddynt gyrraedd Pilgrim's cyn i'r wawr gyflym ddod ar eu gwarthaf.

'Rhyngtho ti a dy betha, Ned. Ond os cymri di gyngor gin hen stejar, sit teit, was, sit teit.'

Poerodd Jack Daniels unwaith yn rhagor ar ei dalp o aur a rhoddodd ef yn ofalus yn y ddyfnaf o'i bocedi.

Daeth Edward i gymryd yn ganiataol y gwyddai Hannah Pugh pa berwyl a olygai ei fod yn aros allan drwy'r nos yn achlysurol. Am a wyddai, bu ei diweddar briod yn gwneud yr un peth. Ac eto ni chredai hynny chwaith, rywfodd. Nid oedd dim yn *Ferndale* a awgrymai fod ganddi hi ei chwdyn llawn llwch fel yswiriant ar gyfer ei dyfodol hi a'r merched. Ar y cychwyn bu'n mwmian wrthi rywbeth am fynd i bysgota ond buan y sylweddolodd mai llesg iawn oedd yr esgus hwnnw gan na ddychwelodd yr un waith a gallu cynnig ffrwyth ei enwair i swper.

Prifiodd y merched yn ystod y pum mlynedd er pan gyrhaeddodd Edward Pilgrim's Rest. Roedd Mary yn bedair ar bymtheg oed; Elizabeth yr un oed â'r ganrif. Gwelodd nhw'n prifio nes bod rhannu'r unto yn gallu bod yn anghysurus, weithiau. Rhyfedd meddyliodd, fel y culhaodd y bwlch o wyth mlynedd yn eu hoedran er pan groesawyd ef gyntaf i'w haelwyd, bum mlynedd ynghynt. Ers hynny daeth yn fwy na *lodger*, ffaith a wyddai oedd yn destun ambell gilwg awgrymog o du ei gydweithwyr. Ond y gwir amdani oedd na theimlai unrhyw atyniad at Hannah Pugh. Yn ei chanol oed anfodlon, magodd fwy eto o bwysau ac ystyriai Edward hi'n fwy fel mam. Yn sicr, yn nhyb Hannah Pugh ei hun, bachgen mawr angen ei ymgeleddu'n gyson oedd Edward. Ond yr oedd yntau yn cyfrannu mwy na'i rent. Blwyddyn ynghynt, cynigiodd adeiladu estyniad at dalcen y tŷ. Mewn gwirionedd cafodd ddau o lanciau o'r gwaith i wneud y gwaith caletaf, a chyda wisgi a thybaco yn rhad ar gyflog dyn gwyn, ni chostiodd eu llafur fawr ddim iddo. Bellach roedd ystafell wely ychwanegol yn Ferndale. Aeth y ddwy ferch i gysgu yn honno. Bob nos âi Edward i gysgu yn dychmygu'r golygfeydd yr ochr arall i'r pared.

Yn raddol datblygodd y berthynas rhyngddo ef a Mary. O fod fel rhyw ewythr a gyrhaeddodd yn annisgwyl i'w byd bychan daeth Edward i edrych arni fel cariad hyd braich o ddyddiau ysgol. Cofiai iddo sylwi ar addewid ei phrydferthwch cyn gynted ag y cyrhaeddodd. Roedd ei bronnau yn llanw allan bryd hynny, ei llwynau yn lledu, ac yn wahanol i'w chwaer fach, fe wridai Mary pe digwyddai iddo weld ei choesau. Bellach, gyda'i gwallt hir du, roedd ei llygaid cellweirus yn ei bryfocio'n gyson. Bu'n hir iawn yn ceisio penderfynu a oedd hynny'n fwriadol ai peidio.

Y diwrnod cyn ei phen-blwydd yn ddeunaw oed aeth gyda'r ddwy chwaer i gasglu llus, neu geirios o'r math tebycaf i lus na lwyddodd i gael neb i roi'r enw priodol arnynt. Digon oedd gwybod y gwnaent eu bysedd a'u gwefusau yn gochddu. Gyda'u piseri'n llawn rhedai'r tri i lawr y llethr. Roedd Pilgrim's yn y dyffryn islaw a rhedyn y mynydd fel maglau o gylch eu traed. Roedd Elizabeth wedi achub y blaen. Edrych arni hi'n llamau dan chwerthin wnâi Edward pan faglodd Mary. Bu'n amhosib iddo ei hosgoi. Syrthiodd yntau. Roedd ei biser llus oddi tano ond roedd Mary yn ei freichiau. Am eiliad edrychodd y ddau'n syn ar ei gilydd. Yna chwarddodd Mary y chwerthiniad bloesg hwnnw a wnâi i Edward deimlo'r hen gyffro cyfarwydd a phleserus o anghysurus yn ystwyrian. Yn reddfol, cusanodd y gwefusau llawn. Roedd yn ymwybodol o Mary yn dal ei hanadl ac yna'n ymollwng cyn tynhau ei chyhyrau drachefn.

'Edward . . .'

'Rwyt ti mor hardd, Mary. Fedrwn i ddim peidio. Plis paid a digio wrtha' i. Ond rydw i wedi bod eisiau gwneud hyn'na ers . . .'

'Ers faint?'

Roedd wedi codi ei haeliau ac yn edrych arno gyda gwên gellweirus. Gallai weld blaen tywyll ei thafod rhwng y gwefusau lliw llus. Ond roedd ei dannedd perffaith yn wynion, a'i gwallt yn gydynnau tonnog ar obennydd o redyn a oedd wedi dechrau crino.

'Ers pan oeddwn i'n meddwl fod gen i hawl i dy ffansïo di.'

Plygodd drachefn tuag ati yn dyheu am iddi beidio troi ei phen draw. Yn lle hynny estynnodd Mary ei llaw y tu ôl i'w wegil a sylweddolodd nad oedd am gau ei cheg ychwaith.

'Mary . . . Edward . . . Lle rydach chi?'

Roedd Elizabeth bron â chyrraedd ceg y ffordd drol a arweiniai i'r pentre. Llamodd gwrid i wyneb Mary.

'Dydw i rioed wedi gwneud hyn'na o'r blaen, Edward. Ac mae fy llus i ymhob man.'

Cododd y ddau. Erbyn i Elizabeth gyrraedd yn ôl i roi help llaw i gasglu'r llus o ddrysi'r rhedyn, roedd Mary wedi dod dros ei ffwdan. Roedd esgus hollol dderbyniol pam fod staen coch ar ddillad y ddau yn cyrraedd yn ôl i Ferndale, a thyst hefyd i'r ddamwain lle na lwyddwyd ond i ganfod digon o lus i lanw un piser o gynnwys dau.

Fu pethau byth yn union yr un fath rhyngddynt wedyn. Roedd addewid o rywbeth na châi ei drafod yn hofran. Anaml y llwyddent i fachu ar gyfle i gusanu. Weithiau cyffyrddai blaen eu bysedd yn fwriadol-ddamweiniol. Byddai pasio mewn drws neu wrth wneud gorchwyl yn y tŷ yn gwneud i'w cyrff gyffwrdd. Dim ond ar noson y gymdeithas yn y capel y byddai cyfiawnhad i'r ddau gydgerdded, ond doedd Mary ddim yn ddigon siŵr a allai ymddiried yn Elizabeth i hel esgusion drosti pe mynnai sefyllian ar y ffordd yn ôl.

Pan gododd Edward cyn cinio y diwrnod y darganfu Jack Daniels ei dalp o aur, synhwyrodd fod y tŷ yn anarferol o dawel. Eilliodd wrth ei bwysau a gwnaeth baned. Pan aeth â'r cwpan gydag ef i sefyll wrth y drws ymhen y rhawg y gwelodd Mary. Eisteddai ar styllen a osododd unwaith fel sedd wrth fôn coeden jacaranda a oedd, erbyn hyn angen tocio tipyn ar ei changhennau. Gwyddai'n syth fod rhywbeth o'i le.

'Mae Mami eisiau i ni fynd adre, Edward.'

'Adre?'

'Yn ôl i Gymru.'

Bu'n sôn am hynny byth ers pan gyrhaeddodd atynt i fyw. Dyna diwn gron feunyddiol Hannah Pugh. Yr oedd bron â bod yn destun sbort ymysg y merched.

'Mae hi o ddifri'r tro hwn. Llythyr dda'th y bore 'ma yn gweud fod Mamgu wedi marw. Mam 'Nhad. Roedd Mami o hyd yn sôn y dylen ni fynd gatre gan nad oedd hi riôd wedi gweld Elizabeth. Nawr ma' hi'n dechrau pryderu fod Mamgu Cwm yn mynd i farw 'fyd. Mae hi ar ei phen ei hun ers pan a'th tatcu ddwy flyne' 'nôl. A ma' cender i ni 'di'i ladd yn y rhyfel 'fyd 'ma'n debyg. Rhwng popath ma' hi'n ypset ofnadw, Edward. Mae hi wedi mynd lan i'r *post office* nawr.'

'Aros di, Mary. Aros di yma. Does dim raid i ti fynd.'

'Beth chi'n feddwl? Allwn i ddim aros 'ma fy hunan bach.'

'Aros efo mi, Mary. Fe briodwn i. Gei di aros yma efo fi.'

Roedd y cyfan wedi ei ddweud cyn iddo ystyried. Cwestiwn y bu'n pendroni sut i'w ofyn wedi cael ei roi ar ffurf gosodiad. Cyn i Mary gael cyfle i ymateb gwelsant Hannah Pugh ac Elizabeth yn dod tuag atynt. Ar ôl swper tybiodd Edward ei fod yn gweld cyfle i sôn am ei fwriad.

'Dydi ond teg i mi ddweud wrthach chi Hannah Pugh 'mod i wedi gofyn y bore 'ma i Mary 'mhriodi fi.'

Nid oedd wedi sylweddoli yr effaith a gâi ei eiriau. Cochodd Mary at ei chlustiau a gwelodd lygaid Elizabeth yn agor led y pen. Fferu yn ei chadair wnaeth Hannah Pugh. Roedd ei dwylo yn prysur chwarae gyda darn o edau ar ymyl y ffedog ar ei glin. Trwy'r dydd bu fel iâr ar domen – yn anniddig ac yn tynnu un gorchwyl diangen ar ôl y llall i'w phen.

'Ond cyn i 'run ohonoch chi ddweud dim rydw i'n sylweddoli efallai i mi fod braidd yn fyrbwyll. Fyddai ddim yn deg i mi'ch gwahanu chi. Gyda'ch gilydd, wrth gwrs, y dylech chi fynd yn ôl i Gymru, os mai dyna'r ydach chi wedi'i benderfynu i wneud. Mi ydw innau am ymuno â'r fyddin. Mi glywais i yn y pentre'r prynhawn 'ma eu bod nhw'n hel criw arall i fynd allan i Ffrainc. Rydw i am fynd efo nhw. Ac yna cyn gynted ag y bydd y rhyfel drosodd . . . Allith hi ddim para llawer rhagor, fe fydda i'n dod i Gwm Rhondda, a gawn ni weld . . . '

Cododd Mary ar ei thraed. Roedd ei hwyneb yn dal yn fflamgoch, ac er mawr syndod iddo, roedd y peth tebycaf i ddirmyg, neu gasineb hyd yn oed, y tu draw i'r dagrau a lanwai'r llygaid duon. Heb ddweud gair, rhuthrodd o'r ystafell. Dim tan i'r tawelwch lanw'r gegin wedi i ddrws yr estyniad ar dalcen y tŷ roi clep y clywsant hi yn beichio wylo.

Pennod 7

Ar fwrdd Boeing 747-400 QF63, Mehefin 1999

Bob bore am ddeg, fe gyfyd un o awyrennau *Boeing 747-400* a berthyn i Quantas, cwmni hedfan cenedlaethol Awstralia o faes awyr Kingsford Smith yn Sydney, i ddilyn un o'r llwybrau awyr mwyaf unig y byd. Pen y daith i *QF63* yw Johannesburg yn Ne Affrica. Fe â yno mewn dau gymal: y naill dros grasdir diffaith canol Awstralia i Perth, a'r llall dros unigedd cefnfor y de. Suddodd Mike Dawson i ledr meddal ei sedd. Serch ei fod wedi hen arfer â theithio ni phallai'r wefr. Daliai i ryfeddu fod y fath anghenfil yn gallu gadael y ddaear o gwbl.

Didrafferth fu trefnu ei daith i Pilgrim's Rest. Pan ddychwelodd o Seland Newydd roedd ffeil gyda rhagor o wybodaeth am y cais i ehangu yn Old Sydney Town yn ei aros. Treuliodd brynhawn yno. Bu'r daith tua'r gogledd yn y BMW yn gyfrwng i'w argyhoeddi y gallai gryfhau ei achos pan ddeuai gerbron yr awdurdod cynllunio drwy ddadlau mor llwyddiannus fu datblygiadau tebyg mewn llefydd eraill. Yn ôl yr hyn a ddarllenodd yn y *Rough Guide* roedd y gwaith a wnaed yn yr hen dref fwyngloddio yn y Transvaal yn esiampl berffaith. Yn llawer rhwyddach gallai fod wedi mynd i Ballarat yn nhalaith Victoria a gweld y modd yr atgynhyrchwyd yr hen weithfeydd aur yn Sovereign Hill. Gobeithiai y byddai ei benderfyniad i fynd ar daith un awr ar bymtheg i Affrica yn adlewyrchu mor drwyadl yr ymgymerodd â'i waith ymchwil. Fe ddeuai â lluniau yn ôl i gryfhau ei achos ac erbyn dyddiad y gwrandawiad fe fyddai, yn ôl ei arfer, yn huawdl ei ddadleuon gerbron y tribiwnlys cynllunio. Pan gyflwynai *Dawson, Bailey & Associates* y bil, go brin y byddai pris tocyn busnes i Dde Affrica, hyd yn oed am dair mil o ddoleri yn tynnu rhyw lawer iawn o sylw. Yn wir, yr un mor hawdd meddyliodd, y gallai fod wedi gofyn i Linda archebu tocyn dosbarth cyntaf iddo. Cymerodd binsiad arall o'r cnau cynnes yr oedd y gweinyddwr newydd eu gadael ar fraich ei gadair ac estynnodd am ei wydr o gin a thonic.

Estynnodd i'r cês metal gloyw ar y sedd wag wrth ei ochr. Serch na allai ddyfalu sut yn hollol, gobeithiai y byddai ei daith i Affrica yn taflu rhyw oleuni ar gymeriad Edward Lloyd. Hyd y gallai weld, dim ond dau lythyr oedd heb gydymffurfio â phatrwm y gweddill: un llythyr mewn gwirionedd, oherwydd y cyfeiriadau yn unig oedd yn wahanol. Yr oedd y naill a'r llall wedi eu hysgrifennu yn yr un llawysgrifen: llawysgrifen Edward Lloyd ei hun, a'r unig enghreifftiau fyddai ganddo, fe dybiai, o lawysgrifen ei daid. Yr un yn union oedd geiriad y ddau lythyr, fel pe baent yn gopïau, ar ôl sawl ymdrech, i gyfansoddi fersiynau caboledig, ac, mewn llawysgrifen ofalus, i ymgodymu ag iaith estron.

Mine captains office
Beta Mine
Transvaal Gold Mining Estates
Pilgrim's Rest
Transvaal
Republic of South Africa

18th March 1915

The General in Charge
The Office of War
London
England

Dear Sir

I have decided to join in the War Effort. As I am British I would like to join the British soldiers in France. As I now live in South Africa and work here in Pilgrim's Rest as a gold miner please will you let me know what I have to do. I still have many friends in North Wales. Please would it be possible for me to join them, maybe in the Royal Welsh Fusiliers. I am 27 years of age. I have heard that Mr Lloyd George has been recruiting soldiers in Anglesea where I come from. Can you please let me know soon.

I am, your humble servant,
Alun Edward Lloyd

Mine captains office
Beta Mine
Transvaal Gold Mining Estates
Pilgrim's Rest
Transvaal
Republic of South Africa

18th March 1915

The General in Charge of British Soldiers
The British Army
France
Europe

Dear Sir

I have decided to join in the War Effort. As I am British I would like to join the British soldiers in France. As I now live in South Africa and work here in Pilgrim's Rest as a gold miner please will you let me know what I have to do. I still have many friends in North Wales. Please would it be possible for me to join them, maybe in the Royal Welsh Fusiliers. I am 27 years of age. I have heard that Mr Lloyd George has been recruiting soldiers in Anglesea where I come from. Can you please let me know soon.

I am, your humble servant,
Alun Edward Lloyd

Er gwaethaf chwilota dyfal ni chanfu Mike Dawson unrhyw dystiolaeth i Edward Lloyd dderbyn ateb i'r naill gais na'r llall.

Plas Mathafarn
Glanmorfa
Anglesea
Great Britain

15fed o Awst 1915

Ein hannwyl fab, Edward,

Prysurwn unwaith eto i ateb eich llythyr diwethaf. Calondid o'r mwyaf i eich mam ac i minnau yw derbyn unrhyw ohebiaeth oddi wrthych sydd yn dal i ddwyn eich cyfeiriad yn South Africa. Yr oeddych, fe sylwais, yn fwy non-committal parthed eich teimladau ynghylch y rhyfel. Yn wir, Edward, y mae y situation yn Ewrop yn enbyd iawn. Am ba hyd y pery hyn nis gwn. Dengys y ffigyrau diwethaf fod colledion Prydain oddeutu tri chant a hanner o filoedd erbyn hyn. Ein dynion ifanc gorau yw y rhain sydd yn cael eu bwrw i lawr ym mlodau eu dyddiau. Fe fûm yn credu na welem conscription ond yn awr, yng ngwyneb y mawr golledion, nid ydwyf mor siŵr. Mae y syniad yn cael ei drafod yn y papurau newyddion yn feunyddiol ynghyd â phasio y National Registration Bill. Meddyliwch wedyn am gost y peth. Tair miliwn o bunnoedd y dydd. Tair miliwn! Y mae y benthyciad i dalu am hyn oll yn fy arswydo. Fe gymer flynyddoedd i ad-dalu y debt, yn enwedig i'r Americans, os yn wir y llwyddir byth i'w dalu. Daeth Mr Lloyd George o ganol ei brysurdeb fel Minister of Munitions i Fangor y diwrnod o'r blaen i'r National Eisteddfod. Hyd yn oed yn y dyddiau dreng hyn fe gadwodd ei addewid i fod yno ar y dydd Iau yn ôl ei arfer. Yr oeddwn i yno, yn un o'r deng mil, y maent yn dywedyd, a aeth i wrando arno. Y mae yn rhaid dweud, Edward, y mae yn ddyn charismatic iawn gyda llawer o presence. Dywedodd iddo ddod i Fangor o waith y rhyfel er mwyn iddo gael clywed telynau'r beirdd uwchlaw sgrech y magnelau, a gwnaeth sylw o'r ffaith na ofynnwyd y cwestiwn arferol 'A oes heddwch?' eleni.

Roedd hynny yn fêl i'w fysedd oherwydd gallodd ofyn i ba bwrpas gofyn y cwestiwn a sŵn y rhyfel ar bob tu? Yn wir i chi, Edward, y mae yn orator tip top. Dywedodd hefyd fel y gallai glywed sŵn y gynnau mawr ar faes y gad yn Ffrainc o'i fwthyn yn Surrey ar nosweithiau tawel, a gorffennodd y peroration gyda'r geiriau, 'O Iesu na âd gamwaith'. Yr oedd banllefau y dorf pan ddywedodd hynny yn resounding. Gŵr ieuanc o'r enw Parry-Williams enillodd y goron yn ogystal a'r eisteddfod chair. Y mae pethau mawr yn dal i ddigwydd hefyd ar yr home front. Heddiw'r bore fe ddywed y papur i naw o bobl gael eu lladd pan ddigwyddodd damwain i yr Irish Mail ar ei ffordd tuag yma o Euston. Hynny yn dilyn mor fuan ar ôl y trychineb enbyd hwnnw ar y ffordd haearn yn Gretna Green ychydig amser yn ôl. Ac eto pa beth yw y collcdion hyn o'u cymharu â'r niferoedd sydd yn marw ar y Western Front ac ar y môr? Y mae rhagor eto o'n cymdogion wedi eu colli, a daeth i glyw yr ardal yn ddiweddar fod Mrs Howdle, Pant y Saer ymhlith y rhai hynny a aeth i lawer gyda'r Lusitania. Ni allwn ond gobeithio Edward fod y newyddion uchod yn foddion i eich darbwyllo i roi y syniad ffôl o enlistio yn gyfan gwbl o eich meddwl. Y maent yn dywedyd fod 100,000 o ddynion ieuanc wedi enlistio o Gymru erbyn hyn. Mwy na digon, Edward. Arhoswch yna a dewch adre atom pan ddaw y gyflafan enbyd hon i ben. Ysgrifennwch atom eto yn fuan iawn.

*Ein cofion cynnes atoch
Eich tad a'ch mam*

Pennod 8

Pilgrim's Rest, De Affrica, Mehefin 1999

Llogodd Mike Dawson gar Chrysler ym maes awyr Jan Smuts. Mewn dim o dro roedd wedi gadael undonedd diwydiannol Johannesberg ac ar ôl llai na phedair awr o yrru ar ffordd yr N4, cyrhaeddodd lechweddau gwyrddion bryniau'r Transvaal. Nid ei bod yn bosib iddo eu gweld. Bu'n ddiwrnod hir. Serch iddi fod yn daith o fwy na wyth mil o filltiroedd o Sydney, hedfan i ddal yr haul a wnaeth, a doedd hi ond yn amser te pan gyrhaeddodd Johannesberg. Daeth y nos yn gyflym ac roedd yn falch fod Linda wedi trefnu ystafell iddo mewn gwesty yn Nelspruit, gan iddo ddechrau pendwmpian fwy nag unwaith wrth y llyw. Wrth barcio'r car, sylweddolodd iddo fod wedi teithio bron yn ddi-dor ers pedair awr ar hugain. Er hyn dim ond hanner awr wedi deg y nos oedd hi ym mhrifddinas fechan talaith Mpumalanga yn Nyffryn Afon y Crocodeil.

Cysgodd yn hwyr drannoeth ac edrychai ymlaen at y daith fer i Pilgrim's Rest, chwe mil o droedfeddi i fyny ym mynyddoedd y Drakensberg. Byddai hanner awr o waith dringo esmwyth yn y car cyn gostwng drachefn i hafan rhwng bryniau llonydd a fu unwaith yn diasbedain i sŵn morthwylion ac ebillion y cloddwyr aur. Yr oedd yr amgueddfa wedi trefnu ystafell iddo yn y gwesty gorau. Gwenodd wrth gofio disgrifiad y *Rough Guide* o'r lle: '... *the wonderful Royal Hotel, brimming with Victoriana*'. Teimlai ei fod wedi camu i'r hyn a ddychmygai oedd yn dalp o Loegr ar droad y ganrif, ac wrth sefyll yn disgwyl am sylw wrth y ddesg yn y cyntedd, gwelodd mor hawdd fyddai iddo gyfiawnhau taith mor bell. Roedd popeth ynglŷn â'r lle yn dystiolaeth berffaith ar gyfer pan âi ati yn y man i ddadlau cymaint o gaffaeliad fyddai datblygiad tebyg ar gyrion Sydney.

Pan aeth am dro i lawr y ffordd ar ôl gadael ei bethau yn ei ystafell daeth yn amlwg hefyd mor briodol oedd galw Pilgrim's Rest ar ei newydd wedd yn *an almost too-perfectly restored gold-mining town*. Yn ôl y trefniant, roedd dwy o geidwaid yr amgueddfa yn aros amdano pan ddychwelodd amser cinio. Cafodd beth o hanes y lle gan Cheryl van Dyk a Christine Rowe. Fel y rhoddwyd trefn ar fwyngloddio ffwrdd-a-hi diwedd y bedwaredd ganrif ar bymtheg pan brynwyd y gweithfeydd yn 1896 gan y *Transvaal Gold Mining Estates*. Bu'n gychwyn pennod o brysurdeb ac o ffyniant pan dyfodd Pilgrim's Rest i fod, am gyfnod, y gloddfa aur fwyaf cynhyrchiol yn y byd.

Cafodd stori William Trafford, a fedyddiodd y llecyn yn ôl y sôn, a'r hanes am yr adegau pan ildiodd y creigiau dalpau cyfan o aur pur a bwysai hyd at dair owns ar ddeg. Yn anochel, doedd ffyniant felly ddim yn mynd i barhau, ac mewn llai na chanrif roedd y bryniau o'u cwmpas wedi cael eu diberfeddu fel nad oeddynt bellach yn fawr mwy na chregyn gweigion.

'Yn 1972,' meddai Cheryl, 'fe gaewyd yr olaf o'r gweithfeydd. Pwll *Beta* oedd hwnnw a thoc wedyn fe gymerwyd y pentre drosodd gan y llywodraeth. Yn nechrau'r wyth degau, fe wnaed yr holl le yn amgueddfa. Wel, mwy o'r hyn y byddech chi'n ei alw yn barc treftadaeth a deud y gwir.'

Esboniodd Mike fod 'na berwyl deublyg i'w daith a holodd nhw am fanylion adfer lle a oedd, i bob pwrpas, wedi mynd â'i ben iddo.

'Dyna sydd wedi gwneud y gwaith mor ddiddorol,' meddai Christine. 'Fel chithau yn Awstralia sôn yr ydan ni am hanes lled-ddiweddar. Fawr hwy mewn gwirionedd na chof dwy neu dair cenhedlaeth. Yn sicr, yn ôl trefn amser, dydan ni ond yn sôn am eiliad neu ddwy pan feddyliwch chi fod gwareiddiad y cyfandir yma yn mynd yn ôl filoedd ar filoedd o flynyddoedd. Ond mae hynny wedi gwneud pethau'n haws i ni. Fu dim rhaid i ni chwilio ymhell am unrhyw beth. Roedd bron popeth yma.'

'Ar wahân i'r papur wal!'

Chwarddodd y ddwy ac adroddodd Cheryl sut yr aethant ati i grafu waliau'r *Royal Hotel* nes dod at y papur gwreiddiol.

'Fe gawson ni ddarn gweddol gyfan uwchben y lle tân a chanfod wedyn fod y cwmni a'i cynhyrchodd o yn dal mewn busnes i lawr yn y Cape. Roeddan nhw bron mor gyffrous â ninnau wrth fynd ati i'w atgynhyrchu o. Mae o ar y parwydydd drwy'r drws yn fan'na.'

'A dyna chi'r poteli wedyn,' meddai Christine. 'Roeddan nhw'n lyshiwrs heb eu hail. Fe fuon ni'n cloddio y tu ôl i'r ddau westy. Hwn a'r *Pilgrim's*, neu'r *Top Hotel* fel maen nhw'n ei alw fo. Mae hwnnw i fyny'r ffordd gyferbyn â'r *memorial*. Sôn am dalp o hanes cymdeithasol! Roeddan ni'n gallu olrhain eu hanes yn ôl pa ddiodydd oeddan nhw'n yfed. Y *spirits* bron i gyd yn y fan hyn a'r poteli cwrw i fyny'r ffordd! Mae'r cyfan wedi bod fel datrys stori dditectif.'

'Sy'n dod â ni at y prif reswm pam 'mod i yma wrth gwrs,' meddai Mike. Soniodd wrth y ddwy am y llythyr a gafodd gan ei chwaer yn Seland Newydd ac am ei daith i'w gweld a'r casgliad llythyrau a'r bocs o drugareddau.

'Oes ganddoch chi gofnod o'r bobl oedd yn gweithio yma yn ogystal â'r olion adawson nhw ar eu holau?'

Edrychodd y ddwy ar ei gilydd gan ddechrau siarad ar draws ei gilydd. Roedd eu brwdfrydedd yn heintus. Os oedd datrys i fod ar y dirgelwch, teimlai Mike na allai gael neb gwell na'r ddwy ferch frwdfrydig yr oedd yn talu am eu cinio i'w gynorthwyo. Cheryl atebodd.

'Dyna sy'n anhygoel,' meddai, 'ac wedi gwneud ein

gwaith ni yn gymaint o bleser. Pan gymerwyd y lle 'ma drosodd gan y *TGME* roeddan ni hefyd yn etifeddu eu dogfennau nhw. Miloedd ar filoedd o bapurau, fel y gallech chi ddychmygu. Mae hi'n mynd i gymryd blynyddoedd i roi trefn arnyn nhw i gyd. Ond yn y diwedd fe fydd ganddon ni gofnod gweddol gyflawn o bawb fu'n gweithio yma. O gofio eu bod nhw'n dod o bob rhan o'r byd pan oedd y lle 'ma yn ei anterth fe fydd y wybodaeth yn amhrisiadwy. Os ydach chi wedi gorffen, fe awn ni â chi i gael golwg ar y lle.'

Yn haul y prynhawn roedd Pilgrim's Rest yn orlawn o ymwelwyr. Caregog oedd y ffordd y tu allan i'r gwesty. Islaw iddi roedd y maes parcio yn llawn o fysiau.

'Mi wnaethon ni falu wyneb y ffordd yn y fan hyn yn fwriadol,' meddai Cheryl, 'a rhedeg ffordd newydd sbon ar hyd gwaelod y dyffryn. Dydan ni ddim wedi caniatáu ceir i ddod ar hyd y ffordd yma wedyn. Garw fel hyn oedd hi yn yr hen ddyddiau. Felly rydan ni eisiau iddi fod. Yr unig wahaniaeth heddiw yw ein bod ni wedi trin yr wyneb gyda rhyw gemegyn modern i gadw'r llwch i lawr!'

Cerddodd y tri ar hyd-ddi nes cyrraedd yn y man at ddreif a arweiniai drwy goed tal.

'Alanglade,' meddai Christine. 'Yma roedd rheolwr y gwaith yn byw. Rydan ni'n falch iawn o'r hyn rydan ni wedi'i wneud yma.'

Roedd cerdded drwy'r drws fel camu i oes a fu. Gwelodd Mike gartrefi tebyg yn Ewrop ond nid oedd unrhyw beth ynglŷn â'r lle hwn yn rhan o'i brofiad. Ar bob llaw roedd tystiolaeth o hen ysblander a fu; celfi a berthynai i oes ddiflanedig na ddychwelai byth er nad oedd, fe deimlai, ond hyd braich o'i gyrraedd. Yn raddol cafodd y teimlad fod y celfi a'r llyfrau trymion ar y silffoedd yn rhoi'r argraff rhywfodd ei fod yn perthyn i'r lle, ac eto rhyw deimlad oriog, na allai ei ddiffinio ydoedd; rhyw deimlad fel pe bai'r tŷ a'i drugareddau yn perthyn, nid i bentre ailanedig

Pilgrim's Rest yng nghanol Affrica, ond i rywle arall, pell i ffwrdd. Teimlai hefyd ei fod yntau, Mike Dawson, a aned ac a fagwyd yn Tasmania cyn byw yn Ne Cymru Newydd yn Awstralia â rhyw ran annelwig yn ei wead. Ysgwydodd ei ben a dilynodd Cheryl a Christine i'r gerddi. O'r tu allan hefyd roedd y tŷ fel petai'n ymddangos yn gyfarwydd, ond rhywfodd yn rhy drwsiadus. Tyfai coed rhosynnau o boptu'r drws ffrynt; cordeddai bysedd eu brigau main o amgylch pileri'r portico. Cafodd rhyw deimlad rhyfedd yr hoffai weld y lle fel yr oedd cyn i'r broses o gymoni gychwyn, cyn rhoi i Alanglade ei wychder modern.

'Sut olwg oedd yma cyn i chi ddechrau arni?' gofynnodd.

'O, roedd 'na lawer iawn o waith i'w wneud ond fe'i cawson ni o jest mewn pryd. Roedd tyfiant bron â thagu'r lle fel y gallech chi ddisgwyl yn Affrica, ac eto fe fydda i'n teimlo weithiau i ni ddod yn go agos at ddinistrio rhywbeth. Mi fydd llawer o'r bobl sy'n dod yma yn dweud pa mor debyg ydi o i lawer o dai bonedd bychan ym Mhrydain.

'Dewch,' meddai Cheryl, 'fe awn ni'n ôl i'r pentref, dydan ni ddim wedi anghofio pam eich bod chi wedi dod yma.'

Tawedog fu Mike ar y ffordd yn ôl nes dod o'r diwedd i ben uchaf y pentre. Gyferbyn â'r *Pilgrim's Hotel* tyfai derwen fawreddog. Ymestynai ei changhennau a oedd yn dal i gario ambell ddeilen grin dros y lôn. Nid oedd angen tocio'i brigau bellach, er pan ataliwyd y drafnidiaeth. Islaw iddi roedd gwn mawr dur, hynafol ar olwynion.

'Fe ddaeth y *cannon* o'r Somme,' meddai Christine.

'Fe wnaethon nhw'i gario fo 'nôl yr holl ffordd o Delville Wood, lle collwyd cymaint o fechgyn y pentre 'ma. Ac mae 'na stori ddiddorol i'r dderwen hefyd. Dydi hi ddim yn goeden gyffredin iawn yn y rhan yma o'r byd, a'r hanes yw i'r milwyr a aeth drosodd efo'r *British Empire Service League* i ymladd yn y Rhyfel Mawr ddod â mes yn ôl efo nhw o Delville Wood er mwyn plannu coeden er cof am y bechgyn.

Rydan ni'n falch iawn ohoni. Roedd y brwydro am y lle, Delville Wood, neu Devil Wood fel y byddai'r milwyr yn ei alw, yn enbyd iawn mae'n debyg. Pum niwrnod yn niwedd Gorffennaf 1916, a'r glaw yn pistyllio i lawr.'

Edrychodd y tri yn ddwys ar y gofgolofn syml a gofnodai enwau'r milwyr a gollwyd mewn dau ryfel byd.

'Fe aeth tair mil o filwyr o Dde Affrica i'r goedwig honno,' meddai Cheryl, 'Dim ond cant pedwar deg a thri ddaeth oddi yno'n fyw.'

'Methu deall ydw i pam wnaeth neb o'r fan hyn feddwl gadael o gwbl i ymladd rhyw frwydyr bell yn Ewrop. Doedd ganddyn nhw ddim i'w ennill, a siawns go dda o golli popeth.'

'Wel rhaid i chi gofio,' meddai Cheryl, 'mai o Ewrop y deuai cymaint ohonyn nhw. Nid Prydain yn unig oedd yn cael eu bygwth gan yr Almaen ond gwledydd eraill, yn ogystal.'

Roedd Christine wedi torri brigyn a dyfai'n isel o'r dderwen a oedd yn taflu ei chysgod i ochr draw y cwm cul yn haul diwedd y prynhawn. Chwaraeai gydag ef rhwng ei bysedd a syrthiodd mesen i'r llawr.

'A llawer iawn wrth gwrs,' meddai, 'oedd â'u cydymdeimlad efo'r Almaen. Mae hynny'n ddiddorol oherwydd rhaid i chi gofio nad oedd cymaint a chymaint ers pan ddaeth rhyfel y Boer i ben ac roedd 'na lawer yn Ne Affrica yn teimlo mai Lloegr, ac nid yr Almaen, oedd y gelyn.'

'Cofiwch chi,' meddai Cheryl, 'mi 'ddyliwn i y byddai'r dynion dŵad yn Pilgrim's yn poeni mwy am wneud eu ffortiwn nag am wleidyddiaeth! Na, mi faswn i'n meddwl mai rhyw deyrngarwch sentimental, neu euogrwydd hyd yn oed, a yrrodd y rheiny a aeth i ymladd yn Ewrop. A'r gred wrth gwrs fod y cyfan yn mynd i fod drosodd yn fuan iawn . . .'

'Dim ond casglu yr ydw i,' meddai Mike, 'fod fy nhaid wedi mynd oddi yma i'r rhyfel. Mae'r ohebiaeth sydd gen i yn unochrog wrth reswm. Ond roedd tad Edward Lloyd – fy hen daid i felly – yn daer iawn yn ei lythyrau ar gychwyn y rhyfel yn ceisio'i ddarbwyllo fo i beidio â mynd, fel petai Edward Lloyd wedi bod yn bygwth enlistio.'

'Wel fe aeth 'na lawer oddi yma,' meddai Christine. 'Ymuno fesul dau neu dri, ac fe welwch chi enwau'r rheiny na ddaeth yn ôl ar y gofgolofn yn y fan yma. Mae 'na, rhoswch chi . . . wyth o enwau, fel y gwelwch chi. Mae 'na un Jones . . . a Hopkins hefyd ar y gwaelod yn fan'na, sy'n swnio fel pe gallen nhw fod yn Gymry. Ac roedd 'na un Cymro arall rydan ni wedi gweld ei enw oedd yn y frwydyr am Delville Wood. Wili Foulkes. Roedd o'n dod o'r un pentre â Michael Owen.'

Torrodd Cheryl ar ei thraws dan chwerthin. 'Wrth gwrs,' meddai, 'dydach chi ddim wedi cyfarfod Michael Owen eto. Dyna'r syrpreis fawr sydd ganddon ni ar eich cyfer! Cymro glân gloyw, ac yn nabod pawb oedd yn gweithio yma ers talwm. Rydan ni wedi dweud wrtho fo eich bod chi'n dod ac mae o'n edrych ymlaen i'ch cyfarfod chi. Gredwch chi byth pan welwch chi o, ond mae o dros 'i naw deg oed. Dewch, fe awn i nôl y car ac fe awn ni â chi draw. Hebddo fo fe fyddai'n gwaith ni yn cofnodi hanes y lle 'ma wedi bod yn anodd iawn. Mae o'n werth y byd.'

Pennod 9

Longueval, Ffrainc, Gorffennaf 1916

Pan gariwyd Edward Lloyd i'r ysbyty yn Longueval, o gyrraedd y brwydro ond gyda sŵn ergydion y gynnau mawr yng nghoed Delville yn y cefndir, fe'i dodwyd yn y gwely agosaf ond un at y wal. Cofiai weld milwr yn eistedd ar y gwely pellaf â'i gefn ato; ei goesau yn crogi dros yr erchwyn. Ond nid gwyngalch y pared a wynebai oedd terfynau ei fyd. Gorchuddiai cadachau ei ben, ei lygaid a'i glustiau. Roedd yn amlwg i Edward na allai weld yr un dim. Trodd y ddau a gludodd yr elor wely ar eu sodlau yn bur swta heb fawr mwy nag ebychiad i ddymuno'n dda iddo. Fe fyddai galw am eu gwasanaeth i gyrchu milwr clwyfedig arall, ac un arall, ac un arall . . . Dyna'r cyfan a gofiai yn eglur. Cyn gynted ag y rhoddwyd ef i orwedd rhwng y cynfasau gwynion a'i ben ar obennydd glân teimlai ei hun fel pe'n cael ei gario ar lif esmwyth. Agorodd ei lygaid. Roedd yn olau dydd o hyd. Ond âi hwn oedd y diwrnod y cludwyd ef yma ynte oedd noson gyfan, neu efallai ddwy, wedi pasio? Ni allai deimlo 'i draed o hyd, ond nid oedd y boen yn ei goluddion yn fawr mwy na chur. A'r ysgwyd wrth gwrs – y cryndod ysol a oedd yn fwy na chryndod a'i hysgwydai yn ddi-baid. Nid cryndod oerni mohono; hyd yn oed yng nghynhesrwydd y gwely ni châi lonydd. Caeai ei lygaid ond ni pheidiai. Pesychodd ac aeth bidog drwy ei ymysgaroedd. Rhoddodd ei law ar y trwch cadachau o amgylch ei ganol. O'u plygiadau rhedai pibell i rywle. Yn rhy fuan y llongyfarchodd ei hun fod y boen yn ei goluddion yn well. Ac eto teimlai fod yn rhaid iddo besychu. Blasodd waed yng nghefn ei geg. Ceisiodd hoelio 'i lygaid ar un o ddistiau'r nenfwd. Syllu'n gegrwth i'r unfan a chanolbwyntio ar un gainc yn y pren fel pe dibynnai ei fywyd ar y peth. Ni thyciai. Dim ond weithiau y deuai gosteg. Munudau mud, digyffro. Yma, yn y llonyddwch gwyn, fe ddônt yn amlach siawns. Daeth nyrs heibio. O'r blaen, drwy ryw gaddug llwyd y bu'n ymwybodol o bresenoldeb pobl. Y tro hwn roedd i'r ferch dal wedd a llun. Plygodd i lawr ato. Cafodd gip ar y cochni ar y cadach llaith a ddefnyddiodd i sychu ei wefusau. Â chadach glân sychodd ei dalcen. Gyda'i braich oddi tano cododd ei ben at wydraid o ddŵr.

'Dim gormod. Un llymaid bach.'

Teimlai y gallai fod wedi yfed afonydd. Bodlonodd ar ddwy gegaid. Ceisiodd ddiolch iddi. Rhoddodd ei bys wrth ei gwefusau gan amneidio arno i beidio siarad. Aeth wedyn. Llithrodd yntau yn ôl i'r cyflwr rhyfedd hwnnw lle'r oedd sieliau yn ffrwydro'n goch o flaen ei lygaid cyn lledaenu'n gylchoedd gwynion. Yna'n dduwch.

Fesul tipyn aeth y cylchoedd yn llai, sŵn y magnelau tawel ymhellach a daeth cwsg esmwythach i'w gipio.

Y tro nesaf y deffrôdd roedd hi'n nos. Crogai lampau olew o'r to gan daflu cysgodion afreal. Ond teimlai fod y rhain yn fwganod y gallai ddelio â nhw. Yn yr hanner tywyllwch canfu nad ofnai ofn. Ellyllon tynerach oedd y tu ôl i'r cur. Gorweddodd yn llonydd am hydoedd. Sylweddolodd fod y cryndod dan reolaeth. Teimlodd y cadachau am ei ganol a chael y syniad eu bod yn rhai gwahanol. Dim ond ei draed, na theimlai dim oddi wrthynt gynt oedd yn boenus. Roedd fel petai holl gynrhon y fall yn gwledda rhwng ei fodiau a bidogau blaenllym yn ysgythru oddi tanynt. Ymresymodd fod y ffaith y gallai deimlo'r boen fod yn arwydd da. Daeth yr ymresymiad ynddo'i hun â chysur, ac am y tro daliai i gael llonydd gan y cryndod. Nyrs eto. Un wahanol y tro hwn.

'Mae'n rhaid i mi roi pigiad i chi.'

Teimlodd y frath ger ei ysgwydd. Teimlai y dylai ddweud

rhywbeth. Y hi siaradodd.

'Rhywbeth i chi gysgu eto. Fe â'r boen hefyd, gewch chi weld. Fe ddewch drwy hyn i gyd, *Private* Lloyd. Anghofiwch bopeth. Fe fyddwch chi'n cysgu mewn dim o dro.'

Golau dydd eto. Roedd fel petai'n ddyn newydd. Gallai weld symudiad ym mhen draw'r ward. Dim symudiad y pen yma. Gorweddai corff llonydd i'r dde iddo. Ni allai weld dim o'r claf ar y gwely gyferbyn am fod pont islaw ei gynfas yn codi dillad y gwely yn llen rhyngddo ag ef. Doedd neb arall o fewn cyrraedd iddo ac eithrio'r milwr ar y chwith a eisteddai yr un mor llonydd ag o'r blaen. Sawl diwrnod tybed ers pan gofiai ei weld am y tro cyntaf? Pam yn wir iddo fod yn ei gofio o gwbl? Ond roedd yr atgof yn gwbl glir. Ac eto, roedd rhywbeth amdano yn wahanol. Doedd y cadachau bellach ond yn gorchuddio un glust. Pam tybed, meddyliodd, ei fod yn cofio hynny mor glir. Yna sylweddolodd nad cofio'r cadachau a wnâi ond cael ei arswydo yn awr gan gochni'r cnawd ar ochr pen y milwr. Cymerodd foment iddo gynefino â'r archoll. Sylweddolodd hefyd pam fod briw y milwr diarth hwn yn ei arswydo'n fwy na'r cannoedd a welodd yn feunyddiol ar faes y gad. Yn amlach na pheidio, byddai llaid yn llanw'r rheiny, carpiau dillad yn eu gorchuddio, dŵr mwdlyd yn glastwreiddio ffrydlif y gwaed coch. A'r meirwon . . . Y meirwon nad oeddynt yn gwaedu o gwbl. Teimlodd ysgytwad yn ei gorff eto. Y tro hwn gallodd ei reoli. O'i chymharu â charneddi pydredig celanedd y drin, roedd glendid gweddill clust y milwr hwn yn debycach i sleisen o gig.

''Dach chi'n gwella?' gofynnodd. Teimlai mai llais rhywun arall a geisiodd siarad. Roedd ei dafod yn dew; a'r sŵn a ddaeth o'i enau yn floesg. Arhosodd ennyd cyn rhoi cynnig arall arni. Y tro hwn dylai'r milwr fod wedi clywed llais hyd yn oed os na ddeallodd y geiriau. Ond ni chyffrôdd na dweud yr un gair. Unwaith eto.

"Dach chi'n gwella?'

Roedd llonyddwch y dyn yn ddychryn. Yna sylweddolodd ei fod o bosib yn fyddar. Byddai hynny'n gydnaws â'r archoll i'w glust, a'r ffaith fod y cadachau yn dal i orchuddio'r glust arall o hyd. O'r diwedd, wedi i Edward hen anobeithio y câi sgwrs ag unrhyw un ar gyfyl ei wely, torrwyd ar y distawrwydd – yn Gymraeg.

'Cymro wyt ti.'

Gosodiad yn hytrach na chwestiwn.

'South African Brigade. Ac eto yn parablu bymtheg y dwsin a mwmian emynau yn dy gwsg.'

Ni throdd ei gefn, dim ond dal i syllu ar y wal yn hollol ddigyffro. Roedd ei bresenoldeb yn mynd ar nerfau Edward. Fel pe'n darllen ei feddyliau siaradodd y gŵr drachefn.

'Waeth imi heb â throi i edrych arna' ti. Fedra i weld diawl o ddim, ond rydw i'n clywed yn iawn. Pwy fasa'n meddwl. Dyn heb glust yn clywed. Da i gythraul o ddim i neb.'

Chwarddodd y gŵr yn dawel. Rhyw chwerthiniad dwfn fel pe na'i bwriadwyd i'w rannu. Rhyw esgus o chwerthiniad o'r frest heb ddim diddanwch a oedd yn hanner pesychiad.

'Ac mae'r rhain yn dod i ffwrdd fory, wel'di. Neu felly maen nhw'n deud. Wedi clywed y stori ene ganddyn nhw o'r blaen. Wedyn fe alla i weld yn berffaith, medden nhw. Hy, mi greda i nhw pan alla i weld pot peint o 'mlaen yn yr *estaminet*. Pam wyt ti efo'r *mob* ene a thithau'n siarad Cymraeg yn well na fi?'

Ceisiodd Edward esbonio. Brawddeg neu ddwy ac âi'n drech arno.

'Paid â siarad. Gei di ddeud wrtha i eto. Dwyt ti na finne ddim yn mynd i unman wel'di. Dim ffwc o beryg. Dim am sbel beth bynnag. John Stanley Rowlands. *Welsh Guards.* Ond Stan mae pawb yn 'y ngalw i.'

Drannoeth, yn ôl yr addewid, fe dynnwyd y cadachau

oddi ar lygaid Stan ac o dipyn i beth daeth i weld pethau'n gliriach na phe bai'n edrych drwy fwslin hidlo llaeth fel y disgrifiai ei ddyddiau cynnar hebddynt wrth Edward. Cryfhaodd yntau. Pwysleisiai'r meddygon a ddeuai at erchwyn ei wely o ganol eu prysurdeb yn awr ac yn y man iddo fod yn ffodus iawn. Gallai darn o *sharpnel* yn ei gylla fod yn angheuol ynddo'i hun, ond roedd yn wyrth o beth na chafodd *gangrene* afael yn y briw cyn iddo gael ei lusgo o faes y gad.

Uwchlaw popeth cofiai'r wifren bigog yn ei ddal yn gaeth i'r mwd a'i ddwylo yn llawn o'i goluddion ei hun. Digwyddodd o fewn llathenni i'r ffos pan aeth drosodd gyda'r ail don. Cofiai sefyll ar y stepen wrth droed yr ystol bren a'i *Lee Enfield* yn ei law. Cofiai chwibaniad y bib. Teimlai'r un arswyd yn union â phan aeth dros y top ddwywaith o'r blaen. Cofiai'r sgrechian a chofiai daranu peiriant y gwn *Lewis* ar y dde iddo yn rhywle. Yn rhyfedd, ni theimlodd boen ar y pryd. Pan sylweddolodd ei fod ar ei hyd yn y llaid a chorff disymud llanc arall o'r un fintai ond nad adwaenai, yn gorwedd yn ei erbyn, roedd y llain tir o'i ddeutu yn llonydd. Nid yn wag ond yn ddisymud. O'r man ble gorweddai gallai gyfrif chwe chorff yn ogystal ag un y llanc a bwysai arno. Roedd yn olau dydd ac yn gynnes. Mor wahanol i'r glaw a fu'n arllwys yn ddi-baid ers dyddiau. Ond roedd sŵn ochain i'w glywed ar yr awel ysgafn bob tro y tawelai trwst gwn *Vickers* a oedd yn tanio o rywle heb fod ymhell, ond p'run ai o'i flaen ynte o'r tu ôl iddo, ni allai fod yn siŵr. Yn achlysurol clywai sŵn y gynnau mawr yn y pellter. Anaml y tawai'r rheiny. Pan geisiodd symud, sylweddolodd ei fod yn sownd yn y wifren bigog. Gwnâi honno sŵn fel llinyn telyn llac pan gyffyrddai â hi, a rhywle gerllaw clywai dincian fel pe bai rhywbeth metal yn ei tharo. Ar amrant, dyma'r corff ger ei ysgwydd yn rhoi naid ac ar yr un pryd clywodd ergyd yn agos iawn ato. Fferrodd.

Edrychodd i lawr. Sut allai fod wedi anghofio am ennyd ei fod yn gafael yn ei berfedd cynnes ei hun? Roeddynt yn symud y mymryn lleiaf weithiau fel pe bai anadl ynddynt. Roedd wedi ei gyfareddu. Yn sydyn ac yn hollol anfwriadol, gwaeddodd. Byddai farw pe arhosai yn nhir neb. Roedd yn rhaid iddo fynd yn ôl at ei linell ei hun. Neidiodd y corff eto a symud yn nes ato. Ergyd. Naid. Ergyd. Naid. Yn sydyn sylweddolodd yn union beth oedd yn digwydd. I'r corff marw â'i cysgodai yr oedd y diolch ei fod yn dal yn fyw. Roedd sneipar y gelyn, wrth weld symudiad a chlywed cyffro'r wifren wedi dod i'r casgliad fod bywyd yn y milwr o hyd. Ni feiddiai Edward symud yr un fodfedd arall. Cyffiodd yn ei unfan ar y llaid. Cadwai ei berfedd mor agos ag y gallai at yr archoll yn ei ochr. Ni allai ddeall paham nad oedd, hyd y gwelai, yn gwaedu mwy. Ond cofiai glywed am y peth o'r blaen; fel y gallai gwres bwled neu ddarn o siel wedi ei thanio'n ddigon agos serio'r gwythiennau a'r rhedwelïau mor effeithiol ag atalwyr gwaed unrhyw lawfeddyg. Aeth y prynhawn yn boethach. O dipyn i beth tawelodd yr ubain a glywodd yn gynharach. Teimlai mai ef oedd yr unig greadur byw mewn môr o laid. Roedd yr haul ar y pyllau dŵr o'i gwmpas yn ei ddallu. Ond am unwaith nid oedd y drewdod yn llethol. Yma, yn nhir neb yng nghanol sgerbydau'r coed ar brynhawn o haf, nid oedd ond arogl llaid a phowdr gwn ac arogl chwerw – felys ei waed ei hun yn ceulo. Ac eithrio, wrth gwrs, am yr arogl nad oedd na ffin, na ffos, na gwifren o lafnau dur yn gallu ei fygu; arogl marwolaeth a chelanedd yn pydru; yr arogl a fu o'i gwmpas ac yn rhan ohono, ddydd a nos. Tystiai milwyr a adawai'r ffrynt fod yr arogl hwnnw'n aros yn eu ffroenau ymhell o faes y gad ac yn gadael ei chwa ar awelon iach ymhell o sŵn yr ymrafael. Gyda'i ben ar gorff un o'i gyd-filwyr a phlethiad o wifren bigog fel gwe pryf cop yn gawell amdano gorweddodd Edward ar lawr yr hyn a fu unwaith yn llannerch yng nghoedwig Delville a suddodd i lesmair anesmwyth. Cyn belled ag yr arhosai yn berffaith llonydd câi fyw, a marw mewn hedd. Ni châi ei flino mwyach gan ofn parhaus y ffos ddofn ac ni ddeuai arswyd y nwy gwenwynig i'w frawychu. Darfu am gyfog tomen dail aflan y geudy ac am chwys arswyd y dynion. Ond rhag un gelyn ni fyddai gwaredigaeth, hyd yn oed yn y diwedd un. Fe deimlai symudiad y rheiny'n lleng ym mhob cilfach o'i gorff ac ym mân flew ei geseiliau a'i afl. Y llau a'i gyfoedion marw fyddai ei gwmni yn ei awr olaf. Clywodd fwmian cacwn, a thrwy lygaid hanner cau fe'i gwelodd yn sefyll ar ei ben-glin. Ni chlywyd trydar adar yng nghoed Delville yr haf hwnnw a phaham na fanteisiai hwn ar ei ryddid i hedfan uwchlaw bysedd dolurus y brigau a welai yn y pellter? Fe aeth yn y diwedd a dilynodd Edward Lloyd ei daith â'i lygaid heb symud ei ben. Yn sydyn daeth arswyd drosto. O gornel ei lygad gwelodd symudiad wrth yr agosaf o'r cyrff. Fe sylwodd yn gynharach fod y milwr rhywfodd wedi colli ei esgid: ei droed, er yn lleidiog, yn wynnach na dim arall o'i chwmpas. Gerllaw'r droed oedd y symudiad. Yna gwelodd hi. Llygoden fawr. Roedd wedi hen arfer â nhw yn y gweithfeydd yn Pilgrim's, ond dibynnu ar gardod wnâi rheiny. Briwsionyn neu ddau o duniau bwyd y mwynwyr. Câi'r rhain eu gwala a'u gweddill fel na chafodd llygod erioed o'r blaen. Roedd dau fath yn y ffosydd. Y rhai brown a'r rhai du. Un frown oedd hon. Y rheiny oedd y gwaethaf – tyfai rhai ohonynt i faint cathod a gwenwynent bopeth a gyffyrddent. Gwelodd hi'n gafael ym mawd troed y milwr. Roedd yn ddigon agos iddo allu gweld ei dau ddant blaenllym. Daeth cryndod drosto. Gwyddai am eu hoffter mwy o gig noeth ac am lygaid. Arswydodd gan ddal gafael yn dynn yn ei goluddion. O na ddeuai bwled o rywle i ddarfod amdano. Pe codai ei ben uwchlaw lefel ysgwydd y milwr a'i cysgodai does bosib na ddeuai ergyd gollyngdod.

Gwyddai am gyfoedion a gododd eu pennau'n fwriadol uwchlaw trothwy'r ffos. Cofiai am un a gafodd lonydd yno tan iddo oleuo matsien. Sylweddolodd Edward na allai symud o gwbl. Roedd wedi ei sodro i'w damaid o ddaear Ffrainc. Yn fuan iawn, meddyliodd, byddai'n rhan ohoni. Bygythiad y llygoden fawr oedd yr arswyd terfynol. O'i gymharu â mynd yn ysglyfaeth i honno byddai trengi i fwled yn ddi-boen ac yn lân. Yna daeth y boen i'w gylla. Artaith o boen a wnâi iddo gyfogi. Crefai am ddŵr ond nid oedd dŵr i'w gael. Roedd potel ddŵr ychydig pellach na hyd braich oddi wrtho. Ai ei un ef oedd hi ynte un a berthynai i ryw filwr arall. Pa bwys? Yr oedd allan o'i gyrraedd. Y cryndod eto. Roedd yr haul yn dal yn uchel. Fe nosai'n braf. Yr olaf a welai. Ymhle roedd y llygoden? Yn union o'i flaen gwelodd symudiad arall. Prin ei fod yn symudiad o gwbl, ond am un eiliad tybiai iddo weld fflachiad drych. A oedd yn nes at ei ffos ei hun nag a dybiodd? Pa ots? Pan ddeuai'r criwiau allan wedi iddi dywyllu i gasglu gweddillion cyflafan toriad y wawr a fu, ac i ailfeddiannu offer y meirwon ar gyfer y cyrch dibwrpas nesaf dros y mymryn hwn o dir . . . Llithrodd Edward i lewyg. I'r diawl â'r llygoden frown . . .

Cafodd wybod yn y man mai gwaeth nag effeithiau ei glwyf fu twymyn y ffos a oedd eisoes wedi gafael ynddo cyn y frwydr yng nghoed Delville. Y llau a'i cariai. Hynny, ynghyd ag arswyd profiadau'r wythnosau yn rheng flaen y gatrawd oedd i gyfrif am ei gryndod. Gwellodd ei archoll yn gyflym; parhâi gwendid y dwymyn yn hwy. Ar ôl pythefnos rhwng muriau gwyngalchog yr ysgubor a drowyd yn ysbyty ger Longueval fe wyddai y byddai'n rhaid iddo ildio ei wely i glaf mwy anghenus cyn hir.

Nid oedd Edward yn siŵr os hoffai Stan Rowlands. Roedd ei iaith fras a'i agwedd ymosodol yn mynd yn drech arno weithiau. Ac eto roedd rhaid iddo gydnabod fod ei herio a'i bryfocio cyson wedi prysuro ei wellhad. Pan ddigalonai, rhoddai Stan hwb iddo gyda rhyw jôc fasweddus arall a wnâi iddo chwerthin. *'Don't let the bastards get you down,'* oedd ei linell o ymateb i bopeth bron. O ran pryd a gwedd roedd y ddau yn debyg iawn: cydnerth yn hytrach na thal, ac er mai llygaid gleision oedd gan y ddau roedd rhai Stan yn byllau dyfrllyd tryloyw am y tro. Gellid sicrhau y deuai ei lygaid yn ôl i drefn ond byddai creithiau ei archollion yn anharddu wyneb Stan tra byddai byw.

'Fe adawson nhw fachyn i mi ar ochr fy mhen yn fwriadol i ddal sbectol,' meddai. 'A myn diawl mi fydda i angen un efo'r llygaid hanner dall 'ma sydd gen i.'

Mewn gwirionedd fe synnai'r meddygon gyda phob prawf a roddwyd iddo. Serch iddo gael ei gario o'r frwydyr yng nghoed Mametz yn ddall i bob pwrpas ar ôl cael ei ddal mewn cwmwl o nwy clorin, gwnaeth adferiad rhyfeddol.

'Dwi'n ddiawl gwirion,' meddai pan ddychwelodd ar ôl un o'r profion. 'Clywed fy hun ar fy ngwaethe'n darllen y blydi llythrene'n rêl boi. Yn ôl yn y ffrynt lein fydda i gyda hyn gei di weld. Fasan well o lawer taswn i wedi rhoi *wrong answers* i'r bastards. Mi faswn i'n cael mynd adre wedyn.'

Ac eto synhwyrai Edward fod tristwch yn ei lais bob tro y soniai am fynd adre. Yn raddol, cafodd ar ddeall mai plentyn amddifad oedd Stan; wedi ei fagu mewn tloty yn Llanelwy.

'Doedd pethe ddim yn rhy ddrwg,' meddai un prynhawn, 'ond doeddwn i ddim yn gwybod dim yn wahanol, ti'n gweld. Doedden nhw ddim yn cam-drin ni na dim felly. Wel, dim rhyw lawer. Ond roedden ni'n gwybod ein bod ni, blant yr *Home*, yn wahanol. Diawl, dwi'n cofio hogan yn rysgol yn gofyn i mi unwaith pam oedd gin i gymaint o frodyr a chwiorydd.

"Be ti'n feddwl?" medde fi wrthi. "Wel, medde hi, rwyt ti yn Stan Rhôm, a ma' ne Nellie Rhôm a ma' ne Davy Rhôm a ma' ne Beti Rhôm . . . " a ffwrdd â hi fel rhwbeth 'di weindio i enwi pawb ohone ni blant yr *Home* yn rysgol bach. Ac yna,

Ned, y peth gwaetha' oedd pan ddwedodd hi, "Ma' raid eich bod chi'n frodyr a chwiorydd achos 'dech chi gyd wedi'ch gwisgo 'run fath." Hwn'na ti'n gweld ôdd yn brifo. A mi ddudes i wrthe fi fy hun. Cyfle cynta ga i dwi am gael siwt grand i ddangos i'r ufferns.

Ac mi cefes hi, Ned, fel ti'n gweld, mi cefes hi. Siwt y ffwcin brenin.'

Chwarddodd wedyn ar ben ei jôc ei hun ond ni allai Edward lai na theimlo fod ganddo bob cyfiawnhad i fod yn llawer mwy chwerw. Yn raddol, cynhesodd tuag ato a thyfodd cyfeillgarwch hyd braich rhyngddynt. Yn gyndyn, fesul tipyn, y teimlodd Edward y dylai ddadlennu peth o'i gefndir ei hun.

'O,' meddai Stan, 'paid ti â phoeni, Ned, dwi'n gwbod bron bopath amdanet ti. Roeddat ti'n gweiddi rel boi ac yn siarad yn dy gwsg fel caneri pan ddaethon nhw â thi 'mewn 'ma. Peth rhyfedd oedd, pan oeddwn i'n gofyn cwestiyna wrthat ti roeddet ti'n ateb weithie yn union fel pe bae ni'n fêts ers blynyddoedd. Ond paid ti â phoeni, nes di ddim deud wrtha' i ble rwyt ti wedi claddu'r aur chwaith!'

Chwerthin wnaeth Stan, ond pethau felly a wnâi i Edward deimlo'n anghysurus. Un bore rhedai ei fawd heibio tudalennau ei Feibl pan oedodd, heb unrhyw reswm, wrth bedwaredd bennod Epistol Paul at yr Ephesiaid:

'Ac ymadnewyddu yn ysbryd eich meddwl; a gwisgo y dyn newydd, yr hwn yn ôl Duw a grëwyd mewn cyfiawnder a gwir sancteiddrwydd.'

Pam, meddyliodd, y canai'r adnodau rhyw gloch yng nghefn ei feddwl?

'Ti'n dipyn o un am dy Feibl dwi 'di sylwi.'

'Wel does fawr ddim gwell i'w wneud yn y lle 'ma, a rhaid dweud, mae 'na ryw fath o gysur i'w gael, yma ac acw.'

'Mi gollais i fy un i wrth fynd dros y top yn *Wipers*. Biti hefyd. Gen i ro'dd un o'r tylle twtia.'

Sylwodd na olygai'r sylw ddim i Edward.

'Diawl Ned, ro'n i wedi anghofio. Ddoist ti ddim drwy Caterham wrth gwrs. Fanne roedden ni'r Welsh Guards yn gwneud ein *training*. Digon caled ar y dechrau ond roedden ni'n cael sbort hefyd, weithie. Ro'n i mewn efo hogie digon caled, ac un prynhawn gwlyb dyma un o'r Cymry, boi digon diniwed o Ben Llŷn yn rhywle, yn digwydd deud wrth sortio'i *kit* y byddai'r testamentia oedden ni gyd wedi'u cael yn reit handi tae ni'n cael ein saethu yn ein brestia. Dwn i'm pwy gafodd y syniad i ddechrau ond dyma ddau neu dri ohonen ni'n edrach ar ein gilydd. Ro'n i *all for it*. Yn enwedig o gofio'r coc oen o ficar oedd wedi ffarwelio â ni hogie'r Rhôm cyn gadael. Tro nesaf roedden ni ar y *range* yn gosod targets dyma ni'n gosod ein testamentia ar y bwl. Uffar o risg oherwydd tawn ni wedi cael ein dal mae'n siŵr y bydden ni ar *charge*. Y syniad oedd saethu'r testament a gobeithio na fydde'r bwled yn mynd yr holl ffordd drwyddo. Fase ni'n gallu mynd â fo adre wedyn ar ôl rhyfal a brolio bod yr hollalluog wedi'n harbed ni! 'Rhogia erill saethodd gynta ac mi a'th bwledi'r rheiny a lwyddodd i'w daro reit drwodd 'run fath a saethu brechdan. Malu nhw'n yfflon rhacs a chael uffarn o le ar inspection pan fu raid iddyn nhw hel esgus beth oedd wedi digwydd iddyn nhw. Un boi, dwi'n cofio'n iawn, yn dweud ei fod o wedi mynd i ddarllen 'i destament yn y tŷ bach, a phan o'dd ar hanner cael cachiad mi syrthiodd y testament rhwng i goesa fo ac nad oedd ganddo fo'r stumog i fynd i chwilio amdano fo. Dwi'n meddwl mai hwnne oedd yr unig un gafodd *get away* efo hi. Diawl, roedd o'n haeddu, efo esgus fel ene! Beth bynnag i ti, mi rois i ddarn o *steel plate* tua thri chwarter ffordd drwy fy nhestament i a charbord arall tew am ben y clawr yn lle'r hen bethe tene, brown 'na sydd arnyn nhw. A myn uffern i fe weithiodd yn *treat*. Rydw i'n shot reit dda, neu mi oeddwn i cyn i'r blydi *gas* 'ma nghael i, ac fe drewais i'r testament yn sgwâr ar ei ganol. Roedd y bwled yn dal yn ei le. Yn fflat ac yn mygu yn sownd yn y *steel plate*. Gwerth 'i weld. R'own i'n deud wrth hogie newydd a oedd yn dod allan 'ma fel ro'n i wedi cael fy safio. Roedden nhw'n meddwl mai fi oedd Iesu Grist ei hun!'

Edrychodd Stan Rowlands yn fyfyrgar am dipyn. Roedd Edward wedi ei syfrdanu ormod i ddweud dim.

'Da i ffyc ôl yn diwedd nag oedd? 'Drycha arna i. Fasa'n well taswn i wedi'i roi o ar ochr 'y mhen. Ac ar ôl yr holl drafferth mi golles i'r *dam thing* . . . Ond mi ddude i un peth wrthat ti, Ned. Pan ddaw'r syrcas yma i ben fe fydd ne lwyth o hogia yn mynd nôl adra efo tylle yn 'i testamentia. Tae ond er mwyn cael rhyw laff bach dawel am ben pobl fydd yn ddigon gwirion i ddal i gredu.'

'Ti wedi colli dy ffydd i gyd, Stan?'

'Dwi ddim yn siŵr os oedd gin i ffydd cyn dŵad. Ac eto mae'n rhaid bod, oherwydd ar ôl gwrando ar y diawl John Wilias, Brynsiencyn 'ne, nes i fynd i listio. Y sglyfath yn dod i Ddinbach yn 'i iwnifform grand. Wyddost ti be, Ned, mae'n beth rhyfadd, ond dwi'n dal i gofio'i eiria fo. Dyna i ti, erbyn meddwl, faint o argraff oedd e'n gallu 'i gael, yn sefyll yn fan'na ar ben trol, yn enwedig ar hogie fel fi oedd heb ddim i'w golli. "Dowch i Ffrainc, hogia! Yn enw Rhyddid: yn enw Cyfiawnder: yn enw Duw; hogia, dowch i Ffrainc! Ac mi ddo' innau efo chi!" Ti ddim wedi digwydd 'i weld o o gwmpas wyt ti Ned?'

Doedd gan Edward ddim calon i sôn wrtho am ddadrithiad ei dad hefyd gyda'i gyn-arwr nac am ddoethineb ei dad yn ymbil arno mewn fflŷd o lythyrau i aros yn heddwch Pilgrim's Rest. Torrwyd ar eu hymgom gan drwst o ben draw'r ward. Roedd meddyg ar ei ffordd, ac roedd rhywun mewn lifrai swyddog wrth ei ochr. Y tro hwn ni oedodd y fintai i gychwyn yr *inspection* wrth y gwely agosaf at y drws yn ôl ei harfer. Cerddodd y ddau yn bwrpasol i'w cyfeiriad.

'*Private* Lloyd?'

'*Yes, sir.*'

'Su' 'dach chi'n teimlo? Mae'r doctor, Capten James yn y fan hyn yn dweud wrtha' i eich bod chi'n dod yn eich blaen yn dda. Unwaith y bydd effeithiau'r *fever* wedi mynd fe fyddwch chi'n *right as rain*, medde fo.'

'*Yes, sir.*'

'Fe fuoch chi'n lwcus iawn, *Private* Lloyd. Rŵan ta, ar ôl i chi ddod i Ffrainc rydw i'n deall i chi neud tipyn o *fuss*. Eisiau *transfer* at un o'r *Welsh Regiments*. *Highly irregular, Private Lloyd. Highly irregular.*'

'*Yes, sir*. Ond, beigio'ch pardwn, syr, roeddwn i wedi sgwennu o *South Africa* cyn dod i ofyn faswn i'n cael ymuno â'r *Welsh troops.*'

Chwaraeai hanner gwên ar wyneb y swyddog oedd â fflach y *Royal Welsh Fusiliers* lawr ei wegil.

'Wel dwn i ddim byd am hynny, Lloyd. *Enterprising* iawn ar eich rhan chi dwi'n siŵr. Ond, *no record as far as I'm aware*. Ond newydd da sydd gen i chi. Ar ôl i chi gael tipyn o *R & R* fydd dim raid i chi fynd yn ôl i'r ffosydd. *Not at all*. Rydan ni am eich cymryd chi *on board*, fel maen nhw'n deud.'

Synhwyrai Edward fod Stan a eisteddai ar erchwyn ei wely, yn gwrando'n astud ar y sgwrs. Edrychodd i'w gyfeiriad gan ddisgwyl y gwelai yn ei lygaid rhyw arwydd ei fod yn rhannu'i lawenydd. Ond y cyfan a welai oedd amheuaeth hen sowldiwr o unrhyw gyhoeddiad gan swyddog a ragflaenid gydag addewid o newydd da.

'Ie, *Private* Lloyd, newydd da iawn fe fyddwch chi'n falch o glywed. Mae *trench warfare* ar ben i chi. Pan ddowch chi'n ôl fe fyddwch chi wrth eich bodd. Rydan ni yn y *Royal Welsh* yn brin o *tunellers*. Bydd eich profiad chi dan ddaear yn y *goldfields* yn *invaluable* i'r *Pioneers*. *Invaluable, Private* Lloyd.'

Plas Mathafarn
Glanmorfa
Anglesea
Great Britain

10fed o Ragfyr 1916

Ein hannwyl fab Edward

Y mae'r Nadolig ar ein gwarthaf unwaith eto ond ni allwn yn ein calonnau weled unrhyw ddiddanwch ynddo eleni. Y Suliau, fel heddiw, sy'n dod â'r trallod mwyaf i'n calonnau. Mwy o amser i feddwl a phawb yn y capel yn dal i holi a glywsoch air eto oddi wrth Edward? Mae eu cwestiwn bellach, er yn cael ei ofyn yn yr ysbryd gorau, yn myned yn feichus ac yn wir yn fy nhemtio i wrthgilio o'r achos yn Horeb. Ni fuaswn byth wedi credu y gallwn hyd yn oed amgyffred y fath ystyriaeth ond mae eich tawelwch llethol yn hunllefus. Yr wyf wedi ysgrifennu i'r mine ac i Mrs Pugh yn bersonol yn eich cyfeiriad yn 'Ferndale' ond ni chlywais yr un gair oddiwrthynt hwythau. Yr anwybodaeth am eich tynged Edward, sydd yn myned yn drech arnom. Yr wyf wedi gorfod dyfod i'r casgliad mai wedi myned i'r fyddin yr ydych er gwaethaf ein taer ymbil. Byddai gair oddi yno, serch mor upsetting fyddai'r wybodaeth i ni, yn codi y cwmwl hwn sydd uwchben eich mam a minnau yn wastadol. Fe ddylwn heddiw fod yn llawenhau am fod Mr Lloyd George, ers dydd Iau, wedi cael ei wneud yn Brif Weinidog y Coalition o'r diwedd, i gymryd lle Mr Asquith a'i lusgo traed. Ni allwn ond gobeithio y daw â'r gyflafan hon i ben cyn gynted ag sydd bosibl, ta waeth beth fydd y gost yn y cyfnod byr. Mae nifer colledion yr ardal hon yn codi o ddydd i ddydd. Bechgyn ifanc a gofiwch, ac y cofiwn ninnau eu geni, na ddônt byth yn ôl, i gyd wedi myned yn ysglyfaeth i'r Ellmynwyr. Prysurodd y colledion ers y conscription bron i flwyddyn yn ôl bellach. Yn sgil hynny daeth prinder gweithwyr ar y tir. A dyna reswm arall paham yr ymbiliwn arnoch i ddychwelyd os darllenwch y geiriau hyn. Mae exemption i'w gael i weithwyr allweddol ar y ffermydd ac y mae eich angen yma ym Mhlas Mathafarn, Edward. Y mae gennyf ddigon o influence yn y sir i olygu na fyddai raid i chwi feddwl am enlistio. Yr wyf yn gweithio bob awr o'r dydd i ddal i fyny â galwadau y llywodraeth sydd yn deisyfu i ni gynhyrchu gymaint byth ag a allom. Mor brin yw gweithwyr fel y'm gorfodwyd i gymryd German prisoners of war o'r distribution centres yn Llannerchymedd a Holland Arms i'm cynorthwyo. Nid ydyw at fy nant i wneuthur hynny ond rhaid yw dywedyd fy mod yn eu canfod yn fechgyn willing iawn. Dichon eu bod yn hapus o fod yn ddigon pell o faes y gad. Chwi gofiwch i mi ddywedyd fod prisiau ar i fyny cyn dechrau y rhyfel. Bellach y maent wedi cynyddu eto, mewn rhai achosion ar eu canfed, ac y mae arian o'r llywodraeth i mi adfer tir diffaith i dyfu ŷd a gwenith arno. Yr wyf wedi troi'r Dalar Arian am y tro cyntaf ac wedi sychu'r tir corsiog o boptu afon Ty'n Llan yn y gwaelodion. Prynais hefyd ragor o dir ffrwythlon. Yn awr mae sôn am sefydlu rhywbeth a elwir yn War-Ag, sef rhyw bwyllgorau a fydd yn gwneud rhagor eto i'n cael i gynhyrchu mwy. Ni fuom fel teulu yn dlawd fel y gwyddoch, ond canlyniad hyn oll yw fy mod yn canfod fy hun yn myned yn ŵr cyfoethog, er y teimlaf rhywsut mai anfoesol yw myned yn oludog ar gefn y dinistr o'n deutu. Ac eto fe ffeiriwn y cyfan oll am un gair oddi wrthych Edward annwyl pa le bynnag yr ydych.

*Ein cofion ein dau atoch
Eich tad a'ch mam*

Plas Mathafarn
Glanmorfa
Anglesea
Great Britain

12fed o Hydref 1918

Ein hannwyl Edward

O'r diwedd y mae arwyddion pendant fod y gyflafan enbyd hon yn tynnu tua'i therfyn gwaedlyd. Nid fod hynny yn unrhyw gysur i ni, eich rhieni yn ein hanwybodaeth o hyd am ba gyflwr yr ydych ynddo. I bentyrru gofidiau bu yn gyfnod pryderus iawn i minnau dros yr wythnosau diwethaf gan i eich mam fod yn un o'r rhai hynny a effeithiwyd gan y Spanish flu epidemic sydd yn ysgubo Ewrob. Am gyfnod cael a chael fu hi a fyddai'n goresgyn yr aflwydd ai peidio ond fe atebodd Ef ein gweddïau, a bu Dr John yntau yn help mawr. Galwodd bob awr o'r dydd a'r nos tra parodd y dwymyn ac mae yn fy rhybuddio y pery ei llesgedd i fod yn destun gofid i mi. Ni fu ei brest, fe gofiwch, erioed yn gryf ond yn awr bydd ei gwendid ynghyd â'i phryder yn siŵr o ddywedyd arni. Yn gyndyn iawn yr ydym wedi gorfod dyfod i'r casgliad mai heb ddarllen fy llythyrau yr ydych ac mai pentyrru yna y maent o hyd yn Pilgrim's Rest yn disgwyl eich dychweliad o ba le bynnag yr ydych. Bu yn anodd iawn i mi ddarbwyllo Mr Williams y gweinidog i dderbyn fy nghred ddiysgog mai camgymeriad, os nad anwiredd o du yr Awdurdodau yw cynnwys y llythyr hwnnw a gawsom o'r War Office. Unwaith y llwyddais i'w argyhoeddi na all bod gwirionedd mewn cysylltiad rhyngoch chwi a'r Royal Welsh Fusiliers a chwithau yn Affrica bu Mr Williams yn gefn mawr i ni. Dywed ei fod yn canfod ein ffydd y tu hwnt i'w ddirnadaeth, ond fel arall y mae mewn gwirionedd. Hebddo ef a'i weddïau i'n cynnal buasem wedi syrthio ar fin y ffordd ganwaith. Ni allwn ond dal ati yn y gobaith sicr y bydd eglurhad syml i'r maith dawelwch pan ddychwelwch yna. Diolch i'r Hollalluog does bosib na fydd raid aros yn hir iawn eto. Yn wir y mae fel pe na bai diwedd i'n trallodion. A ninnau yn meddwl fod y rhyfel a'i heffeithiau yn pellhau bu trychineb mawr arall yn yr Irish Sea dim ond tridiau yn ôl pan suddwyd y mail boat 'Leinster' gan German submarine. Credir bod bron i chwe chant o drueiniaid ar ei bwrdd wedi trengi. Ymddengys fel nad oes ball ar y digofaint ac mae'r Llyfr Mawr wedi bod yn gymorth difesur i mi yn fy nhrallod. Fe drof ato yn aml gan wybod y câf ynddo ddiddanwch, ond yr hyn a'm cyffyrddodd yn fwy na dim yn ddiweddar yw cerdd a ymddangosodd yn 'Y Clorianydd' rhyw dair wythnos yn ôl. Yr wyf yn anfon y toriad amgaeëdig atoch chwi gydag ymddiheurad ei fod yn bur fregus gan i mi fod yn ei gario gyda mi ym mhoced fy wasgod. Erbyn hyn yr wyf wedi gwneud copi pensel blwm ohono. Ni ddywedir wrthym pwy yw y bardd, a serch i mi holi tua Llangefni nid ydwyf yn ddim nes i'r lan, ond daw deigryn i'm llygaid bob tro y darllenaf y geiriau gan ddeisyfu nad ydynt wedi'r cwbwl yn adlewyrchu rhywbeth a ddaw i'm profiad innau.

> *Mae ein gweddïau gyda chwi, Edward annwyl,*
> *pa le bynnag yr ydych*
> *Eich tad a'ch mam*

Y Clorianydd, Mercher, 18 Medi 1918

Y Medelwr

Mae'i law, megis cynt, yn gadarn ei hergyd,
   A'i gryman, 'fu'n rhydlyd, â'i lafn fel y cledd,
Ac anodd yw credu, o'i weld yn ei ddeublyg,
   Fod henaint yn rhychu ei wedd:
Ond weithian, ers talm, bu'r cryman yn gorffwys
   Ar fur yr hen ddowlad yn ymyl y to,
A phladur ei fab oedd yn torri yr erwau
   Pan ddelai'r cynhaeaf i'r fro.

Ond cefnodd yntau, yn sŵn y rhyfelgri,
   A'r gwenith a heuodd heb newid ei liw,
A 'wyddai yr un ond yr henwr ei hunan
   Cyn ddyfned y treiddiodd y briw;
Ond cydiodd drachefn yn offer ei dyddyn
   A gloywodd y cryman fel cynt ar y maen,
Ac ofer fydd chwilio, pan ddarffo â'i lafur,
   Am ydfaes cyn laned ei raen.

Fe ŵyr sut i drin y bladur a'r gader,
   Ond cryman a llawfforch oedd arfer ei oes,
A'i ryddid i ddewis ei ogwydd ei hunan
   Er gorwedd o'r euryd ar groes.
Obry'n y dyffryn mae peiriant yn torri
   Gan oedi yn fynych a'r cyllyll ynghlo.
Ond nid yw'r dyrysni yn cadw'r medelwr
   I aros cyn gorffen ei dro.

Fe geidw'i law yn ddiwyd trwy'r hirddydd,
   Fe geidw ei gryman heb fwlch ar ei fin,
A gedy bob ysgyb heb ysgall i'w rhwymo,

A'r hirwellt yn drefnus i'w drin;
Ond pan ddelo'r hwyr a'r adeg noswylio,
  Ac yntau'n myfyrio â'i bwys ar ei fainc,
Daw arswyd am gryman y pennaf medelwr
  Ar faes y gyflafan yn Ffrainc.

Anhysbys

Pennod 10

Poperinghe, Gwlad Belg, Ionawr 23, 24, 1917

'*Corporal* Rowlands, *Corporal* Rowlands . . . Stan Rowlands, Stan Rowlands . . . Stan, Stan . . . ' Atalnodai'r cymylau ager a ddeuai o gegau'r dynion y seibiau rhwng galw'r enw, ac wrth ei phasio o glust i glust o un pen o'r ffos igam ogam i'r llall fe âi'r alwad yn llai ffurfiol.

'Mae o yn y *dug out*,' meddai un o'i gydnabod yn y diwedd. 'Roedd o ar *patrol* neithiwr. Fe ddaeth o yn ei ôl wedi 'mlâdd. Mi fydd o fel cacwn os deffri di o. Yn enwedig a hithau mor uffernol o oer.'

Safai'r milwr ar stepen y ffos a'i ddryll yn pwyso ar yr ystôl wrth ei ochr. Chwipiai ei freichiau heibio'i gilydd er mwyn cadw'n gynnes. Gwnâi hyn fysedd carpiog ei fenyg chwifio fel rhai bwgan brain mewn gwynt.

'Galwad o *brigade*. Maen nhw ishio fo, *at the double*.'

Camodd y milwr i lawr y ddwy ris i'r lloches drewllyd islaw.

'Be ddiawl dwi wedi neud y tro yma?' Dan rwgnach ceisiodd Stan wneud ei hun mor drwsiadus ag y gallai. 'Os dwi ar *charge*, mi câi hi'n waeth os na fydd y gêr gen i. Lle ddiawl mae f'*ammo pouch* i.'

Taith lafurus ar y gorau fyddai honno i ben pellaf y ffos – llamu dros goed a dringo dros sachau tywod. Y bore hwnnw maluriai ei esgidiau rew ar wyneb pyllau ond amhosib oedd osgoi'r talpiau o fwd a lynai hyd at ei benliniau. Yn ogystal â'r *major* oedd â gofal ei fintai roedd Capten na welodd Stan o'r blaen yn sefyll â'i gefn ar y mur o stanciau pren yng nghlydwch myglyd y bwth ymhen draw'r ffos fawr.

'*At ease*, Rowlands. Does dim i chi bryderu amdano fo.'

Gwenodd Major Thompson.

'A deud y gwir, Rowlands, clywed i chi gael *foray* reit *exciting* neithiwr. *Good account of yourself, what?* Pwy â wyr, efallai y byddwn ni'n ystyried *mention in dispatches*. Rhy fuan eto i wneud *appraisal* wrth gwrs. Mi gawn ni weld diwedd y *tour*. Beth bynnag, nid dyna pam rydw i wedi'ch galw chi draw. 'Steddwch. Capten Rawlings sydd am gael gair efo chi.'

'*Unorthodox* braidd, Rowlands. Reit anarferol a deud y gwir. Ond rydan ni eisiau'ch help chi. Hen ffrind i chi mewn *spot of bother*. Rhywun naethoch chi gyfarfod yn yr hospital yn Longueval y llynedd. *Private* Lloyd, Edward, R.W.F. 'Dach chi'n ei gofio fo?'

Ychydig ddywedwyd wrth Stan am ba bicil bynnag yr oedd Edward ynddo. Gorchmynnwyd iddo ddychwelyd at safle'i ddyletswydd i gasglu ei gêr, ac yr oedd un cysur pan gododd i adael.

'Mae'n debyg y byddwch chi oddi yma am rai dyddiau, Rowlands. *Welcome relief, eh?* Ond fe fyddwch chi'n falch o glywed na fyddwn ni'n ei dynnu oddi ar eich *leave* chi. Na dim o gwbl. *This is all in the line of duty*, Rowlands, *all in the line of duty.*'

Prin fod modd cynnal sgwrs yn y '*boy-oh*' fel y llurguniwyd y gair Ffrengig '*boyau*' gan y milwr am y ffos gysylltu. Hon oedd anadl einioes y milwyr ar flaen y gad. Ar hyd-ddi y cludid eu holl anghenion. Hon hefyd oedd y ffordd i waredigaeth, y ffordd i ryddid, a'r ffordd i uffern y bechgyn gwelw eu gwedd oedd yn eu pasio'n finteioedd trymlwythog yn mynd i'r cyfeiriad arall bob hyn a hyn. Rhyfeddai Stan mor ifanc oedd y rhan fwyaf ohonynt. Arswydai wrth sylweddoli mai prin eu hanner fyddai'n cerdded y llwybr hwn yn ôl. Ymhen draw'r ffos hir roedd cerbyd yn eu haros. Serch ei fod bron â fferru, teimlai'n dipyn o foi yn eistedd yng nghwmni Capten Rawlings y tu ôl i'r gyrrwr. Cododd goler ei got i geisio torri brath yr oerni.

Bob hyn a hyn pasient finteioedd lluddedig yn cerdded i'r un cyfeiriad â nhw. Dim ond y rhai yn dod tuag atynt oedd yn canu am bellter Tipperary, am ffarwelio â Piccadilly a Leicester Square, ac am roi eu helbulon yn yr hen *kit bag*, ond teimlai Stan fod straen ar y geiriau ac nad oedd unrhyw angerdd na diddanwch yn y sŵn a ddeuai tuag atynt ar y gwynt. Yr oedd wedi bwriadu holi rhagor ar Capten Rawlings am berwyl y daith ond wrth i'r cerbyd lithro o un twll i'r llall roedd sgwrsio bron yn amhosib. Mwy nag unwaith, bu'n rhaid dibynnu ar ewyllys da, ac unwaith neu ddwy ar ysbryd drwg y milwyr troed i roi eu hysgwydd dano er mwyn dodi olwynion y cerbyd yn ôl yn rhychau dyfnion y trac. Yr oedd Stan wedi hen gynefino â galanas ond synnai weld maint y dinistr ar bob llaw. Anelai bareli gynnau mawr na fyddai'n tanio byth eto at y cymylau isel, ac yma ac acw gwelai wagenni wedi'u llosgi gyda'r fframiau fu'n dal eu gorchudd canfas ar y cefn fel asennau dur, troliau gyda'u llorpiau'n gam ac esgyrn yn ymwthio o sgerbydau ceffylau pydredig. Gwnâi lleiniau o eira budr yr olygfa yn fwy truenus fyth. Serch na fu ond deng niwrnod yn y ffos flaen y tro hwn, teimlai fel oes. Âi cyflwr y ffordd yn waeth; maint y difrod yn ddychryn. Erbyn iddynt gyrraedd adfeilion pentre ymhen hir a hwyr, teimlai iddynt fod yng nghefn y cerbyd ers oriau.

Roedd yn amlwg fod Poperinghe yn cael ei ddefnyddio fel canolfan o bwys i'r fyddin. Roedd y lle yn ferw gwyllt a chafodd Stan ei arwain drwy giatiau haearn i gyntedd yr hyn a fu unwaith i bob golwg yn neuadd y pentre. Cafodd Capten Rawlings air gyda milwr y tu ôl i ddesg ger y drws. Edrychodd y ddau i'w gyfeiriad ac amneidiodd y capten arno i'w ddilyn. Prin fod sŵn eu traed wedi cael cyfle i daranu ar gerrig geirwon y llawr nad aethant allan drwy ddrws arall yn y pen pellaf a chroesi sgwâr i adeilad a edrychai fel stablau. Y tu allan i ddrws y rheiny safai milwr ar ddyletswydd. Fel y dynesodd y ddau ymsythodd gan roi saliwt a gydnabu Capten Rawlings yn swta. Aeth Stan ar ei ôl drwy ddrws trwm i ystafell foel, wyngalchog.

'Dyma fo, syr,' meddai'r Capten gan roi saliwt arall, fwy awdurdodol o gryn dipyn cyn troi ar ei sawdl. Nid oedd Stan Rowlands wedi bod ar ei ben ei hun o'r blaen yng nghwmni swyddog oedd â rhubanau coch ynghlwm wrth y botymau ar ei ysgwyddau. Sylwodd mai dyna'r unig fflach o liw yn yr ystafell i gyd.

'Cyrnol Hastings ydw i. Dydi o'n rhoi dim pleser i mi eich galw chi yma. Dim o gwbl. Ond dyna fel y mae hi. Diolch i chi am ddod. Ydach chi'n gwybod y *situation*? Na, doeddwn i ddim yn meddwl eich bod chi. Fel hyn mae hi . . .'

Palfalodd y Cyrnol ym mhoced ei diwnic a thynnodd bibell ohoni. Trodd ei gefn ar Stan a thra bu'n ei llanw â baco o waled ledr feddal aeth i sefyll o flaen ffenestr na allai yn ei fyw weld fawr ddim drwyddi gan fod haenen o rew yn grystyn drosti. Am y tro cyntaf sylwodd Stan nad oedd dim i wresogi'r ystafell foel. Yr unig gelfi oedd bwrdd cadarn a dwy gadair digon bregus. Ond wedi ei daith hir yng nghefn car agored Capten Rawlings roedd bod rhwng muriau yn gysur. Teimlai fel petai oes yn pasio. Sylwodd fod drws arall yn un gornel i'r ystafell. Un cadarn fel yr un y daethant drwyddo ond bod bolltau cydnerth ar ei ben a'i waelod. Fel pe'n ychwanegiad diweddar, gosodwyd dôr fechan yn hanner uchaf y drws gyda bollt llai yn ei chau. Llwyddodd y Cyrnol i danio'r cetyn gyda'r ail fatshen. Trodd yn ôl tuag ato. Roedd y mwg glas yn cordeddu heibio ei fwstash gan blethu i'r ager a ffurfiai bob tro yr anadlai Stan.

'Stand easy, man, stand easy!'

Dim tan iddo gael y gorchymyn y sylweddolodd Stan iddo fod yn sefyll mor dorsyth â phe bai ar barêd ers pan ddiflannodd Capten Rawlings. Gwichiai esgidiau uchel y Cyrnol bob tro y symudai. Roedd eu gloywder du yn awgrymu na fu'r naill droed na'r llall ar gyfyl y ffosydd ers peth amser, os o gwbl.

'*Unpleasant business*, Rowlands, trist iawn. Ond dyna ni. Mae'n rhaid i ni wneud ein dyletswydd. Dangos esiampl. Fe awn ni drwy'r motions wrth gwrs. Dyna'r peth lleiaf y gallwn ni wneud. Ond yr *evidence*, Rowlands. Yr *evidence*. Mae o'n *overwhelming*, 'dach chi 'n gweld. Ac felly bore fory . . . Fe fydd yn rhaid i mi drefnu ein bod ni'n cael gwres yma, wrth gwrs. Ond dydi hi'n gythgam o oer? Y mis oera ers pan gychwynnodd yr *hostilities* medden nhw. Ac fe drefnwn ni *billet* i chi. Unwaith bydd y *recommendation* yn mynd i fyny i Brigade, yna ddylai'r holl *nasty business* ddim cymryd yn hir. Fe gewch chi aros tan ddaw'r ateb yn ôl wrth reswm. *Least we can do*. Na, mae'r *British Army* yn *fair*. Yn *fair* iawn. Rhaid dweud hynny. Iawn ta, Rowlands. *Now that I've filled you in* . . . Mi welwn ni chi fory. Ac os gallwch chi smartio tipyn, gora i gyd. *Spit and polish, what!*'

Cyn i fraich dde Stan gyrraedd hanner ffordd at big afloyw ei gap roedd Cyrnol Hastings wedi brasgamu drwy'r drws. Daeth y milwr a fu'n sefyll y tu allan i mewn a'i ddryll ar ei ysgwydd. Heb ddweud yr un gair, aeth at y drws yn y gornel. Llithrodd y bolltau yn ôl yn syndod o dawel.

Heb iddo gael rhybudd bod gris y tu mewn i'r drws bu bron i Stan syrthio ar ei hyd pan gamodd drwyddo. Bron yn syth, clywodd y drws yn cau a'r bolltau'n llithro i'w lle. Am funud fe dybiodd fod y gell yn wag; mai rhyw ystryw a'i harweiniodd iddi, mai ei dynged ei hun, am ba bynnag reswm fyddai'n cael ei selio yma rhwng y parwydydd llaith. I bob golwg deuai'r unig olau o ffenestr fechan ger y nenfwd. Islaw honno, synhwyrodd fod rhywun yn eistedd ar silff. Teimlai wellt dan ei draed.

'Ned?'

Dim ateb. Gofynnodd eilwaith.

'Ned Lloyd?'

Prin y cyffrôdd y gŵr a eisteddai ar y silff ond clywodd Stan dincial metal. Yn raddol roedd yn cynefino â'r gwyll. Daeth yn ymwybodol hefyd fod y milwr, wrth adael y gell, wedi agor y ddôr fechan yn y drws. Goleuai wyneb y gŵr o'i flaen yn y llewych drwyddi. Teimlai Stan ei fod yn edrych ar ddrychiolaeth. Nid gwelw ydoedd, ond melyn – y cnawd yn ymddangos yn dryloyw fel delw gŵyr mewn eglwys Babyddol. Roedd cnawd y bochau'n llipa a'r llygaid yn ddwfn yng nghysgodion ei benglog. Ac eto roedd eu lliw yn eglur ac yn danbaid, hyd yn oed yn y llwydolau. Syllent i bobman ac i unman. Ond yr arswyd o'u mewn a'i brawychai; fel pe bai popeth dieflig y buont yn dystion iddo wedi ei serio hyd byth islaw'r talcen llydan. Edrychai'r toslyn ar gorun ei falaclafa yn chwerthinllyd.

'Ddoist ti Stan.'

Gosodiad, nid cwestiwn. Crynhowyd pob erchyllter a welodd i dri gair; rhywfodd roedd pa bynnag uffern a'i harweiniodd i gefn y stabal yn Poperinghe ynghlwm ym mloesgni'r llais. Eisteddodd Stan wrth ei ochr. Wrth estyn i gyffwrdd â'i fraich y sylweddolodd mai'r gefynnau am ei arddyrnau a wnâi'r sŵn tincian a glywodd.

'Unrhyw beth alla i wneud, Ned . . . '

'Does dim y gelli di wneud, Stan. Dim o gwbl. Ond diolch i ti am ddod. Roeddan nhw'n ceisio gwthio caplan arna i. Dyna'r drefn meddan nhw.'

Tawodd wedyn. Ni allai Stan feddwl am unrhyw beth i'w ddweud. Daeth yn ymwybodol o'r cryndod a dorrai dros Ned bob yn hyn a hyn – rhyw ias fel pe'n dod o'i grombil nad oedd a wnelo ddim ag oerni iasol y gell, yn troi'n ochenaid a'i hysgwydai drwyddo.

'Rydw i wedi gwrthod twrne.'

Gwnaeth sŵn a allai fod yn chwerthiniad chwerw.

'Dyna roeddan nhw'n gynnig i mi. Twrne. Rhyw lafnyn o swyddog sydd prin allan o'i glytiau heb wneud dim mwy na llenwi *requisitions*. Does 'na ddim i'w amddiffyn, Stan. Ond rydw i'n falch dy fod ti yma. Os gwnei di sefyll wrth f'ochor i fe fydda i'n reit hapus. 'Sgin i ddim *defence*, ti'n gweld. *Guilty as charged. Desertion in the face of the enemy. Capital offence, Stan. Capital offence.* Mi â nhw drwy'r *motions*. O gwnân . . . Mi â nhw drwy'r *motions*.'

'Dydi ddim mor ddrwg â hynny does bosib, Ned. Beth bynnag wyt ti wedi neud. Ychydig wythnosau, misoedd falle yn y *slammer*. Fe fydd hi'n dda i ti gael allan ohoni am dipyn.'

Ond gwyddai Stan yn burion, o'r munud y clywodd y gair *'desertion'* beth fyddai'r ddedfryd, a beth fyddai tynged y sawl a geid yn euog. Rhyw si fu'r peth i ddechrau. Rhan o chwedloniaeth y ffosydd; y câi'r sawl a gymerai'r goes – a wireddai yr hyn y dymunai pob milwr yn Ffrainc ei wneud – ei saethu ar doriad gwawr gan ei gyd-filwyr. O dipyn i beth cafwyd tystiolaeth i gadarnhau'r sibrydion. Gwyddai am rai a orfodwyd i fod yn rhan o *firing squad*. Arswydodd wrth feddwl am y peth.

'Mi fydd yr hen ryfel 'ma drosodd ac mi fyddi dithau nôl yn yr haul yn Affrica mewn dim o dro, Ned. Neu hyd yn oed yn Sir Fôn, was. Meddylia am y peth.'

Llyncodd Stan ei boeri. Gwyddai nad oedd owns o argyhoeddiad yn ei lais.

'Ffyc off, Stan. Jest tyrd i sefyll wrth f'ochor i yn y *court martial* fory, reit?'

* * *

Wrth eistedd ar erchwyn gwely benthyg, ceisiodd Stan roi sglein ar esgidiau y gallai prin eu tynnu oddi ar ei draed. Cafodd gadach a thun o *Brasso* i geisio gloywi ei fotymau. Heb archwaeth, wynebodd blatiad o'r bwyd gorau a welodd ers wythnosau. Ceisiodd y milwr a'i rhyddhaodd o gell Ned ei berswadio i fynd am beint i'r cantîn gwlyb. Ni freuddwydiodd erioed y byddai byth yn gwrthod cynnig felly. Gyda dwywaith cymaint o egni cymerodd lwy boeth at flaen ei esgid, ond am Ned y meddyliai – yn rhynnu heb fod yn ymwybodol o'r oerni ar ei fatres o wellt yng nghefn y stabal.

Pan gyrhaeddodd yn brydlon cyn deg drannoeth roedd yr ystafell lle cyfarfu â'r Cyrnol Hastings yn annioddefol o boeth. Roedd stôf lo wedi cael ei gosod ger y pared a phibell yn arwain ohoni drwy hanner isaf y ffenestr. Ychwanegwyd dwy gadair at y ddwy oedd eisoes wrth y bwrdd. Stan oedd y cyntaf i gyrraedd. Gwnaeth y gorau o'r gwaethaf â'i lifrai ond yn y diwedd bu'n rhaid iddo ofyn am fenthyg pâr o esgidiau a theimlai'r rheiny yn rhyfedd am ei draed. Yn y man clywodd drwst y tu allan i'r drws: sŵn esgidiau hoelion mawr ar garreg a daeth dau filwr i mewn. Roedd y bidogau yn eu lle ar flaen y *Lee Enfields*. Nodiodd y ddau ar Stan ond yr hyn a ddilynodd oedd tawelwch anghysurus, fel pe bai'r ddau'n amau ei fod yntau rywsut yn rhannol euog o drosedd yr un y daethant i'w warchod. Aeth deng munud heibio cyn y daeth Cyrnol Hastings a'i osgordd i mewn. Capten Rawlings a ddaeth i'w gyrchu o'r ffrynt – *major* mewn coler gron a rhingyll yn cario llwyth o bapurau dan ei fraich. Yn sydyn roedd ystafell a ymddangosai y diwrnod cynt yn fychan, yn orlawn ac yn chwilboeth. Eisteddodd y pedwar wrth y bwrdd a gwelodd Stan y Cyrnol yn taflu edrychiad at y stôf. Roedd gwaelod honno'n wynias a chlywid ei chynnwys yn hisian. Llifai gwlybaniaeth i lawr y parwydydd.

'*Detail, bring him in!*'

Symudodd y ddau filwr at y drws. Gostyngodd y Cyrnol ei ben i sisial wrth y capten a'r caplan gan amneidio at y stôf. Nodiodd y ddau. Yng ngolau dydd edrychai Ned yn seithgwaith gwaeth. Cafodd hergwd ddiangen i ganol y llawr gan un o'r milwyr. Safodd y ddau o boptu iddo yn wynebu'r bwrdd. Ni wyddai Stan ym mhle i sefyll cyn belled a'i fod mor bell ag y gallai fod oddi wrth y stôf.

'Y mae'r llys milwrol hwn, yn unol â'r pwerau sydd ganddom, yn awr yn eistedd.'

Capten Rawlings siaradai.

'Alun Edward Lloyd.'

Roedd y swyddogion wedi gofalu mai'r rhingyll a eisteddai agosaf at y stôf. Roedd pawb yn eu cotiau mawr. Sylwodd Stan ar y rhingyll yn gwingo tra'n llyfnu blaen ei bensel. Safai Edward Lloyd â'i ben i lawr, ei arddyrnau yn y gefynnau o hyd, gan droi a throsi'r cap gwlân gyda'r toslyn rhwng ei ddwylo.

'Fe wyddoch y cyhuddiad yn eich erbyn. I chwi, ar ddiwrnod yn Rhagfyr 1916, esgeuluso eich dyletswydd tra yng ngwasanaeth milwrol ei Rasusaf Frenin Siôr y Pumed. Ac i chwi ymhellach daflu ymaith eich dryll a chan gefnu ar eich cyd-filwyr ddarfod i chwi wedyn ffoi yng ngwyneb y gelyn. Y trosedd hwn yw'r mwyaf difrifol y gellir ei ddwyn yn erbyn aelod o luoedd arfog ei Fawrhydi ac y mae yn cario'r gosb eithaf. Pa sut y plediwch?'

Ni ddywedodd Edward air. Daliai i syllu ar y llawr.

'Wel, *come on*. Fe glywsoch y cyhuddiad. Euog ynte dieuog?'

Roedd wyneb y Cyrnol mor goch â'r rhubanau ar goler ei gôt. Sylwodd Stan fod dafnau o chwys yn crynhoi hyd odre ei fwstásh. Cododd Edward fymryn ar ei ben. Edrychodd o'i gwmpas. Am eiliad syllodd ar Stan. Nid oedd ei lygaid yn cyfleu yr un dim. Edrychodd yn ôl i gyfeiriad y bwrdd a dywedodd rywbeth.

'*Speak up, man. You have to speak up.*'

'Euog, syr.'

'Mae'r carcharor yn pledio'n euog, syr.'

Tra'n yngan y geiriau roedd y rhingyll yr un pryd yn ysgrifennu'n brysur yn ei lyfr.

'Cofnodwch ble o ddieuog.'

'Syr?'

'Cofnodwch ble o ddieuog ar ran y carcharor, sergeant,' meddai Capten Rawlings. 'Rydw i'n deall fod ganddoch chi rywun yma i'ch cynrychioli chi, Lloyd?'

'Does arna i ddim angen neb i nghynrychioli fi, syr, rydw i'n pledio'n euog. Yr ydw i yn euog, yn unol â'r cyhuddiad.'

Y tro hwn roedd llais Edward yn glir. Yr oedd wedi sythu hefyd. Edrychai'n union o'i flaen. Torrodd y Capten ar ei draws.

'Prisoner's friend, step forward.'

Er ei fod yn ymwybodol o'i ran yn y gwrandawiad roedd yn dal yn syndod i Stan pan alwyd ei enw.

'Corporal Rowlands. Y chi, rydan ni'n deall, sy'n cynrychioli'r carcharor. A oes ganddoch chi unrhyw beth i'w ddweud ar ei ran?'

Bu Stan yn ddistaw am ennyd. Doedd dim i'w glywed yn yr ystafell fyglyd ond am sŵn tân a dur eirias y stôf yn grwgnach.

'Does ganddom ni ddim trwy'r dydd, Corporal.'

'Rydw i yn adnabod *Private* Lloyd yn dda, syr. Roeddan ni yn yr ysbyty efo'n gilydd yn Longueval y llynedd. Fe enlistiodd o'i wirfodd yn Affrica, syr. Doedd dim raid iddo fo ddod yma, syr. Roedd ei dad yn Sir Fôn, mi wn, wedi bod yn ymbil arno i beidio â dod. Mi fasa'n well tae o wedi aros adre . . . Begio'ch pardwn, syr.'

Fel yr ynganai'r geiriau nid oedd Stan yn siŵr p'run ai i Edward ynte iddo'i hun y gwnaeth ei sylw y mwyaf o ddrwg.

'Dydan ni ddim yn gofyn eich barn chi, Rowlands.'

Roedd min ar eiriau'r Capten.

'Y cyfan rydan ni'n ei ddisgwyl ganddoch chi ydi rhywbeth adeiladol a allai fod o help i'r cyfaill. Duw a ŵyr mae o angen pob owns o help y gall o ei gael. Ydi o wedi dweud wrthach chi, er enghraifft, nad oedd yn fwriad ganddo i redeg i ffwrdd fel y gwnaeth?'

'Begio'ch pardwn, syr, ond mae pob milwr ar y Western Front wedi teimlo fel rhedeg i ffwrdd. Ychydig sydd â'r gỳts i wneud, syr.'

'Rowlands!'

Roedd wyneb y cyrnol yn fflamgoch; cynddaredd yn ogystal â'r gwres yn gwneud i'w dagell chwyddo dros ymyl ei goler. Estynnodd am hances boced a sychodd ei dalcen fel pe'n rhoi cyfle iddo'i hun i bwyllo. Cododd ei ben ac edrychodd ar Stan. Roedd malais yn diferu gyda'r chwys oddi ar flaen ei drwyn. Pan siaradodd roedd ei lais yn dawel, dawel.

'Mae milwyr wedi cael eu rhoi ar *charge* am ddangos llai o *insolence* na hyn'na, Rowlands. Ond rydw i wedi penderfynu diystyru yr hyn ddywedoch chi. *Sergeant, strike the record.* Y bwriad o'ch llusgo chi yma o'r ffrynt lein lle'r oeddach chi, rydw i yn gobeithio, yn dda i rywbeth, oedd i fod o help i'ch cyfaill. *"Prisoner's friend."* Dyna ydi ystyr y peth. Dydach chi ddim wedi bod o unrhyw gymorth iddo fo. *On the contrary.* Mae'r ffeithiau, hyd y gwela i yn syml. *Written testimony. Sheafs* ohono fo. Digon o dystion. Y carcharor ei hun yn gwadu dim. Yn wir, yn pledio'n euog ond ein bod ni, *in the interest of fair play*, wedi caniatáu iddo bledio'n ddieuog . . .'

'*Private* Lloyd. Dydw i ddim yn gweld y dylen ni wastraffu rhagor o amser ac rydw i'n siŵr y cytunwch chi â hynny.'

Edrychodd o'i ddeutu. Nodiodd ar y caplan. Nodiodd hwnnw'n ôl. Nodiodd ar y capten. Nodiodd yntau. Diystyrodd y rhingyll a oedd yn dal i sgriblo â'i bensel blwm.

'Edward Lloyd. Ar ôl dwys ystyried y dystiolaeth ger ein bron, dyfarniad unfrydol y llys milwrol hwn heddiw yw ein bod yn eich canfod yn euog yn unol â geiriad y cyhuddiad yn eich erbyn ac y dylech felly wynebu'r gosb eithaf yn unol â'r drefn filwrol ac â chyfraith gwlad a'i phwerau fel y'i gweinyddir drwof fi. Fe fyddwn yn anfon ein hargymhelliad i Bencadlys y Frigâd sydd â'r gair olaf. Fe ddaw eu dyfarniad ymhen diwrnod neu ddau rydw i'n gobeithio. Mae gweithgareddau'r llys milwrol hwn ar ben. Ewch â'r carcharor i lawr.'

Yr eiliad cyn i'r ddau filwr wthio Edward i gyfeiriad drws ei gell rhoddodd y *major* yn y goler gron hanner cam i'w gyfeiriad.

'Bendith Duw fo arnoch, fy mab,' meddai. Edrychai fel pe bai am ddweud rhagor, ond ar ei draws clywyd geiriau Cyrnol Hastings wrth iddo frasgamu drwy'r drws gan redeg ei fys y tu mewn i'r goler.

'Pwy ddiawl orchmynnodd y blydi ffwrnas 'na i gael ei gosod fan'na?'

Pennod 11

Sydney, De Cymru Newydd, Mehefin 1999

Cyrhaeddodd Mike Dawson yn ôl o Pilgrim's Rest i wynebu desg lwythog yn ei swyddfa yn Sydney. Roedd yn falch fod un o'r llythyrau a ddisgwyliai amdano yn rhoi dyddiad gwrandawiad y cais i ddatblygu Old Sydney Town. Rhoddodd y ffilmiau a dynnodd i Linda i'w hanfon allan i'w datblygu ar frys. Rhwng tudalennau clir mewn albwm crand fe fyddent yn sicr o roi'r argraff fod *Dawson, Bailey & Associates* yn gwmni a roddai'r pwyslais dyladwy ar wneud ymchwil trwyadl, ond y bore hwnnw roedd ei feddwl ymhell iawn o Sydney. Yn ystod y daith hir yn ôl bu'n pori drachefn drwy'r pentwr o lythyrau ei daid gan bendroni dros gynnwys rhai. Yng ngoleuni'r hyn a ddysgodd yn Pilgrim's Rest fe lanwyd amryw fylchau yn y stori. Teimlai'n ddig am y byddai'n rhaid iddo wynebu sawl gorchwyl bara menyn cyn y gallai neilltuo'i holl egni i fynd ar drywydd ambell arweiniad a gafodd. Ond cyn gwneud unrhyw beth ynglŷn â'r pentwr ar ei ddesg, ysgrifennodd ddau lythyr. Nodyn brysiog i'r amgueddfa yn Pilgrim's Rest oedd un, i ddiolch i Cheryl a Christine am eu cymorth ac i'w hatgoffa o'u haddewid y byddent yn cysylltu ag ef pe deuai unrhyw wybodaeth ychwanegol i'r fei. Câi gyfle eto i ysgrifennu at Michael Owen. Cododd Linda ei haeliau main pan aeth drwodd i'r swyddfa allanol gan synnu ei weld yn rhedeg y ddau lythyr ei hun drwy'r peiriant ffacs. Mewn chwinciad chwannen byddai'r ail lythyr yn cyrraedd swyddfa rhywun a ddylai allu ateb ei gwestiynau yn Maidenhead, Lloegr.

Serch cymaint a ddysgodd yng nghwmni merched yr amgueddfa, uchafbwynt ei ymweliad â Pilgrim's Rest yn ddi-ddadl fu'r amser a dreuliodd yng nghwmni Michael

Owen. Doedd hi'n ddim syndod i Cheryl a Christine ddweud ei fod yn werth y byd. Hebddo ef ni fyddai cystal trefn ar y wybodaeth a gasglwyd ganddynt dros y blynyddoedd am hanes oes aur y *Transvaal Gold Mining Estates*. Bellach, a'r aur wedi ei hen ddihysbyddu o grombil y bryniau, roedd Michael yn fwy gwerthfawr na bron ddim arall yn y pentref. Cafodd groeso twymgalon ganddo ef a Rhoda ei wraig yn y tŷ a elwid yn Bryn Awelon. Ar un o'r parwydydd roedd llun wedi ei dynnu o'r awyr o Lwyncoed yng Nghwm y Glo yng Ngogledd Cymru, y cartref a adawodd Michael Owen yn ugeiniau'r ganrif i ddod at ei dad i weithio yn y mwynfeydd.

'Doedd 'na ddim *avocado pears* yn tyfu yng Nghwm y Glo,' meddai. 'Wyddoch chi mae 'na gymaint yn tyfu yn fan'ma yn yr haf fel na fyddan ni'n gwybod beth i'w gwneud efo nhw. Allan yn fan'na y byddan ni'n cael ein bwyd ran amla, ond ei bod hi braidd yn oer heddiw.'

Roedd eu croeso, serch hynny, yr un mor dwymgalon.

'Wyddoch chi, roedd 'na gymaint o lysiau yn tyfu hyd y fan'ma doedd dim raid i ni wario fawr ddim ar fwyd. Roedd hi'n newid byd ofnadwy o fod yn gweithio ar wyneb y graig ymhob tywydd yn chwarel Dinorwig.'

'Ac roedd 'na amryw o Gymry yma'n barod cyn i chi ddod yma eich hun, medden nhw wrtha' i.'

'Cymry? Nefoedd yr adar, roedd 'na tua chant ohonan ni. Jack Williams, Griff Edwards, Ianto Edwards, Mike Owen – ewyrth i mi oedd o. Fuoch chi yn y fynwent? Mi â i â chi yno mewn munud. Llawer iawn o'r Cymry wedi'u claddu yno. Pan gyrhaeddais i yma Cymraeg oeddan ni'n siarad yn y *mine*. Wir i chi. Mwy o Gymraeg a *Funagalo* nag o Saesneg 'r amser honno.'

Esboniodd fel y datblygodd iaith gyfansawdd y mwynfeydd o amryw o ieithoedd brodorol Affrica ynghyd â chymysgedd o eiriau Ewropeaidd i wneud yr un iaith a elwid yn *Funagalo* a ddeallid ym mhobman ar y cyfandir lle'r oedd dynion wedi ymgasglu i gloddio.

'Roedd 'na le braf iawn yma, ond cofiwch chi, mi fu hiraeth arna' i am flynyddoedd er bod y pres yn dda. Tri swllt y dydd oeddwn i'n ei gael am y tair blynedd bues i'n gweithio yn chwarel Dinorwig. Roeddwn i'n ennill pum swllt y dydd cyn gynted ag y cyrhaeddais i yma. Deunaw oed oeddwn i, ac ar ôl tri mis fe gododd hwnnw i saith a chwech. Ar ôl pedair blynedd roeddwn i'n cael punt y dydd! Nefoedd yr adar, roeddwn i'n teimlo fel lord.

Mi fues i'n gweithio ynddyn nhw i gyd, 'chi. Pob un o'r *mines* oedd 'ma. *Jubilee, Monument Hill, Theta, Drakes Gully, Dukes Hill* . . . Roedd 'na rhyw ddeunaw i gyd. Y fi oedd y *mine captain* ola' yn *Desiree Mine* pan ddaeth y gwaith i ben. Roedd 'na bump o ddynion gwyn 'dana i a thri chant o rai duon.'

'Fe wnaethoch eich ffortiwn, Michael?'

'Ffortiwn? Choelia i fawr! Roedd dyddiau'r *individual claims* wedi darfod ers blynyddoedd. Mi alla' i ddeud wrtha' chi, a fy llaw ar fy nghalon, does 'na ddim gronyn o aur ar ôl yn y mynyddoedd 'ma erbyn hyn. Maen nhw'n wag fel gogor.'

Ar ôl cinio a ffarwelio â Rhoda, cynigiodd Mike gludo Michael i'r pentre yn y car, ond mynnai gerdded. Dywedodd y cerddai lawer, a than chwerthin, mai dim ond yn y gaeaf y gwisgai drowsus llaes er ei fod yn naw deg a phump.

'Fasech chi ddim yn gwisgo shorts, hyd yn oed yn yr haf, taech chi'n byw yng Nghymru, Michael.'

'Fachgen, go brin y baswn i'n fyw taswn i wedi aros yng Nghymru. Mi fasa'r hen gricmala wedi 'nghael i ers blynyddoedd. Rydw i'n dal i gofio fo weithiau 'chi: yr oerni yn y gaeaf ar y clogwyn mawr.'

Arhosai Michael Owen bob hyn a hyn. Manteisiai ar y cyfle i ddangos golygfeydd fel esgus i orffwyso.

'Roedd 'na gapel Methodist yn mynd yma *full swing* pan gyrhaeddais i. Mi gafodd o'i agor y flwyddyn y daeth 'Nhad yma i ddechrau. *Nineteen Eleven*. Cofio pregethwr yn dod i fyny 'ma o Barberton. Y Parchedig Glyndwr Davies. Dwi hyd yn oed yn cofio'i destun. "Iesu Grist, ddoe a heddyw yr un, ac yn dragywydd".'

Cyn hir yr oeddynt ym mhen uchaf y pentref. Islaw, ymddangosai toeau cochion y bythynnod yn llachar uwchlaw eu gwyngalch, ac er nad oedd dail ar lawer o'r coed, roedd hi'n olygfa afreal bron. Chwarddodd Michael.

'Nid fel hyn oedd hi pan ddois i yma. Cofio'r lle pan ddaeth Mam a'n chwaer a minnau i olwg y lle ar hyd y ffordd o Nels-Prît am y tro cyntaf. Roedd 'Nhad wedi dod i'n cyfarfod ni. Hen ffordd arw bryd hynny a doedd y pentre ddim yn lân neis fel mae o heddiw. A sôn am brysurdeb . . . Ma' petha wedi newid . . . Ar wahân i'r fisitors wrth gwrs!'

Cerddodd y ddau mewn tawelwch i lawr yr allt am dipyn.

'Chawsoch chi mo'ch temtio i fynd yn ôl i Gymru?'

'Na, roeddwn i'n dod i oed riteirio pan gaeodd y *mine* yn yr *early seventies*. Dwi wedi bod yn ôl yng Nghwm y Glo ddwywaith neu dair. Ond nabod fawr neb yno erbyn hyn. I gyd wedi mynd. Yma bydda i bellach mwn. Diawl, rydw i'n *ninety five!*'

Eisteddodd y ddau i lawr ar fainc y tu allan i'r *Pilgrim's Hotel*. Gyferbyn roedd y *cannon* o Delville Wood. Cerddai teulu gyda dau o blant yn bwyllog ar ochr arall y ffordd. Roedd y bachgen yn cicio'r dail crin. Cariai'r ferch fach dusw o wyrddni, gydag ambell flodyn yn ei llaw. Oedodd y tri am ennyd gerllaw'r gwn mawr islaw'r dderwen. Pan aethant yn eu blaenau sylwodd Mike fod y tusw wedi cael ei adael yng ngheg y gwn. Sylweddolodd fod ei galon wedi cyflymu mymryn wrth feddwl am ei gwestiynau nesaf.

'Roedd Cheryl a Christine yn dweud hanes y cannon

wrtha' i. Rydw i'n deall fod 'na amryw wedi mynd oddi yma i'r Rhyfel 1914-18.'

'Do fachgen, amryw byd. Cyn fy amser i wrth gwrs, ond fe ddois i nabod un ohonyn nhw. Bachgen o Sir Gaernarfon. Willi Foulkes, Bryn Derw, Cwm y Glo. Fe gafodd o'i gymryd yn *prisoner* yn Delville Wood. Ond fe ddaeth o nôl yma ar ôl y rhyfel. Hen fachgen nobl.'

'Roedd fy nhaid yma, Michael.'

'Do, felly rown i'n dallt gin y merched.'

'Alun Edward Lloyd. Os 'dach chi 'n deud i'ch tad ddod yma yn 1911 roedd fy nhaid wedi cyrraedd flwyddyn o'i flaen o.'

'Dyna chi, ie.'

'Glywsoch chi o'n sôn amdano fo, tybed?'

'O do, roeddan nhw'n nabod ei gilydd. Mi oeddan nhw i gyd yn nabod 'i gilydd. Roedd hi'n anodd peidio.'

''Dach chi ddim yn digwydd cofio os . . . ?'

'Dydw i ddim yn ei gofio fo wrth reswm.'

'Na, rydw i'n deall hynny.'

Teimlai Mike ryw ddieithrwch am y tro cyntaf; bod cyndynrwydd yn Michael Owen i rannu gwybodaeth a oedd ganddo, serch iddo fod mor agored wrth sôn am bopeth arall.

'Doedd o ddim yn cymysgu rhyw lawer medda fo.'

'Ac eto roeddan nhw i gyd yn cael eu taflu at ei gilydd yn y gwaith does bosib, ac yn gorfod cymysgu yn y fan honno?'

'Rhyw dipyn o ŵr mawr oedd o, yn ôl y cof sydd gen i o 'Nhad yn sôn amdano fo. *No disrespect* wrth gwrs.'

'Na, deall yn iawn. Jest rhyw deimlad yr hoffwn i gael gwybod yr hyn alla i amdano fo.'

'Doeddan nhw ddim yn cael llawer i'w wneud â'u gilydd ar y dechrau y tu allan i'r gwaith yn ôl yr hyn dwi'n ddeall. Roedd 'Nhad yn hoffi diferyn yn y fan hyn. Ond teimlo roedd o y byddai Ned, fel roedd o'n ei alw fo, yn hapusach i lawr yn y *Royal*. Ond dyna fo, rydan ni gyd yn wahanol. Dwi ddim yn amau i'r ddau gael eu codi'n *mine captains* yr un pryd a mynd i Alanglade am de fel roedd hi'n arferiad. Mi fûm i yno droeon fy hun. 'Dach chi wedi gweld y tŷ? Lle crand ofnadwy. Mi drefna i . . . '

'Na, rydw i wedi bod yno, diolch. Diddorol iawn, fel rydach chi'n dweud.'

Ofnai Mike ei fod ar fin colli rhediad y sgwrs a bod Michael Owen yn chwilio am esgus i droi'r stori.

'A dyna'i diwedd hi wedyn. Mi aeth fy nhaid i'r rhyfel. Ac felly, ar ôl beth, rhyw bum mlynedd yn Pilgrim's 'ma, mi gollon nhw gysylltiad debyg?'

'O na, Mike, mi ddaeth Ned Lloyd yn ôl. Roedd o yma yn nechrau *nineteen nineteen*. Y fo a'r gweddill cafodd eu harbed. Ond wnaeth o ddim aros yn hir iawn yn ôl be dwi'n ddeall. Golwg mawr arno fo medden nhw. Wedi'i glwyfo'n go arw, ac wedi newid 'i ffordd hefyd, medde 'Nhad. Fe ddaethon nhw'n fwy o ffrindie wedyn. Fe fydde 'Nhad yn arfer dweud fod y rhyfel wedi torri mwy nag un ohonyn nhw, ond yn achos Ned Lloyd dweud y byddai 'Nhad i'r profiad wneud lot o les iddo fo. Dim mor *stuck up* ag oedd o cynt. Roedd 'na dri ohonyn nhw'n gwneud cryn dipyn efo'i gilydd: eich taid, ei ffrind mawr Jack Daniels, a 'Nhad. Ond yn fuan ar ôl i'r hen Jack druan fynd, yn ôl be dwi'n ddeall mi aeth Ned hefyd. Mi gyrhaeddais i yma ar y *fifteenth of December, nineteen twenty three* ac roedd o wedi mynd ers talwm. Rydw i'n siŵr o hynny.'

* * *

Ar y pumed diwrnod wedi iddo gyrraedd yn ei ôl i Sydney aeth Mike i'w swyddfa a chanfod pecyn o Pilgrim's Rest yn aros amdano ymhlith post y bore. Rhwygodd yr amlen a darllenodd nodyn gan Cheryl van Dyk.

'Thanks for your fax. We were glad to be of help. As we had something to go on we delved into a pile of old documents waiting to be sorted which could possibly, now that we had a specific name to look out for, contain something which might be of interest.

Imagine our surprise when we came across several letters which matched perfectly the samples you showed us.

Same handwriting, same sender's address. All unopened. They'd been gathered when we made a start at renewing the old post office amongst letters in "post restante" boxes which, as you can imagine, were very fashionable with the itinerants who passed through this place in the old days.

We also took the liberty to check up with the banks to see if your grandfather ever had any accounts with them. They're very helpful and quite used to that sort of inquiry from us about the old timers. Barclays came up trumps. Apparently he did have an account with them, and a safe deposit box. Many of them had boxes in safe keeping, and you can guess the reason why! Anyway, his accounts were closed and the box emptied, all on the same day in 1919.'

Cyn agor y cyntaf o'r llythyrau teimlai Mike yn sicr y gwyddai beth fyddai ei gynnwys: cri arall o'r galon gan William Richard Lloyd yn ymbil ar Edward Lloyd gysylltu âg ef. Roedd ing yr alwad ailadroddus honno wedi dod mor gyfarwydd iddo bellach, a theimlai i'r byw wrth i'r apêl ddwysáu o un llythyr i'r llall. Felly hefyd yr ail lythyr. Yr oeddynt wedi cael eu gosod, gan ferched yr amgueddfa fe dybiai, yn nhrefn y dyddiadau yr anfonwyd hwy o Gymru. Roedd newydd orffen darllen cynnwys y drydedd amlen pan ddaeth Linda i mewn â phapurau yn ei llaw.

'Ydach chi'n iawn, Mike?'

Safodd yn betrusgar o flaen ei ddesg.

'Mae'r rhain newydd gyrraedd i chi o Brydain. Fedra i

ddim gweld eu bod nhw â dim i'w wneud â 'run o'n clients ni. Wyddoch chi rywbeth amdanyn nhw?'

Daliai Mike i lygadrythu ar ysgrifen gyfarwydd ei hen daid. Yn ei law arall daliai ddarn o bapur tenau, mor frau nes bod yn dryloyw bron a'r teipysgrif yn amlwg yn waith hen, hen deipiadur.

'Mae golwg uffernol arnoch chi Mike, os câ' i ddweud. R'un fath â'ch bod chi wedi gweld ysbryd. Alla' i gael rhywbeth i chi?'

'Syniad da, wnewch chi dywallt wisgi i mi?'

Rhoddodd Linda dair tudalen o'r peiriant ffacs o'i flaen – gwnaeth siâp 'O' â gwefusau a oedd y bore hwnnw o liw gwyrdd tywyll, a throdd ar ei sodlau llwyfan i gyfeiriad y cwpwrdd gwirodydd yn y gornel. Darllenodd Mike y tudalennau'n frysiog. Yna ddarllenodd rai rhannau drachefn, yn fwy pwyllog. Eiliadau ynghynt teimlodd fod cael un sioc mewn bore yn teilyngu torri ei reol i beidio ag yfed wrth weithio, ac eithrio pan fyddai yng nghwmni cwsmeriaid a ddangosai addewid y deuent â busnes sylweddol i'r cwmni. Roedd cynnwys y ffacs o Maidenhead yn teilyngu torri pob rheol.

'Tra rydach chi yna Linda, gwnewch o'n un mawr. Ac nid y rybish 'na fyddwn ni'n roi i'r cwsmeriaid dibwys. Agorwch y botel Macallan ddois i nôl o Johannesberg!'

Pennod 12

Poperinghe, Gwlad Belg – Ionawr 28, 29, 1917

Pan ddychwelodd Stan i'r gell ar y bedwaredd noson fe wyddai ar ei union fod rhywbeth o'i le. Eisteddai Edward yn ôl ei arfer ar ei fatres wellt. Trech na drewdod y carthion o'r bwced yn y gornel y daeth Stan i ddygymod ag ef oedd arogl cyfog. Roedd y gwellt yn llithrig dan draed a gwnâi Edward sŵn igian. Wrth iddo gynefino â golau'r gannwyll ar ymyl y ford fechan gerllaw silff y gwely sylwodd Stan fod Edward yn siglo yn ôl ac ymlaen a'i fod yn gafael mewn darn o bapur. Heb ddweud gair cododd ei ddwylo gefynnog tuag at Stan i estyn y papur iddo. Byddai'n rhaid iddo blygu'n agos at olau egwan y gannwyll er mwyn ei ddarllen, ond heb edrych gallai Stan ddyfalu beth oedd ei gynnwys.

'Dim *reprieve?*'

'Na, dim *reprieve.*'

'Pryd?'

'Bore fory.'

'Mor fuan? Mi arhosa i efo ti heno.'

'Diolch.'

Eisteddodd Stan wrth ei ochr. Ni ddywedodd air am dipyn.

'Fûm i'n ddim help i ti . . . Yn y *court martial.*'

'Wnaeth hynny ddim gwahaniaeth. A ph'run bynnag wnaethon nhw ddim cofnodi beth dd'wedaist ti. Wyt ti wedi lladd rhywun Stan?'

'Mae'n rhaid fy mod i 'sti. Dyna pam 'dan ni yma'n te?'

'Na, o ddifrif, wyt ti wedi bod wyneb yn wyneb â rhywun ac yna'n ei ladd o? Nid o bell na dim felly. Ond wrth ymyl. Yn ddigon agos i ti weld gwyn i ll'gada fo, fel maen nhw'n deud.'

Roedd Stan yn gyndyn i ddweud iddo, y noson cyn yr alwad i fod yn gydymaith i Edward, fod ar patrol gyda'i uned yn nhir neb ac iddynt, yn hollol annisgwyl, fod bron a baglu i dwll siel lle'r oedd tri milwr Almaenig ar ddyletswydd. Roedd gan Stan y fantais o fod yn berffaith effro ac felly roedd ei nerfau fel tannau tynn. Ar amrant sylweddolodd y golygai'r sŵn lleiaf y byddai ar ben arnynt. Heb oedi dim, llamodd i'r twll a gwthiodd y fidog ar flaen ei ddryll drwy frest yr Almaenwr agosaf ato a'r un pryd bron, rhoddodd gic nerthol dan ên y llall. Cyn gynted ag y syrthiodd y milwr ar ei gefn sathrodd ef yn ei wddf. Cofiai glywed clec yr asgwrn. Ar amrant, sylweddolodd ei ddau gydymaith a oedd wrth ei sodlau beth oedd wedi digwydd, a chyn i'r trydydd Almaenwr ymysgwyd o'i bendwmpian y tu ôl i'w wn peiriant yr oedd yntau'n gelain. Eisoes, gan iddo gael ei anfon o'r ffrynt mor annisgwyl, roedd yr atgof am ddigwyddiadau'r noson honno yn pylu. Ond dyna fu ei brofiad bob tro y bu mewn sefyllfa debyg; y meddwl fel pe'n codi llen i'w amddiffyn rhag ei brofiadau mwyaf erchyll. Ar ôl dwy flynedd yn y lein collodd gownt o'r dynion a laddodd. Dim ond weithiau, yn yr oriau aflonydd rheiny rhwng cwsg a thrwmgwsg, a dim ond pan orffwysai yn achlysurol iawn ymhell o sŵn yr ymladd y dyfalai a ddeuent rhyw ddydd yn ôl i'w ymlid ac y gwelai nhw eto, yr wynebau angof a'u hartaith yn gymysg efo'r llaid.

'Mae o wedi digwydd, Ned, mae'n rhaid i mi gyfaddef. Ond mater o ni neu nhw ydi o bob tro a dwi'n synnu a deud y gwir wrtha' ti 'mod i'n dal yn fyw. A dim ond mater o amser fydd hi i minnau, Ned rydw i'n siŵr o hynny. Hanner clust a chreithiau a llais bloesg, a dydw i ddim hanner mor ddel ag oeddwn i'n cyrraedd, ond dydw i ddim yn haeddu'r lwc rydw i wedi'i gael. Wrth ddod yma roeddwn i'n edrych ar resi o fechgyn ifanc – ifanc iawn rai ohonyn nhw – yn mynd yn rhesi tua'r ffrynt. Prin eu hanner nhw fydd yn dod nôl. Doeddwn i fawr o feddwl, doedd neb ohonan ni fawr o feddwl, pan gefais i f'anafu yn Mametz ychydig o dy flaen di yn Delville Wood, fod 'na drigain mil o'r hogia wedi'i chael hi ar ddiwrnod cynta'r Somme. Mewn un diwrnod, Ned! Trigain mil! Fedra' i ddim credu'r peth. A deud y gwir, er iddyn nhw ddeud mai'r ffigwr swyddogol ydi o erbyn hyn, dydw i dal ddim yn ei gredu o. Mae'n gallach peidio credu popeth mae rhywun yn ei glywed. Dyna fydda i'n ddeud. Wir i ti, Ned, mi fasa rhywun yn mynd o'i go' yn fuan iawn petai o'n cymryd y ffycin syrcas 'ma o ddifri. Dyna sy'n 'y nghadw i i fynd beth bynnag.'

'Ond mae'n rhaid i mi gredu hwn, Stan, mae Haig ei hun wedi'i arwyddo fo.'

Roedd yr igian wedi peidio, y siglo wedi arafu, a'r arogl chwerwfelys yn haws dygymod ag ef, ond methiant fu parablu byrlymus Stan i osgoi'r pwnc a lanwai ei feddwl.

'Roeddwn i'n gwybod mai i hyn y dôi hi. Ond ma' gweld y peth ar ddu a gwyn yn rhoi gwedd wahanol arno fo rywsut. Y geiriau sy'n ddychryn. Yn enwedig y gair *'confirmed'* 'na ar ei waelod o. 'Sdim rhaid i ti fod yna 'sti. Mi fydda i'n iawn, Stan.'

Am y tro cyntaf ers i'w draed gyffwrdd tir Ffrainc teimlodd Stan lwmp yn ei wddf.

'Wnâ i mo dy adael di, 'rhen foi. Mi fyddi di'n iawn. Mi ddangoswn ni i'r *bastards*.'

'Pa ddiwrnod ydi hi, Stan?'

'Nos Sul oedd hi pan ddois i mewn. Hawdd iawn ei bod hi wedi pasio'r hanner nos erbyn hyn. Pam wyt ti'n gofyn?'

'Meddwl amdanyn nhw yng Nglanmorfa. Yn mynd i'r capel yn ôl eu harfer, mwn. A dim syniad beth ddaeth ohona i. Wyt ti'n credu mewn Duw, Stan?'

'Oes 'na unrhyw un yn credu unrhyw beth yn yr uffarn lle 'ma? Ar wahân i sut i gadw dy drwyn yn lân.'

Cyn gynted ag yr ynganodd y geiriau, teimlodd Stan nad

oedd wedi dweud y peth iawn. Ac eto doedd fawr ddim y byddai'n debyg o'i ddweud cyn y torrai'r wawr am fod yn eiriau priodol.

'Mi drïais i. Yn yr *Home* ers talwm roeddan nhw'n gwneud i ni fynd i'r eglwys bob dydd Sul ac i ryw gyfarfodydd ganol r'wythnos byth a hefyd. Roedd y cyfan dros 'y mhen i. Pob pregethwr yn dod allan efo rhyw eiriau mawr nad oeddwn i yn eu deall. Pethau fel "iachawdwriaeth" a "rhagluniaeth" a "thragwyddoldeb" ac ati. A rhai geiriau bach hefyd. "Yr iawn", "y farn". A be ffwc ydi "gras"? Doeddan nhw'n golygu dim i ni hogia'r *Home*, 'sti, er ein bod ni'n gorfod gweddïo yn fan'no hefyd drwy'r amser.'

'Wyddost ti beth, Stan, doeddan nhw'n golygu dim i minnau chwaith pe bawn i'n onest, dim ond 'mod i'n mynd trwy'r *motions* ac yn cymryd arna' i 'mod i'n eu deall nhw. Dyna ydi popeth yn y diwedd. Hyd yn oed y pantomeim yma – mynd trwy'r *motions*. Diawl, roeddwn i ar fy ffordd i gael fy ngwneud yn arolygwr ysgol Sul yng Nglanmorfa.'

Aeth Edward yn dawel. Ddywedodd y naill na'r llall ddim hyd nes bu'n rhaid i Stan gymryd cannwyll newydd a'i chynnau o stwmp yr hen un. Cyn ei sodro yn y gwêr poeth goleuodd sigaréts i'r ddau. Lliniarodd y mwg rhyw gymaint ar arogl sur y gell.

'Mae gen i andros o gywilydd o un peth, Stan. Hynny sy'n fy mhoeni'n fwy na dim – na wnes i sgwennu i ddeud wrth 'Nhad a Mam yn y diwedd 'mod i'n enlistio. Roeddwn i rêl cachwr. Yn sôn pan gefais i'r syniad i ddechrau, a dal i awgrymu 'mod i am neud pan oeddwn i'n sgwennu atyn nhw o Pilgrim's. Ond pan ddaeth hi i'r *push*; pan oeddwn i'n barod i fynd, doedd gen i ddim gỳts. Sylweddoli yn y bôn debyg mai 'Nhad oedd yn iawn. Mai fi oedd yn ffŵl. Ond erbyn hynny roedd hi'n rhy hwyr.'

'Mi drïa i sgwennu ato fo. Os wyt ti ishio.'

'Diolch Stan, ond rydw i wedi meddwl yn hir am y peth. Digon o amser i hynny yn fan'ma 'sti. Meddwl. Ond na, dydw i ddim ishio iddyn nhw wybod gormod. Maen nhw'n siŵr o glywed wrth gwrs. 'Nhad a Mam sydd gen i lawr fel *next of kin*. Ond un peth oedd rhoi eu henwau nhw i lawr ar ffôrm cyn dod. Peth arall oedd gweld sut le oedd 'ma ar ôl cyrraedd. Does neb ohonan ni'n meddwl ein bod ni'n mynd i farw nag oes? Hyd yn oed wrth weld bechgyn wyt ti'n nabod yn syrthio wrth dy ochor di'n waed i gyd, mae rhywun yn dal i feddwl 'i fod o'n anfarwol rhywsut . . . A dyna ti, Stan, dyna i ti un arall o'r geiriau mawr 'na roeddat ti'n sôn amdanyn nhw . . . '

Ceisiodd Edward wenu, ond taflai llewych egwan y gannwyll ei chysgodion nes gwneud i'w ddannedd sgyrnygu islaw pyllau dyfnion ei lygaid.

'Na, fe fydd hi'n garedicach yn y pen draw am wn i, i adael yr hen bobl yn eu hanwybodaeth. Yn sicr faswn i ddim ishio iddyn nhw wybod sut ddiwedd gefais i. A gobeithio'r nefoedd na fyddan nhw'n deud wrthyn nhw. Ddudan nhw ddim, na wnân Stan? Mi wnân nhw gelu'r gwirionedd, does bosib? Doeddwn i ddim yn teimlo fel cachgi pan wnes i redeg i ffwrdd beth bynnag. A deud y gwir, dydw i ddim yn cofio fawr i ble roeddwn i'n meddwl oeddwn i'n mynd. Dim ond fod yn rhaid i mi gael allan o'r blydi twnnel 'na.

Wyt ti'n gweld Stan, doedd bod dan ddaear ddim 'run fath â bod yn soldiwr go iawn, er mai gosod bomiau oedd ein gwaith ni yn y Pioneers. O, mi roedd 'na deyrngarwch rhwng yr hogia fel sydd rhwng mwynwyr ymhob man. Fe fasa ti'n aberthu'r cyfan i achub rhywun fydda wedi cael ei ddal yn sownd neu rywbeth felly. Ond prin oeddan ni'n cael amser i ddod i adnabod ein gilydd. Dilyn pâr o sgidie hoelion mawr rhywun arall oeddat ti drwy'r amser, prin yn gweld dim yng ngolau'r lamp, ac wedi ymlâdd cymaint ar ôl gwneud dy *stint* fel na allet ti feddwl am ddim ond cysgu.

Roedd hi mor unig weithiau, Stan. Mor uffernol o unig. Cyn y diwrnod y rhoeson nhw fi ar *charge* roeddwn i wedi torri drwodd yn annisgwyl i dwnel na wydden ni ddim amdano. Wel, syrthio iddo fo wnes i mewn gwirionedd. Doedd gen i ddim gobaith o ddringo'n ôl i fyny felly roedd yn rhaid i mi ddal i fynd. *Pot luck* pa ffordd, ond mi sylweddolais i ar ôl tipyn mai twnnel yn perthyn i'r ochr arall oedd o. Roedd rhywun wedi gadael tun bwli bîff, a'u label nhw oedd arno fo. Fues i 'rioed â chymaint o ofn, Stan. Ond doedd gen i ddim dewis ond mynd yn fy mlaen.

Roeddwn i'n aros bob hyn a hyn i wrando. Felly roeddan ni wedi cael ein hyfforddi ti'n gweld. Clustfeinio am sŵn rhywun arall yn tyllu. Roeddwn i wedi diffodd fy lamp ac yn mynd yn 'y mlaen gan wneud cyn lleied o sŵn ag y gallwn i. Aros. Mynd wedyn. Ac yn sydyn mi wnes i glywed sŵn. A rhywbeth yn cyffwrdd fy llawes. Llygoden fawr oedd 'no, ac mi sgythrodd reit heibio fi. Alli di ddychmygu'r peth, Stan? Roeddwn i'n gallu clywed yr ogla uffernol ar wynt y bitsh.

Ond mynd yn waeth 'nath yr ogla ar ôl iddi basio. Bron yn syth trawais fy llaw mewn rhywbeth meddal, seimllyd. Mi fentrais i olau'r lamp. Corff oedd yno Stan. Corff yn fy ffordd i, a hwnnw'n amlwg wedi bod yno ers wythnosau. Fe allwn i glywed rhagor o lygod yn sgrialu y tu draw iddo. Roedd y corff wedi chwyddo'n anferth nes ei fod o bron yn llenwi'r twnnel, ond doedd gen i ddim dewis ond ceisio crafangu heibio iddo fo. Yng ngolau'r lamp fe gefais gip ar gynrhon yn troi a throsi yn y tyllau lle bu'i lygaid o wrth i mi ei basio. Ac yn waeth na dim, roedd hi'n amhosib peidio gwasgu gwynt ohono fo. Roedd y sŵn fel pe bai'r 'sglyfaeth yn ceisio siarad efo mi, Stan.'

Aeth yr ymdrech i ddweud yr hanes yn drech arno. Daeth y cryndod i'w ysgwyd wedyn â phwl arall o'r igian.

'Beth bynnag, mi ddaliais i ati ac yn y diwedd mi daerwn 'mod i'n teimlo awel yn cyffwrdd 'y ngwyneb i. Roedd 'na

143

dro yn y twnnel o fewn ychydig a rownd hwnnw roedd 'na olau gwan yn y pen draw. Fues i 'rioed mor falch, fel y gallet ti ddychmygu. Ond roeddwn i wedi penderfynu erbyn hynny, os byth y down i allan nad awn i byth i dwnel wedyn tra byddwn i byw. Mi weddïais, Stan. Wnes i rioed weddïo felly o'r blaen.

Pan ddois i geg y twnnel roedd hi'n llwyd-dywyll ond mae'n rhaid 'mod i wedi ffwndro braidd achos d'allwn i yn fy myw benderfynu p'run ai cyfnos 'ta gwawr oedd hi. Ac wrth gwrs, doedd gen i mo'r syniad lleia' ble roeddwn i, dim ond 'mod i'n cymryd yn ganiataol 'mod i tu ôl i lein y *Germans*, tae hynny o bwys.

'Hwyr pnawn oedd hi, oherwydd mi dywyllodd yn sydyn ac mi gerddais innau. Jest cerdded a cherdded. Ac roedd hi'n uffernol o oer. Dim ond crys a fest oedd gen i ac roeddwn i'n crynu fel deilen. Roeddwn i wedi gadael fy nghôt yn y lefel cyn i mi syrthio drwy'r llawr. Doedd gen i ddim mewn gwirionedd i ddweud 'mod i'n sowldiwr o gwbl. Dwn i ddim am faint bûm i'n cerdded. Ac wrth gwrs, roeddwn i'n disgwyl gweld *Germans* yn dod i'r golwg. A deud y gwir Stan, erbyn hynny roeddwn i'n edrych ymlaen iddyn nhw 'nghymryd i'n garcharor. Welais i neb am oriau; yn y diwedd mi welais i gysgod rhyw hen furddun yn y tywyllwch ac mae'n rhaid 'mod i wedi syrthio i gysgu yn y fan honno. Pan ddois i ataf fy hun roedd 'na weiddi mawr a'n hogia ni o nghwmpas i'n bob man yn dal eu gynnau arna i. Hogia ifanc. Nerfus hefyd. Ond yn y cyflwr roeddwn i ynddo faswn i ddim yn malio petaen nhw wedi rhoi bwled ynda i. Erbyn hyn Stan mi fyddai'n dda gen i pe bai nhw wedi gwneud. Mi geisiais i esbonio beth oedd wedi digwydd, ond doedd dim iws. Roedd y llafnau mewn iwnifforms gweddol lân. Newydd gyrraedd, mae'n rhaid gen i, ac roeddan nhw cyn falched â phe baen nhw wedi dal *German*. Wedi syrthio i hen dwnel oeddwn i erbyn gweld. Yr

Almaenwyr wedi'i suddo fo cyn i ni eu gwthio nhw nôl, a phan ddois i allan ohono fo roeddwn i wedi bod yn cerdded am filltiroedd oddi wrth y ffrynt. Fedra' i ddim gweld bai ar y bechgyn ifanc 'na ar un ystyr. Ond wnaeth fy ngweddi fawr o les yn y diwedd wel'di . . . '

Ceisiai Stan ddirnad ei artaith. Bu mewn sefyllfaoedd enbydus ei hun lawer gwaith ac mewn cyfyng gyngor sawl tro, ond ar yr wyneb, yn yr awyr agored, hyd yn oed os nad oedd honno byth bron yn awyr iach, yr ymladdodd ei frwydrau. Cofiai hefyd y llawenydd ar wyneb ei gyfaill pan ddaeth y swyddog hwnnw ato yn yr ysbyty yn Longueval ers talwm i ddweud na fyddai'n rhaid iddo fynd yn ôl i'r ffosydd.

'Rhyfedd, Stan,' meddai Edward yn y diwedd, 'rhyfedd fod crefydd, oedd yn codi ofn arna' i ers talwm, yn dda i ddim pan ydw i wedi bod wir 'i angen o. Dyna ddudes i wrth y caplan 'na. Mi ddaeth o yma 'sti. Roedd o efo'r capten ddaeth â'r papur i mi. Ac mi 'rhosodd am dipyn. Hen Sais diawl. Gofyn os oeddwn i ishio gweddïo efo fo. A wyddost ti be, Stan? Roeddwn i bron â marw ishio gweddïo. Ond fedrwn i ddim gweddïo yn Saesneg. Rhyfadd yn te? Ond fedrwn i ddim deud hynny wrtho fo. Roeddwn i'n gwybod na fasa fo ddim yn dallt peth felly. Gyda llaw, Stan, er nad wyt ti'n debyg o'i ddarllen o, rydw i ishio i ti gael fy Meibl i.'

Gwnaeth ymgais lesg arall i wenu.

'Ond does 'na ddim twll ynddo fo. Ti ddim yn meddwl y bydda fo'n fy arbed i fory, wyt ti? Mi fydda 'na uffar o dwll ynddo fo wedyn . . . Does gen i fawr ddim arall i'w adael i ti mae arna i ofn. Dim ond rhyw ychydig o drugareddau yng ngwaelod y *kit bag*.'

Distawrwydd wedyn.

'Fe ddylen ni fod yn Gatholics, Ned,' meddai Stan yn y diwedd. 'Y rheiny sydd wedi'i dallt hi. Cadw iaith eu crefydd ar wahân i'w hiaith bob dydd. Cadw'u bywydau ar wahân hefyd 'tai'n dod i hynny. Wyt ti wedi cwffio wrth ochr rhai ohonyn nhw, Ned? Ffwcio a bleindio rêl bois a meddwi'n rhacs, a hel merchaid, ac yna pan mae'r padre yn gneud 'i rownds maen nhw'n cael maddeuant am y blydi lot. *Clean slate* a dechrau eto. A wyddost ti be, Ned? Maen nhw'n hapusach na ni. *Guaranteed*. N'enwedig y Gwyddelod.'

'Wnes i ddim 'sti, Stan.'

'Wnes ti ddim be?'

'Ymladd. Roeddat ti'n gofyn os oeddwn i wedi ymladd wrth ochr Pabyddion. Wnes i ddim ymladd efo neb ar ôl Delville. Ac eto wyddost ti mai ni, y *Pioneers*, oedd yn gwneud y difrod mwya allan o bawb? Y tylla mwya yng nghanol y ffosydd ydi'r rhai sydd wedi cael eu chwythu gan fomiau a gladdwyd 'danyn nhw, nid gan y siels oedd yn ein dychryn ni wrth chwibanu uwch ein penna ni. Fe fuo 'na un ffrwydriad oedd mor uchel nes oeddan nhw'n clywed ei sŵn o yn Lloegr meddan nhw. Y peth gwaetha naethon nhw i mi oedd fy rhoi i mewn yn y blydi twneli 'na. Dim ond am eiliad y gwnes i feddwl yn yr ysbyty yn Longueval 'mod i wedi cael gwaredigaeth. Does gen ti ddim syniad, Stan. Dwi'n gwybod dy fod ti wedi dod trwy bethau ofnadwy. Ond 'sgin ti ddim syniad mor uffernol oedd hi. Dychmyga orwedd ar dy fol mewn ffos, ond bod 'na do arni. A hwnnw ond rhyw chwe modfedd uwch dy ben. Roedd gen i ofn bod dan ddaear yn Pilgrim's. Ond wnes i erioed gyfaddef hynny wrth neb. Roedd hi'n nefoedd yno, Stan. Yn nefoedd . . . A doedd neb yn disgwyl yn y fan honno i ti lusgo uffar o fom y tu ôl i ti. Na bod 'na ddynion eraill yn tyllu tuag atat ti â'u bryd ar dy gladdu di'n fyw . . . Mi fydda i yn ôl yn fy nghynefin yr amser yma fory Stan, ond 'mod i wedi arfer bod yn ddyfnach na chwe throedfedd . . .

Am saith o'r gloch y bore clywyd sŵn y tu allan. Sŵn carnau march yn diasbedain ar yr iard a sŵn traed ar lawr yr ystafell lle pasiwyd y ddedfryd ar Edward Lloyd lai nag wythnos ynghynt. Daeth Capten Rawlings, ynghyd â meddyg a chaplan ifanc nad oedd Edward na Stan wedi eu gweld o'r blaen a dau filwr, i'r gell. Tynnodd y capten y cap gwlân oddi ar ben Edward a sylweddolodd mai balaclafa ydoedd, ond bod ei waelod wedi ei droi i fyny. Yn dyner, fel pe'n edifarhau iddo ymddangos yn ddideimlad yn ei gipio oddi ar ei ben, rhoddodd ef yn ôl iddo. O'i boced estynnodd amlen wen. Heb ddweud yr un gair llithrodd hollt yn yr amlen dros y botwm ar boced chwith tiwnic Edward. Am lai na munud y bu'r ystafell drymaidd yn llethol o lawn. Edrychodd Stan o gwmpas y gell a chymerodd y *kit bag* oddi ar waelod y gwely cyn dilyn yr osgordd i'r ambiwlans a ddisgwyliai amdanynt y tu allan. Edrychai'r cymylau o ager a ddeuai o ffroenau'r ceffyl a'i tynnai fel dau bwff o fwg yn yr awel fain. Bu'n bwrw eira yn ystod y nos. Roedd haenen denau ohono yn gorchuddio'r iard. Wedi'r noswaith yn y gell ddrewllyd, teimlai oerni'r bore yn llesol. Eisteddodd Stan ar fainc yng nghefn y drol gaeëdig gyferbyn ag Edward, a oedd yn llonydd ar elor wely rhwng y ddau filwr. Taith fer oedd hi. Cyn gynted ag arafodd yr ambiwlans clywyd rhywun yn gweiddi gorchymyn. Mewn clwstwr o'r neilltu ar dir agored safai chwech o filwyr dan ofal lefftenant. Gorweddai eu drylliau yn yr eira o'u blaenau. Dechreuodd Stan ddilyn y ddau filwr a'r caplan wrth iddynt arwain Edward i gyfeiriad mur gwyngalchog. Gorchmynnodd Capten Rawlings yr osgordd i aros.

'Rhaid i chi ffarwelio yn y fan hyn.'

Edrychodd y ddau ar ei gilydd. Ni ddywedwyd yr un gair. Arweiniwyd Edward at bolyn cadarn gerllaw'r wal, ac wrth i'r milwyr ei glymu wrtho gadawodd y lefftenant ei fintai o saethwyr a cherddodd tuag atynt. Yn y llwydolau disgleiriai'r amlen wen yn llachar. Safai'r caplan gerllaw â llyfr yn ei law. Tynnodd y lefftenant y balaclafa i lawr dros wyneb Edward a'i droi y tu ôl ymlaen. Camodd yn ôl yn bwyllog at ei filwyr.

Edrychodd Stan ar Edward, yn llonydd mewn cylch o wellt a osodwyd o gwmpas ei draed. Roedd awel yn cyffroi'r amlen ar ei frest. Collodd gownt o'r dynion a welodd yn farw, yn marw, neu'n paratoi i farw. Y rhan fwyaf yn afluniaidd mewn mwd, neu'n afrosgo ar wifren bigog; rhai o'u clwyfau yng nghysgod ffos, ac ambell un, weithiau, yn weddol esmwyth rhwng cynfasau gwely. Nid tan y bore hwnnw yn Poperinghe y gwelodd rhywun yn marw'n ddefodol, yn unol â gorchymyn, gydag amlen wen i anelu ati, yn sownd wrth bolyn, a chyda phelen toslyn balaclafa ar ei gorun yn gwneud iddo edrych yn ysmala. Un peth oedd yn gyffredin i bawb a welodd yn wynebu'r diwedd – ta waeth beth a ddywedai rhai, nid oedd i farwolaeth nac anrhydedd nac urddas; shabi oedd y cyfan, a mwy truenus fyth o flaen mur yn frith o dyllau duon.

Chwyrlïai'r eira eto. Nodiodd y lefftenant ei ben. Yr unig sŵn oedd trwst metalig y drylliau'n cael eu codi o'r eira i chwe ysgwydd. Roedd y caplan, y meddyg, a'r ddau filwr a glymodd Edward wrth y stanc wedi symud o'r neilltu, a Capten Rawlings wedi ymuno â nhw. Yn dilyn arwydd ganddo ef cododd y lefftenant ei ffon uwch ei ben. Trodd yn ôl i wynebu'r milwyr a oedd i gyd bellach yn anelu eu drylliau. Yn y tawelwch llethol clywyd sŵn chwip ffon y lefftenant yn dod i lawr. Yna taran yn diasbedain dros y llain ddiffaith o dir. Am ennyd crogodd cwmwl o fwg uwchlaw'r llinell o saethwyr. Bron yn syth fe'i cipiwyd gan y gwynt, ond arhosodd arogl y powdwr gwn. Crawciodd brain yn y coed a chlywyd clep eu hadenydd wrth iddynt hedfan yn isel heibio'r fan lle crogai Edward yn sypyn llonydd o'r stanc. Camodd Capten Rawlings tuag ato â rifolfar yn ei law. Arhosodd hyd braich oddi wrtho a chododd y dryll. Doedd dim o'r amlen wen yn weddill, dim ond maint soser o gochni yn rhuddo'r man lle bu, gan roi lliw drwy'r eira i lwydni'r bore, a stribedi o hen frethyn yn ysgwyd mymryn yn y gwynt wrth ddiferu gwaed i'r gwellt.

Plas Mathafarn
Glanmorfa
Anglesea
Great Britain

6ed o Fawrth 1920

Fy annwyl Edward

Hwn o bosibl, ar ddydd eich pen-blwydd pryd y byddwch yn ddeuddeg ar hugain oed fydd fy llythyr olaf atoch, oherwydd er fod pob arwydd yn dywedyd wrthyf yn wahanol ni allaf, ar ôl gwingo yn erbyn y symbylau cyhyd, blygu i'r hyn a ddywed popeth ond greddf wrthyf sydd wirionedd, sef na allaf bellach ddisgwyl i chwi gysylltu â mi. Pa beth bynnag a ddigwyddodd i chwi, Edward annwyl ni allaf ddirnad mai o'ch gwirfodd y cefnasoch arnom. Sylweddolaf yr un pryd fy mod innau yn llesgáu a bod yr amser wedi dyfod i mi roddi fy mhethau mewn trefn. Dyna paham i mi fyned heddiw'r bore i weld fy hen gyfaill Mr T Forcer Evans yn Llangefni. Bu'n pwyso arnaf sawl tro i wneuthur fy ewyllys ond gan mai teulu darfodedig ydym ni welais cyn hyn fawr synnwyr yn hynny o beth. Yr oeddwn wedi gobeithio, a'ch mam annwyl hithau wrth gwrs, pan oedd hi, y gwelem wyrion bach yn chwarae hyd y fan'ma. Ei ewyllys Ef mae'n amlwg yw nad felly yr oedd hi i fod. Ond chwi gofiwch Edward mai rhyw greadur ystyfnig a fûm i erioed, a hyd yn oed pan mae cyfeillion yn dywedyd wrthyf yn wahanol, ni allaf weled fy ffordd yn glir i wneud dim heblaw yr hyn y rhoddais gyfarwyddyd i Mr Evans ei wneuthur y bore hwn. Awgrymodd Mr Williams yn gynnil i mi fwy nag unwaith y gwnâi Glanmorfa dŷ gweinidog ardderchog i Horeb ond y chwi Edward yw gwir etifedd y lle. Yr wyf felly yn ei adael, ynghyd â'm holl eiddo, yn eich enw. Chwi wyddoch i amaethyddiaeth fyned drwy gyfnod llewyrchus yn ystod y blynyddoedd wedi i chwi adael, a bûm yn investio cryn dipyn yn ystod y rhyfel mewn shares nifer o gwmnïau a brofodd yn profitable hefyd yn amser yr heddwch. Yr hyn a orchmynnais i'r twrne i'w wneuthur yw cadw popeth yn unol â'm gorchymyn tan ddiwedd y ganrif hon. Bu'n rhaid i mi gytuno ag ef fod cynnwys cymal felly yn bur anarferol, yn enwedig gan nad oes chwarter ohoni eto wedi treiglo, ond fe rydd hynny gyfle efallai i'ch disgynyddion, os bydd gennych rai, i elwa o enedigaeth fraint a wadwyd i chwi eich hun. Gyda'r llythyr hwn hefyd yr wyf yn amgáu y darn papur dychrynllyd hwnnw a ddaeth mor gas gennyf. Y chwi yw yr un a ddylai ei ddinistrio os dewch, wedi fy nyddiau i, i feddiannu eich ystad. Gadawaf chwi Edward heb wybod pa beth a ddigwyddodd i chwi, ond yr wyf am i chwi wybod hyn, na phallodd fy ffydd ynoch drwy gydol y blynyddoedd blin ac y pery; fel fy nghariad tuag atoch, hyd byth.

*Ydwyf, eich tad
William Richard Lloyd*

'Sir,
With deep regret I have the honour to inform you that a report has been received from the War Office to the effect that no. 460675, Private Lloyd, A.E., 18th Batt. 38th Div. R.W.F. was tried by Field General Court-Martial at Poperinghe, Belgium on the 24th day of January, 1917, on the charge of "when on active service deserting His Majesty's Service" and was sentenced by the Court "to suffer death by being shot". The sentence was duly carried out at 7.27 a.m. on the 29th January, 1917.

I have the honour to be, Sir, Your obedient servant, P.G. Hendley, Lt-Col. i/c Records, Hounslow, 13th February, 1917.

Commonwealth War Graves Commission
2 MARLOW ROAD MAIDENHEAD BERKS SL6 7DX
Telephone 01628 634221   Telex 847526 Comgra G
Facsimile 01628 771208

Date: 6 July 1999

FAX TO:
Mike Dawson, Esq
Dawson, Bailey & Associates
12th Floor
Macquarie Tower
Macquarie Street
Sydney
N.S.W.

Dear Mr Dawson

Re: Alun Edward Lloyd, Pilgrim's Rest, South Africa

Thank you for your inquiry regarding your grandfather, Alun Edward Lloyd whom you believe left Pilgrim's Rest, South Africa in the latter half of 1915 to fight in the First World War. As you realise, with such little information to go on, it was not easy to establish a trace, even with our access to up to the minute databases.

Although his name is recorded on the list of Commonwealth troops who, as you rightly say, left South Africa at this time, there was no record of his subsequent demobilisation nor is his death commemorated.

Bearing in mind that you had provided us with his family address in Anglesey, North Wales earlier in the century we therefore attempted a trawl through the major Welsh Regiments in case he had somehow, maybe for nationalistic or sentimental reasons, succeeded in obtaining a transfer to a 'home' regiment.

Again this proved no easy task as the number of dead recorded by regiment are as follows:

> *The Royal Welch Fusiliers – 10,572*
> *South Wales Borderers – 6,099*
> *Welsh Guards – 879*
> *Welsh Regiment – 8,124*

But here, eventually, our searches proved more fruitful. A private by the name of Alun Edward Lloyd was recruited into the Pioneers of the Royal Welch Fusiliers at Longueval, France in August 1916. Most Regiments had Pioneer units which were primarily utilised for tunnelling duties. It could be that your grandfather's experience as a miner in South Africa was brought to the attention of the authorities and a transfer was somehow arranged. Although unusual there are other recorded instances of a change of regimental allegiance during active service. The place of enlistment has significance as many South African troops were killed or injured at the Battle of Delville Wood which is close to Longueval. This would have been during the Somme offensive of July 1916.

Sadly, we now have to inform you that early the following year, on 29th January 1917, the death of Pte Alun Edward Lloyd is recorded at Poperinghe on the Ypres Salient. Later his body was reinterred along with 12,000 other soldiers of the Commonwealth Forces at Tyne Cot Cemetery at Passchendaele, Belgium. It seems that in death he was reunited with his South African compatriots. On a separate sheet we provide details of his exact burial spot.

There are war graves in over 20,000 cemeteries around the world. In addition, the War Graves Commission has over 2,600 specially constructed cemeteries and monuments in 148 countries in its perpetual care. The Commission's work is founded upon the principles that each of the dead should be commemorated individually by name either on the headstone on the grave or by an inscription on a memorial; that each of the headstones and memorials should be permanent; that the headstones should be uniform; and that no distinction should be made on account of military or civil rank, race or creed.

In addition to the upkeep of the cemeteries and memorials, the Commission keeps detailed records of the exact place of commemoration for all those in our perpetual care. Based at the Commission's headquarters in Maidenhead, the records call centre answers over 40,000 enquiries a year.

In you require any further information, please do not hesitate to contact me.

*Yours sincerely
Percival Ackroyd
World War I Records Office*

Pennod 13

Port St Mary, Ynys Manaw, Hydref 19, 1999

'Wyddost ti, wyddwn i ddim fod llefydd fel hyn i'w cael: mai dim ond mewn dramâu neu ffilmiau Seisnig fel *Four Weddings and a Funeral* roedd 'na wlâu hen ffasiwn fel hyn go iawn.'

Roedd dwy law Justine yn gorffwys ar gefn llaw Mike Dawson oedd a'i un law yntau yn chwarae â'r cydynnau ar waelod ei bol. Y tu allan i gwareli bychan y ffenestr roedd hi'n annaturiol o dawel. Roedd hyd yn oed tincial yr haliards ar fastiau'r cychod wrth y cei wedi tawelu.

'Os na chawn ni wynt symudwn ni ddim oddi yma yfory. Y cyfan rydan ni eisiau ydi awel weddol, dim gormod o wynt, ond brishin reit ffresh ac fe fyddwn ni yn afon Menai cyn nos.'

'Rwyt ti'n methu disgwyl erbyn hyn, nac wyt? Fe alla i deimlo fo ynot ti. Rhyw deimlad dy fod di wedi dod adre – a hynny i gartre na wyddost ti ddim amdano fo. Mae'n siŵr o fod yn deimlad rhyfedd?'

'Rwyt ti'n iawn. Unwaith y cefais i'r llythyr 'na gan y twrne o Sir Fôn, roeddwn i'n gwybod mai dyna hi wedyn. Hwnnw oedd y *clincher*. Roedd yn rhaid i mi ddod.'

* * *

Yn sydyn yn y diwedd, dri mis ynghynt yn Sydney, drwy gael dau ddarn o wybodaeth o fewn munudau i'w gilydd, y syrthiodd popeth i'w lle: y sypyn ychwanegol o lythyrau a gyrhaeddodd o Pilgrim's Rest a'r wybodaeth y gofynnodd amdano gan Gomisiwn y Beddau Rhyfel. O fewn munudau ffoniodd Olwen yn Seland Newydd. Ni ddeallai hi ar y cychwyn pa bwys a oedd y llythyr hwnnw wedi ei agor ai peidio. Dim ond wedi i Mike esbonio beth fu'n digwydd er pan ddychwelodd i Sydney ar ôl bod yn ymweld â hi, y deallodd ei chwaer arwyddocâd y cwestiwn.

'Roedd y cynharaf o'r ddau lythyr wnes i anfon atat ti wedi ei agor, rwy'n siŵr o hynny,' meddai, 'oherwydd dwi'n cofio 'mod i'n corddi am na allwn ddeall ond rhyw air neu ddau ohono fo. Wnes i ond agor y llall 'ran 'myrraeth am 'mod i'n methu deall pam fod cymaint ohonyn nhw wedi eu selio'n dynn. Fe'i tynnais i o allan o ganol un bwndel oedd wedi ei glymu.'

'Dyna'r pwynt, Olwen,' meddai Mike, 'i fyny hyd at ganol 1915 roeddan nhw'n cael eu darllen, a'r hen fachgen, am wn i, yn eu hateb nhw'n weddol reolaidd. Dim ond wedyn, ar ôl iddo fo fynd o Pilgrim's Rest heb adael i'r teulu wybod ei fod o wedi ymuno â'r fyddin, y dechreuson nhw bentyrru yn y swyddfa bost. Methu deall yr oeddwn i pam, pan gyrhaeddodd Alun Edward Lloyd yn ôl i Pilgrim's yn gynnar yn 1919, a chanfod llwyth o lythyrau'n aros amdano, na wnaeth o, i bob golwg drafferthu i'w darllen. Yn sicr wnaeth o ond agor rhyw hanner dwsin. Roedd fel pe na bai ganddo fo unrhyw ddiddordeb i wybod beth oedd wedi dod o'r hen deulu. Ac wrth gwrs, erbyn hynny doedd y llythyrau o Fôn ddim yn cyrraedd mor aml. Roeddwn i'n cael yr argraff fod hyd yn oed ffydd yr hen ŵr ei dad yn gwegian erbyn y diwedd. Ond roedd yn rhaid i Edward Lloyd fynd drwy'r *motions* a mynd i'r swyddfa bost i'w nôl nhw yn rheolaidd neu fe fyddai pobl yn dechrau siarad.'

Yn syth ar ôl ei sgwrs gydag Olwen trefnodd Mike i gyfarfod Justine.

'*Hi, stranger*. Mae'n rhaid dy fod ti'n dathlu rhywbeth neu fyddet ti ddim yn dod â fi i *Forty One*.'

Ni ddisgwyliodd Justine am ei ateb gan ei bod wedi mynd i sefyll wrth y ffenestr. O unfed llawr a deugain

Chifley Tower disgleiriai dinas Sydney fel casgliad o emau mewn coron o aur. Safai'r gweinyddwyr yn y cefndir yn amyneddgar. Ni châi neb ei frysio at ei fwrdd yn nhŷ bwyta *Dietmar Sawyer*. Roedd treulio amser yn mwydo yn yr olygfa yn rhan o'r wledd, ac nid anarferol, i ofalu cael lle wrth un o'r ffenestri tal oedd archebu bwrdd ddeufis ymlaen llaw. Bu Mike yn ffodus i gael bwrdd o gwbl ar fyr rybudd, ac mewn gwirionedd, roedd cael cilfach dawel yn bwysicach na bod ar flaen y llwyfan yn edmygu'r olygfa y noson honno. Pan arweiniwyd hwy at y bwrdd yn y man sylwodd Mike mai dim ond un neu ddau o'r dynion a roddodd fwy nag edrychiad ar Justine wrth iddynt basio. Nid ei bod hi'n edrych yn ferch gyffredin, hyd yn oed yn *Forty One* – y gystadleuaeth ymhlith y bobl lachar, a oedd yn fwy clòs. Roedd bod yn ddyn goludog yn Sydney meddyliodd Mike, wrth ei dilyn at y bwrdd, yn siŵr o fod yn un o freintiau mwya'r byd.

'Wyt ti'n cael amser i hwylio y dyddiau yma?'

'Paid â sôn, mae cwch 'Nhad yma. Yn Sydney! Roedd ffrind iddo fo efo rhyw syniad gwyllt ei fod o am fynd rownd y byd, a chan nad ydi 'Nhad byth bron yn cael amser i ddefnyddio'r cwch ei hun, mi fenthyciodd ef iddo fo. Mae o mewn marina yn Balmain ers mis bron. A dweud y gwir, rydw i'n amheus os eith 'i ffrind o ddim pellach. Mi gymerodd dri mis i ddod yma o Fremantle! Ond wrth gwrs mae croeso i mi ei ddefnyddio fo unrhyw amser tra bydd o yma. Ti'n ffansïo mordaith?'

Ni fu'n anodd canfod ffrindiau i hwylio'r *Sigma* ddeugain troedfedd, a thridiau'n ddiweddarach, wrth ddod yn ôl i olwg pont yr harbwr, y cafodd Mike y syniad. Roedd wedi rhyfeddu at fedr Justine fel hwyliwr. Roedd ei gallu i blotio'r cwrs, a'i hegni wrth dynnu'r rhaffau priodol gan wybod yn union pryd i dacio a jeibio wedi dangos mor amhrofiadol oedd ef. Bu'n ddiwrnod cofiadwy. Gwynt y gaeaf tyner yn ffresh, y tonnau'n brigo'n berffaith i wneud y fordaith yn bleserus ond nid yn anghysurus, cwmni difyr, a'r ddau gwpwl wedi cael cyfle i neilltuo dan y dec ar ben eu hunain bob yn ail ar ôl gwagio'r hamper o gimychiaid a gwin. Roedd wedi sôn wrthi o'r blaen am y casgliad o lythyrau ei daid. Bu'n pendroni a ddylai ddweud rhagor.

'Wyt ti'n cofio sôn wrtha' i am yr uchelgais honno sydd gen ti i adael popeth a mynd am daith go iawn? Wel mae gen i syniad. Mae hi'n ddiwedd Gorffennaf. Mae'n rhaid i mi fynd i Ewrop rhwng rŵan a diwedd y flwyddyn. Rydw i ishio i ti ddod efo mi. Mae gen i ryw dair wythnos o waith i glirio 'nesg cyn rhyw ymchwiliad cyhoeddus. Wedyn mae gen i fedd i ymweld ag ef yng Ngwlad Belg, a thwrne i'w weld yng Nghymru. Wedyn, os gweithith pethau allan fel rydw i'n gobeithio, fe alla i dreulio gweddill fy oes yn gwneud ffyc ôl ond yr hyn yr hoffwn ei wneud. Ac rydw i eisiau i ti fod efo mi, Justine.'

Eisteddai'r ddau ar y dec ym mhen blaen y cwch. Roedd Tracy a Pete wrth y llyw yn y cefn yn gafael am ei gilydd yn dynn tra'n dod â'r cwch i mewn dan ei beiriant, ond cipiai'r awel sŵn ei guriadau. Nid oedd unrhyw beth i'w glywed ond am hisian y dŵr islaw'r *bow*, gwaedd hwter ambell un o'r cychod fferi bob hyn a hyn, a dwndwr prysurdeb diwedd y dydd yn y ddinas yn furmur pell y tu ôl i'r tŷ opera a godai fel cragen anferth uwchlaw iddynt ar y chwith. O'u blaenau suddai'r haul yn belen borffor i'w fachlud gan chwarae mig yng ngwe gwifrau dur y bont. Mewn munud neu ddau fe fyddent yn pasio islaw ei bwa ar y ffordd i'r angorfa yn Balmain.

'Ydw i'n iawn i ddweud 'mod i newydd glywed *proposal* hen ffasiwn?'

'Wel, fe alla i feddwl am lawer o ffyrdd gwaeth i dreulio 'nyddiau. Fe allen ni fyw yn y fan hyn. Dal gafael hyd braich yn ein swyddi a gwneud fel a fynnon ni weddill yr amser.

Crwydro'r byd. Unrhyw beth leici di. Rydan ni'n dau i bob pwrpas gyda busnesau sy'n eu rhedeg eu hunain. Beth amdani?'

Bu ond y dim iddo ychwanegu y gallai, pe byddai'n well ganddi, fod yn wraig plas ar ynys bell yng Nghymru. Hynny a daniai chwilfrydedd Mike yn fwy na dim. A darllen rhwng llinellau llythyrau yr hen ŵr, William Richard Lloyd, fe fyddai'n etifeddu stad uwchlaw'r môr ar arfordir dwyreiniol Môn. Wedi iddo dderbyn y sypyn olaf o lythyrau o Pilgrim's Rest bu'n pendroni cryn dipyn pam nad oedd y darn papur bregus hwnnw o Hounslow yn Lloegr, wedi ei ddyddio'r trydydd ar ddeg o Chwefror 1917 wedi newid popeth. Y cadarnhad oeraidd ond diamheuol hwnnw a gafodd William Richard Lloyd gan y Swyddfa Ryfel fod Rhif 460675, *Private* Lloyd, A.E. o'r *Royal Welch Fusiliers* wedi cael ei ddienyddio yn Poperinghe. Ac eto yn ei isymwybod fe gofiai Mike iddo glywed neu ddarllen yn rhywle am gyflwr seiciatryddol a olygai fod y meddwl weithiau yn gallu ymwrthod â'r anghredadwy; fod ambell newydd mor erchyll fel na all yr ymenydd ei amgyffred. Dichon yn wir fod enw ar y cyflwr. Bu'r peth ar ei feddwl nes iddo yn y diwedd alw cyfaill a wnaeth seiciatreg fel rhan o'i gwrs coleg a chael cadarnhad. Oedd, meddai hwnnw, roedd y peth yn gyfarwydd i'r byd meddygol. Roedd yn rhan o gyflwr a elwid bellach yn *denial mechanism*. Nid bod termau crand felly'n bod yn 1917. Ond fel dywedodd ei gyfaill o feddyg bu effeithiau'r Rhyfel Mawr yn gyfrwng i brysuro bathu llu o dermau tebyg yn fuan iawn. Ni allai Mike ond dod i'r casgliad fod anghrediniaeth William Richard Lloyd wedi ei gynnal hyd ei farw yntau ym Mhlas Mathafarn rhyw dro ar ôl 1920. Ym mha gyflwr fyddai'r plasdy tybed ar ôl blynyddoedd o esgeulustod? Roedd geiriad llythyr *R. Gordon Roberts, Laurie & Co.* o Langefni yn ddiamwys, er yn ddigon niwlog. Fel twrne ei hun, nid oedd wedi disgwyl dim byd gwahanol. Y syndod mwyaf oedd bod y cwmni yn dal mewn bodolaeth ar ôl bron i ganrif o weithredu. Prin y gallai unrhyw gwmni yn Sydney ymfalchïo yn yr un math o barhad. Cadarnhad bod dogfennau perthnasol i stad Plas Mathafarn, Glanmorfa yn eu meddiant oedd y cyfan a ofynnodd. Roedd y dystiolaeth y gofynnwyd iddo amdani yn ei feddiant. Manylyn, gyda'r dogfennau rheiny, fyddai profi'r olyniaeth. Mater bach wedyn fyddai cael yr hawl berchnogaeth.

* * *

Roedd y syniad o daith i Ewrop wedi apelio at Justine. Ymhen deufis safai'r ddau wrth fedd ym mynwent Tyne Cot yng Ngwlad Belg, y fwyaf o'r mynwentydd yn coffáu milwyr y Gymanwlad a laddwyd yn y Rhyfel Mawr.

'Ma' 'i enw fo ar y garreg, a wyddwn i ddim tan yn ddiweddar beth oedd ei rif, ond wyddost ti be? Fedra i yn fy myw gredu ei fod o yma.'

Edrychodd Mike o'i gwmpas. I bob cyfeiriad, gwelai ddeuddeng mil o gerrig unffurf yn wyn a glân yn heulwen Hydref. Teimlai na allai unrhyw un beidio â chael ei gyffwrdd yng ngŵydd coffadwriaeth am aberth mor uffernol. Bob yn hyn a hyn deuai chwa o awel fain o gyfeiriad y môr pell i gyffroi blodau adawyd ar ambell fedd.

'Sut gwydden nhw pwy oeddan nhw'n ei gladdu? Doedd 'na ond darnau o'r creaduriaid ar ôl yn amlach na pheidio mae'n siŵr. Ond nid dyna'r pwynt, efallai. Mae'r coffa am yr wyth mil a phedwar cant na welson ni'n cael eu rhestru ar y ffordd i mewn – y dynion maen nhw'n gydnabod na wyddan nhw pwy oeddan nhw – yn gorwedd yma 'run fath yn union yn tydyn, mewn ffordd? Dim ond eu cofio nhw sy'n bwysig debyg.'

'Wyddost ti Mike, mae hyn i gyd yn gyfangwbl y tu allan i 'mhrofiad i. O Singapore y daeth Mam fel y gwyddost ti, a theulu 'Nhad, rhyw oes, o Norwy oedd heb fod a rhan yn y Rhyfel Mawr. Ond mae 'na rywbeth yn enw'r lle 'ma sy'n codi arswyd arna' i. Passchendaele. Wyt ti ddim yn ei deimlo fo? Fel pe bai rhywun yn cerdded ar gaead fy arch i.'

Ailadroddodd y gair, yn dawel, fel pe wrthi ei hun.

'Passchendaele.'

Roedd yr ias a deimlai Justine yn weladwy bron. Cerddodd at fedd cyfagos a chymerodd rosyn coch o dusw a adawyd yno, yn lled ddiweddar, yn ôl eu gwedd. Aeth ar ei chwrcwd a'i ddodi'n dyner wrth droed y garreg, islaw'r geiriau *'Shot at dawn'*, islaw'r groes, islaw'r enw a'r rhif 460675, ac islaw arfbais y Ffiwsilwyr Cymreig.

'Mae'n siŵr na fyddai dim ots ganddyn nhw 'mod i wedi dwyn rhosyn tae nhw'n gwybod ein bod ni wedi dod mor bell.'

A ddeuai unrhyw un, byth eto, i oedi o flaen y bedd? Cododd ar ei thraed. Edrychodd y ddau yn ôl unwaith wrth gerdded law yn llaw heibio'r groes dal yng nghanol y fynwent heb ddweud yr un gair arall. Eisoes roedd carreg Alun Edward Lloyd wedi ymdoddi i'r gweddill i gyd.

* * *

Am iddo gael gwybodaeth mor werthfawr gan Gomisiwn y Beddau Rhyfel y teimlodd Mike reidrwydd i fynd ar bererindod i fynwent Tyne Cot. Eilbeth bellach fyddai'r dyddiau a'r nosweithiau a dreuliodd y ddau yn Rhufain ac ym Mharis ar y ffordd. Serch nad oedd dinasoedd Ewrop yn ddiarth i'r naill na'r llall ohonynt, pleserus i ddau o'r byd newydd fu cael eu mwydo unwaith yn rhagor yng ngwychder yr hen. Cytunai'r ddau eu bod yn or-gyfarwydd â Llundain. Syniad Justine oedd ymweld â'r Alban yn gyntaf cyn teithio oddi yno wrth eu pwysau i Gymru. Daeth y Farchnad Gyffredin â Brwsel o fewn tafliad carreg i holl brifddinasoedd rhanbarthol y Gymuned Ewropeaidd, a heb unrhyw drafferth cawsant awyren ar eu hunion drannoeth i Gaeredin.

Fflach o ysbrydoliaeth a gafodd Mike fu holi a fyddai'n bosib parhau â'r daith i Gymru mewn ffordd fwy anturus na moduro, drwy logi cwch i hwylio o afon Clyde i afon Menai. Yn hwyr yn y tymor ni chafwyd unrhyw drafferth. Bu'n daith hwylus ar y draffordd o Gaeredin i Glasgow ac yna ymlaen i Inverkip. Yno, yn Kip Marina, roedd *Eventide 26* yn disgwyl amdanynt. Roedd yn gwch y gallai'r ddau ei hwylio'n rhwydd. Ond bu'n rhaid anghofio am y syniad a gawsant cyn gadael, heibio'r Kyles of Bute gydag Ynys Arran ar y dde, y byddai porthladdoedd bychan, rhamantus, yn niferus ar hyd yr arfordir. Treuliwyd y noson gyntaf wrth wal y cei yn Troon.

Ar yr ail ddiwrnod hwyliasant heibio i graig ryfedd Ailsa Craig a oedd yn eu hatgoffa o Uluru yng nghanol Awstralia, ond mai codi yr un mor foel o ganol y môr a wnâi hon. Cawsant noson well yn Port Patrick, mewn tafarn fach wyngalchog gyda gwaelod poteli o ffenestri, a phryd o fwyd mewn ystafell yn gwyro dros wal y cei lle'r oedd tanllwyth o dân islaw distiau duon.

Dros y gorwel fore trannoeth daeth copa Snaefell i'r golwg, ac ar y dde Slieve Donard, yr uchaf o gopaon Mynyddoedd Mourne. Wrth ddilyn yr arfordir am sbel cyn wynebu'r môr agored i Ynys Manaw bu Justine yn dotio at liwiau'r hydref. Mor wahanol i ddim a oedd yn rhan o'u profiad yn Awstralia meddai wrth Mike fwy nag unwaith.

'Wyddost ti,' meddai, gan gydio'n dynn yn ei fraich, 'fe allwn i ddod i ddygymod â bod yn wraig y plas wedi'r cwbl.'

Edrychodd arno drwy gil ei llygaid. Nid am y tro cyntaf meddyliodd pâr mor olygus a wnâi'r ddau. Gafaelai Mike yng nghyrn yr olwyn a phefriai'r llygaid gleision wrth iddo syllu tua'r gorwel am yn ail a thaflu cipolwg yn awr ac yn y man ar wyneb y cwmpawd oedd o'r golwg yng nghysgod ei fwgwd efydd o flaen y llyw. Anaml y clepiai'r hwyliau. Yn llawn awel gref o'r gorllewin, roedd hwyliau *kevlar* y *'Thesia'* yn bochio'n dynn.

* * *

Arhosodd y tywydd o'u plaid. Fel yr âi'r diwrnod yn ei flaen bu Justine yn cwyno ei bod yn oer, ac er nad oedd y Bay View Hotel yn Port St Mary yn haeddu mwy na'r un seren a arddangosai y tu allan, roedd dŵr y bath yn boeth, a'r gwely, pan aethant iddo ar ôl swper diddrwg didda yn llonydd.

'Mae un peth yn fy synnu i, Justine. Er i ni fod yn siarad am fusnes yr ewyllys 'ma'n reit aml ar y ffordd yma, dwyt ti ddim unwaith wedi gofyn i mi beth sydd yn y fantol; faint o gelc sy'n debyg o fod yn disgwyl amdana' i ar ôl cyrraedd.'

'Pam, oes gen ti syniad?'

'Wel, ar ôl cael y llythyr gan y twrne yn Llangefni mi daflais i allan ychydig o *feelers* drwy hen ffrind coleg i mi yn Llundain a oedd â chysylltiadau yn y llefydd iawn. Unwaith y daeth o nôl ata' i gydag amcangyfrif o werth y stad, fe gefais wared â'r ysfa i ruthro yma ar fy union.'

'Felly dyna sut wyt ti wedi gallu ymddangos mor *cool* drwy gydol y daith. Dwi'n gwybod y baswn i ar biga drain. Wyt ti'n rhannu'r wybodaeth, 'ta 'di honno'n gyfrinach?'

Trodd Mike tuag ati gyda gwên.

'O'r diwedd! Rwyt ti wedi gofyn! Na, does dim cyfrinach. Rydan ni'n sôn am yn agos i dair miliwn mae'n siŵr.'

'*Whew!*'

'*Give or take* ychydig gannoedd o filoedd. A hynny mewn punnoedd Prydeinig wrth gwrs.'

'Bobl bach, doedd gen i ddim syniad . . . '

'Wel meddwl am y peth. Tŷ reit sylweddol ond sydd wedi mynd rhwng y cŵn a'r brain erbyn hyn reit siŵr. Ond llwyth o dir sydd wedi bod yn cael ei osod i denantiaid ers 'dwn i ddim faint, a'r rhent yn cael ei dalu i'r stad. Wedyn, yn ôl y llythyrau, fe wnaeth yr hen ŵr arian mawr ar gorn y rhyfel. Roedd 'na ryw gynllun gan y llywodraeth bryd hynny mae'n debyg a oedd yn talu'n hael i ffermwyr dyfu cnydau i fwydo'r wlad. Fe ddaeth o i rym yn 1917. Y *War Ag* roedd y ffarmwrs yn ei alw o. Rhywbeth yn cael ei weithredu gan y *County War Agricultural Committees*. Aeth 'na lawer iawn o ffermwyr yn gefnog iawn ar ei gorn o. Ac yn ôl be dwi'n ddeall, mae 'na ryw hen ddywediad yn mynd yn ôl ganrifoedd sy'n cyfeirio at Sir Fôn fel "Mam Cymru", felly rydw i'n casglu fod y tir wedi cael ei ystyried yn reit ffrwythlon erioed.'

'Wedyn mae 'na lythyr arall lle mae'r hen fachgen yn dweud ei fod o wedi buddsoddi mewn cwmnïau a wnaeth yn dda ar ôl y rhyfel. Wel meddylia di am *compound interest* ar ddifidends yn mynd yn ôl dri chwarter canrif! Fe allai'n hawdd iawn fod yn llawer iawn mwy na thair miliwn.'

'Ac i feddwl,' meddai Justine ymhen y rhawg, 'y byddai'r hen ŵr wedi cyfnewid y cyfan am un llythyr gan Edward Lloyd.'

Gorweddodd y ddau'n llonydd am ysbaid gan syllu ar batrwm y papur wal.

'A wyddost ti, fe fydda i'n teimlo hefyd weithiau fod 'na fwy i hyn na dod i hawlio ffortiwn. 'Sgwn i wyt ti'n fy nghofio i'n sôn y noson honno yr aethon ni i *Doyle's*, fisoedd yn ôl, mor anniddig y byddwn i'n teimlo weithiau? Yr hen beth Awstralaidd hwnnw'n brigo debyg nad oes ganddon ni wreiddiau. Wel yn y bôn, mae'n siŵr gen i – islaw'r brafado, a'r ymffrostio am y bywyd bras – rydw i ar hyd fy oes wedi bod yn ceisio dod i adnabod fy hun. Nawr 'mod i wedi darganfod gwreiddiau efallai y bydd o'n gyfle i osod rhai i lawr hefyd.'

Ymhen y rhawg, trodd Justine tuag ato islaw'r cwilt

blodeuog yn yr ystafell uwchlaw'r môr.

'Cusana fi.'

'Fe wnes i gynnau.'

'Rydw i dy isio di eto.'

'Os alla' i! Mi wna i ddiffodd y golau am newid.'

'Kinky!'

Doedd sŵn y gwynt yn codi y tu allan i'r ffenestr yn ddim o'i gymharu â rhyferthwy gwyllt y gwely.

Drannoeth roedd hi'n chwythu grym chwech ac yn grymuso o'r gogledd-orllewin.

'Be wnawn ni? Ei mentro hi?'

'Wrth gwrs! Mae'n hen bryd i mi gael tipyn o gyffro ar y daith 'ma,' meddai Justine gan edrych yn awgrymog arno dros y fwydlen cyn gofyn am y pryd a wnâi iddi chwerthin wrth ei archebu bob tro.

'Full English breakfast, os gwelwch chi'n dda.'

'Na, na,' meddai Mike gyda gwên. 'Nid yn yr Eil o Man, Justine. Fe gymerwn ni lond plât o'r cipars os gwelwch chi'n dda, a rheiny'n nofio mewn menyn.'

Pan aeth y ferch yn y ffedog wen drwodd i'r gegin i ofyn am y bwyd, clywodd ddarllenydd rhagolygon y tywydd ar *Manx Radio* yn darlledu rhybudd storm grym wyth ym Môr Iwerddon.

Cyn naw o'r gloch roedd y *Thesia* yn clirio wal yr harbwr ar gwrs tua'r de.

Pennod 14

Pilgrim's Rest, Ebrill 1919

Syniad Jack Daniels oedd mynd am dro ar hyd 'yr hen lwybrau' fel y galwai hwy.

'Ti'n ôl ers oes pys a dydan ni byth wedi bod am dro fel roeddan ni'n arfar neud. Mae petha 'di newid yn Pilgrim's 'ma 'sti, ers pan es ti o'ma.'

Teimlai Alun Edward Lloyd fel pe bai'n edrych arno yn gyhuddgar; bod rhywbeth mwy bob tro yn ei sylwadau ffwrdd-â-hi; a rhyw golyn hyd yn oed yn ei ysmaldod, pan soniai byth a hefyd am ryw droeon trwstan a rannodd y ddau yn yr 'hen ddyddiau'.

Yn raddol daeth Edward i ddygymod â phobl yn syllu arno. Tra'n cael ei symud o wersyll i wersyll yn Ewrop yn disgwyl ei bapurau *demob* roedd ymhlith cannoedd o filwyr a gariai greithiau maes y gad fel yntau. Ond pan ddychwelodd i Pilgrim's Rest lle na fu'r rhyfel, ers pum mlynedd bron yn ddim mwy na chysgod ar orwel pell i'r rheiny nad oedd â chysylltiad uniongyrchol â hi, fe wyddai fod ei wyneb hagr yn destun siarad. Yn wir, clywodd rai o'r plant bach duon yn ei alw'n enwau er na ddeallai'r geiriau. Bellach nid oedd y creithiau yn ei boeni ryw lawer. Ni chofiai amdanynt ond pan geisiai wenu. Bryd hynny byddai'r croen llyfn, gloyw, yn teimlo'n dynn, a doedd bod yng nghanol heulwen anghyfarwydd Affrica yn fawr o help. Aeth i'r arfer o wisgo het yn gyson a chan fod eillio yn gallu bod yn boenus ar adegau, tyfodd farf. Gyda'r sbectol â'i gwydrau fel gwaelodion poteli, ac un o'i breichiau'n tueddu i lithro oddi ar stwmp ei un glust pan chwysai, edrychai'n dra gwahanol i'r llanc golygus, cydnerth a adawodd Pilgrim's Rest bedair blynedd ynghynt.

Bu yng ngolwg Ferndale fwy nag unwaith er y gwyddai fod Mrs Pugh a'i dwy ferch wedi hen adael. Roeddynt eisoes yn paratoi i fynd pan adawodd yntau. Beth ddaeth ohonynt, meddyliodd? Teimlai mai priodol fyddai mynd i'r capel, a chafodd groeso, ond gwrthododd y gwahoddiad i ganu'r organ. Croesawyd ef hefyd gan y *Transvaal Gold Mining Estates*. Roedd y diwydiant yn mynd o nerth i nerth ac roedd y galw am hynny o aur y gellid ei gynhyrchu i fwydo coffrau byd cyfan yn ceisio dygymod â thalu am ryfel. Yr oeddynt eisoes yn dechrau ei galw yn rhyfel a oedd i roi diwedd ar bob rhyfel. Nid oedd Edward mor siŵr.

Cafodd ei wahodd i Alanglade am de croeso yng nghwmni'r bechgyn eraill a ddychwelodd o Ewrop. Ymhlith y rhai a adawodd Pilgrim's Rest yn eu cwmni yn 1915 bu'r colledion yn drwm. Roedd canghennau Coed Delville yn taflu eu cysgodion hyd yn oed i'r cwmwd pell hwn yn y Transvaal. Manteisiodd rhai bechgyn ar y cyfle i ddychwelyd i Brydain i weld teulu a chyfeillion gan eu bod mor agos. Gan iddo newid catrawd fe gollodd gysylltiad â'r gweddill.

'Diawl,' meddai un ohonynt wrtho tra'n sglaffio yr hyn a alwai yn 'bice ar y mân' yn Alanglade, 'mi adawodd Jerry ei ôl arnat ti Ned, reit 'i wala. Dim ond colli 'mraich wnes i, 'achan. A dwi'n gweld ei cholli hi, cred ti fi pan mae'r bwyd i'w gael am ddim!'

Eisteddai'r cyn-filwr â'i blât ar ei lin, gyda *safety pin* mawr gloyw yn dal llawes ei gôt yn sownd i'w ysgwydd. Ond tinc chwerw oedd i'w chwerthiniad.

'Rw'i moen cal gair 'da Mr Barry i weld allith e ffendio jobyn go ysgafn i fi yn y *mine*. 'Dwn i ddim pam ddiawl adawson ni'r lle hwn, Ned. *Bloody fools* oedden ni. *Bloody fools*.'

Roedd Edward hapusaf pan fyddai yng nghrombil y ddaear yn goruchwylio'r cloddio. Yno yn y tywyllwch doedd neb i'w boeni na'i holi, a châi barch gan ei weithwyr.

Dim ond Jac Daniels a wnâi iddo deimlo'n anghysurus. Bu'n amhosib meddwl am esgus i beidio â'i gyfarfod ar derfyn shifft ola'r wythnos.

'Wel, dyna ni 'rhen Ned. Amser cadw noswyl. Seibiant rwân tan ddydd Llun. Be 'nei di?'

'Doeddwn i wedi bwriadu gwneud fawr ddim a deud y gwir. Rhyw feddwl y gallwn i droi fy llaw at bysgota. Dydw i ddim wedi rhoi cynnig arni ar ôl dod yn ôl.'

'O, mi ffendi di nad oes fawr ddim wedi newid wel'di. Petha'n aros 'run fath yn tydyn? Ydyn diar. Pobol sy'n newid yn te, Ned? Rhai'n newid mwy na'i gilydd. Gwranda, beth am fynd i fyny tua Breakneck Gully. Fan'no oedd yr hen gynefin yntê? Mi allwn i neud efo awyr iach cyn mynd i'r ciando ar ôl bod yn y twll 'na ers wyth awr. Mi gysga i'n well wedyn. Neith hi ryw lond *cratch* tua'r *Top Hotel* heno?

Cerddodd y ddau'n hamddenol gan gadw at ochr y dyffryn cul yn hytrach na throi am y pentre.

'Mi ddô i â hon efo mi, rhag ofn. Dydw i ddim wedi bod i fyny 'na ers tro. Blynyddoedd a deud y gwir. Sôn maen nhw mai chydig iawn o'r nentydd 'ma sydd â dim aur ar ôl ynddyn nhw erbyn hyn. A minnau'n ofergoelus debyg. Ar ôl darganfyddiad fel'na doedd dim pwynt mynd i grafu yn yr un lle wedyn. Ond waeth i mi ddod â'r rhaw na pheidio. Rho' i un cynnig arall arni, be ti'n ddeud?'

Doedd ar Edward fawr o hwyl i ddweud dim. Dringodd mewn tawelwch am dipyn y tu ôl i Jac Daniels. Roedd y llwybr drwy'r coed yn mynd yn fwy serth ac wedi codi gryn hanner canllath uwchlaw bwrlwm yr afon islaw.

'Tywydd da i 'sgota. Mi fyddan nhw wedi codi mi gei di weld. Ches ti ddim cyfle i 'sgota yn Ffrainc, mwn?'

'Na, Jac, fasa nhw ddim yn byw'n hir mewn mwd.'

'Mi ges ti amsar trybeilig debyg?'

'Doedd hi ddim yn bicnic, fel y gallet ti ddychmygu.'

'Nac oedd, mwn. Sut le oedd y Devil Wood 'ma maen

nhw'n sôn amdano?'

'Doeddwn i ddim yn . . . '

Oedodd Edward yn sydyn. Cychwynnodd wedyn.

'Doeddwn i . . . ddim yn meddwl y baswn i'n dod oddi yno'n fyw, Jack. Ond doedd hi ond yn un frwydyr o blith amryw. Rhan o'r *push* ar ddechrau brwydrau'r Somme. Yn y diwedd doedden ni'n fawr callach ymhle roeddan ni'n ymladd. Dim ond wedyn roedd yr enwau'n cael eu rhoi arnyn nhw. Fe ffendi di Jac mai ychydig ohonan ni sy'n awyddus i sôn rhyw lawer am yr hyn welson ni. A llai, choelia i byth, wrth i'r amsar basio.'

Ymlwybrodd y ddau o gysgod y coed i'r rhostir agored lle'r oedd brwyn yn tyfu'n uchel.

'Ti 'di gweld llawer o newid yn y lle 'ma, Ned?'

'Na, fel roeddet ti dy hun yn dweud, does fawr wedi newid hyd y galla i weld. Y fynwent yn llawnach, roeddwn i'n sylwi.'

'Laddais di lawer, Ned? O *Germans* dwi'n feddwl.'

'Mwy nag y gallwn i gyfri Jac, ac fel roeddwn i'n deud, dydw i ddim eisiau cael fy atgoffa o'r peth os nad oes ots gen ti. Ond mi ddweda i un peth, Jac. Ar ôl profiad fel'na dydi bywydau pobl ddim yn cyfri cweit yr un faint wedyn wyddost ti. A dydw i ddim yn sôn am fechgyn yn cael eu lladd wrth ymladd yn unig. Rydw i'n cofio bod efo bachgen unwaith a ninnau wedi bod yn effro am ddyddiau. Fe gawson ni *stand to* yn y diwedd. Roeddan ni wedi 'mlâdd. Fe aethon ni i gysgu ar ein hunion. Yng ngwaelod y ffos. Ein paciau ar ein cefnau. Tasa'r *Germans* wedi dod dros y top fydda 'na 'run ohonon ni efo'r nerth i godi bys bach yn eu herbyn nhw. Roedd y bachgen wrth fy ochr. Cymro oedd o hefyd. O Ben Llŷn yn rhywle. Ochra Aberdaron ffor'na. Duw a ŵyr am faint gysgon ni. Ond wyddost ti, Jac, pan ddeffres i roedd o wedi llithro yn ei gwsg, ar ei wyneb i bwll o ddŵr yng ngwaelod y ffos. Roedd o'n gelain. Wedi boddi mewn

169

fawr mwy na llond *mess tin* o ddŵr budur. Dyna i ti uffarn o ffordd i fynd. Ond fel'na roedd pethau, Jac. Does gen ti ddim syniad, a hyd yn oed tasa fo heb foddi hawdd iawn y byddai llyncu llond ceg o'r sglyfaeth peth wedi'i ladd o p'run bynnag. Roedd rhywun yn dod i sylweddoli yn fuan iawn nad oedd fawr o wahaniaeth rhwng bywyd dyn a bywyd y llygod mawr tew rheiny roeddan ni'n eu sathru yn y ffosydd – os oeddan ni'n ddigon ffodus i'w dal nhw. Nid fod hynny'n anodd chwaith. Roedd y diawliaid yn pesgi cymaint ar gyrff nes mynd yn bethau digon swrth. Rŵan, os di hyn'na'n ateb dy gwestiynau di Jac, fe soniwn ni am rywbeth arall.'

Roedd y ddau wedi cyrraedd llecyn agored, lle cyffyrddai nant a thraeth o raean; y dŵr bas yn glir fel grisial a'r cerrig i'w gweld drwyddo yn loyw lân. Cysgodid y cyfan gan geulan uchel a thaflai coeden ei changhennau i gyfeiriad y dŵr. Bu'n hydref tyner ac roedd llawer o'r dail wedi aros yn eu hunfan ar ôl syrthio o'r brigau gan wneud lle delfrydol i orweddian islaw'r gwreiddiau cordeddog a ymwthiai o bridd coch y geulan.

'Diawcs, dyma le braf. Fe ddylen ni fod wedi dod â phicnic,' meddai Edward dan chwerthin.

Roedd Jac yn sefyll a'i gefn ato.

'Deud wrtha' i Ned. Y bachgan 'ma foddodd yng ngwaelod y ffos. Nid Alun Edward Lloyd oedd i enw fo'n digwydd bod?'

Gwnâi'r dŵr sŵn tincial pan lifai ymhellach o'r lan. Ac eithrio am hynny nid oedd sŵn o gwbwl. Roedd Jac wedi troi i'w wynebu. Nid oedd arlliw o gellwair yn ei wyneb. Daeth yr awgrym o goegni a ddangosodd o'r blaen yn ôl.

'Gwranda di arna i soldiwr. Pwy bynnag wyt ti, nid Ned Lloyd wyt ti. Mi welais i drwydda' ti'n reit handi. O do! O fewn dyddiau i ti gyrraedd yma. Roeddwn i'n nabod Ned cystal â neb. Yn well na'r rhan fwya'. Nid ei fod o'n foi roeddwn i'n arbennig o hoff ohono. Tipyn o lanc mawr oeddwn i'n 'i gael o. A dim yn hoff iawn o'i beint. Ond roeddan ni'n cael cryn dipyn i'w wneud efo'n gilydd. Tua 'run oed a ballu. A dweud y gwir, o'r hyn rydw i wedi'i weld ohonot ti, rwyt ti'n foi tipyn haws i gymryd ato fo. Ond dyna ran o'r gêm, debyg. Rhai felly ydi twyllwyr, mwn. Gwên deg i bawb a chrafu i hwn a'r llall ac roeddat ti'n meddwl y bydda ti'n ffitio i mewn yn fan'ma mewn chwinciad yn doeddat ti? Yn enwedig gan mai ychydig ohonoch chi ddaeth yn ôl. Dim ffiars o beryg mi nabs. Rydw i'n ormod o hen lwynog wel' di. Gormod o bethau ddim cweit reit amdanat ti. Wyt ti'n meddwl 'mod i wedi credu dy stori mai effaith y nwy yn y rhyfal newidiodd sŵn dy lais di? Choelia i fawr. Does gen ti ddim syniad beth ddigwyddodd yn fan'ma er enghraifft, nagoes? Fuost ti rioed yma o'r blaen, naddo? Beth sy gin ti ddeud, e?

Ni ddywedodd Edward yr un gair. Edrychodd ar Jac o gysgod cantel llydan ei het. Roedd y llygaid gleision yn llonydd y tu ôl i wydrau tewion ei sbectol; ei wyneb yn ddiystum y tu ôl i groen tynn y creithiau llyfn. Parhaodd y tawelwch am eiliadau bwygilydd. Yn y llonyddwch iasol roedd Jac Daniels yn anniddigo.

'Ond mi dduda i wrtha' ti be. Does dim raid i ti boeni. Does neb arall yn gwybod. Neb arall wedi dyfalu dim. Mae dy gyfrinach di'n saff efo fi. Wna' i ddim deud wrth yr un enaid byw. Dim gair. Coelia di fi. Ond deud yr hanes wrtha' i. Pwy wyt ti go iawn?'

Gwenodd Edward. Ymlaciodd Jac.

'Tyd 'laen achan, deud wrtha' i. Ma'n siŵr 'i bod hi'n gythraul o stori. A mi dduda' i beth arall. Mi alla i dy helpu di. Llanw'r bylcha ac ati. Ma' hi'n siŵr o fod yn uffar o straen. Mae 'na gant a mil o bethau na alli di fod yn gwybod dim amdanyn nhw yn Pilgrim's 'ma. Rwyt ti gyn sicrad o roi dy droed ynddi rhyw ddiwrnod. Ma' rhywun yn siŵr o roi dau a dau efo'i gilydd yn 'diwadd ac mi fyddi di angen help.

171

Felly beth amdani?'

Tawelwch wedyn. Hynny wnâi Jac yn anniddig. Symudodd yn nes at y dŵr. Plygodd nes ei fod ar ei gwrcwd yn y graean.

'Wyddost ti be? Mae gynna i syniad 'i bod nhw'n iawn 'sti. Does 'na ddim llwchyn o aur ar ôl yn y ffrwd 'ma. Hen dro na fasa ti'n cofio'r noson honno pan oeddan ni yma o'r blaen.'

Tynnodd Edward y rhaw y plannodd Jack Daniels ei blaen yn y geulan laith. Roedd ei llafn yn disgleirio; pren ei choes yn llyfn o'i haml ddefnyddio. Pwysodd hi yn ei ddwy law. Roedd yn rhaw sylweddol, ac er yn ysgafnach o gryn dipyn na'i *Lee Enfield*, yr un teimlad a gâi wrth afael ynddi: yr ieuo esmwyth hwnnw o bren a metal, ôl traul ar y naill fel y llall. Ond ddibynnodd bywyd neb erioed ar raw meddyliodd. Ac eto . . . Bu'n gyfrwng i achub sawl un . . . do, ac fe gladdodd lawer mwy.

'Ia, uffar o noson oedd honno. Os nad ydw i'n iawn, deud wrtha' i Ned. Deud wrtha' i be ges i. Faint oedd o'n bwyso? Wyt ti'n cofio?'

Daeth yr islais herfeiddiol eto i'w oslef; yr awgrym o watwar yn ôl i grogi yn yr awyr lonydd lle rhedai'r ffrwd i gyfeiriad y ceunant. Byddai'r llif yn gyflymach yno. Gwnaeth ystum fel pe i estyn am boced ei wasgod.

'Edrych. Mi ddangosa' i ti . . . '

Camodd Edward tuag ato. Llithrodd ei ddwylo ar hyd coes y rhaw. Teimlai'r pren fel carn dryll, ac yn haul y prynhawn roedd ei blaen yn loyw fel bidog.

*'pob un ar siwrne i'r nos
a'i hafan i hun:
yn bwrw i'r dwfn . . .*

i ddilyn yr arfordir adre . . .

*rhwng chwedlau brau y bryniau llwyd
a mudandod y môr.'*

Iwan Llwyd

Epilog

Môn, Hydref 1999

Eisteddai Richard Jones y tu ôl i lyw ei fan Transit ar y sgwâr. Tynnodd fflasg o'r bag canfas a arferai fod yn felyn a gosododd y pecyn brechdanau ar y sedd wrth ei ochor. Tywalltodd y te i'r caead ac o'r bag papur wedi ei rowlio'n dynn ychwanegodd ddwy lwyaid o siwgwr. Mewn dim o dro roedd ffenestr flaen y fan uwchlaw'r sil lle gosododd y cwpan yn un cwmwl crwn o ager. Brathodd i'r frechdan gaws ac estynnodd unwaith eto i'r bag. Agorodd y *Daily Post* o'i blŷg dwbwl. Nid oedd modd osgoi'r stori:

> *'Yacht mystery
> as wife found
> dead on beach.'*

Darllenodd am yr hyn a wyddai eisoes ar ôl ei sgwrs gyda'r Cynghorydd Dafydd Edwards. Byddai rhagor am ddiflaniad y *Thesia* ar dudalen deg yn ôl nodyn ar waelod y golofn. Ond cyn cyrraedd yno gwelodd Richard Jones y *deaths* ar dudalen wyth. Oedodd yno ac anghofiodd am barhad y stori. Wedi'r cwbwl er mwyn y *deaths* mae pob Cymro dros ei drigain yn prynu'r *Daily Post*. Doedd yno ond dau gyhoeddiad yn Gymraeg ac nid oedd yn adnabod yr un o'r ddau.

Ar ôl ei ginio gyrrodd yn bwyllog o'r pentre tua'r Gogledd i gyfeiriad Amlwch. Rhyw ddwy filltir o'r pentre roedd tro i'r dde. Bu'n falch erioed na osodwyd arwydd arno. Rhyfedd hefyd, a'r ffordd yn arwain at draeth mor odidog. Roedd gweddillion crin tyfiant yr haf yn dal i'w gwneud yn gul ond gwyddai o brofiad mai go brin y deuai neb i'w gyfarfod. Prin filltir a chyrhaeddodd yr adwy ar y chwith. Dim ond un giât oedd yn weddill. Crogai honno oddi wrth yr uchaf o'i bachau rhwng y cilbostau tal. Roedd gwreiddiau criafolen wedi ymwthio rhwng y meini gan sigo'r postyn a ddaliai'r glwyd. Fe fu amser pan allai ei gwthio'n ôl yn ddidrafferth. Bellach roedd yn rhaid hanner ei chodi a'i thynnu yr un pryd. Cydnabu gyda hanner gwên fod natur a'i drigain mlynedd yntau yn cyfuno i ddangos eu hôl. Gorffwysodd a'i gefn ar y cilbost a sylwodd fod darn arall o'r brodwaith brau o haearn bwrw wedi cancro a syrthio'n rhydd. Mae'n rhaid i'r giatiau fod yn werth eu gweld mewn rhyw oes. Prin y gellid dweud mai gwyn fu eu lliw unwaith. Ond cofiai fod esgeulustod eisoes yn dangos ei ôl ar y lle pan ddaeth yma gyntaf yn fachgen. O'r fan lle safai ni allai weld y plas ei hun. Roedd y dreif fel pe'n arwain oddi wrtho i dwnel llaith o wyrddni.

Gwichiai canghennau'r rhododendron wrth ysgythru hyd ochrau'r Transit ac roedd olwynion y trailer yn bownsio mewn tyllau gwlybion yn y rhychau bob ochor i'r rhimyn o wair hir y gyrrai drosto. Ychwanegai trwst ei gelfi yn y cefn at y sŵn. Fe wyddai'n union heibio i ba dro y deuai'r plas i'r golwg. Câi yr un effaith arno bob tro. Y tro hwn, arhosodd pan welodd y lle. Diffoddodd beiriant y fan a neidiodd o'r caban. Roedd y tawelwch yn llethol wedi gwyntoedd y diwrnod cynt. Safodd yn haul y prynhawn cynnar yn edrych ar yr adeilad. Nid oedd dim i darfu ar y tawelwch ond sŵn clecian peiriant ei fan yn oeri. Gadawodd hi a cherddodd heibio talcen y tŷ nes sefyll yn y man ym mhen draw'r hyn a arferai fod yn ardd o flodau o'i flaen. Roedd y rhosyn carreg a fu yn rhan o addurn y ffownten ar ganol y lawnt wedi syrthio i'r fowlen goncrit lle nad oedd ond y pwll lleiaf o ddŵr yn cronni. Tyfai dail tafol a thriaglog o grac ac yr oedd ysgawen wedi gwreiddio wrth fôn y golofn o garreg galch. Ymledai'r cen yn fantell felen grawennog dros y cyfan.

Edrychodd Richard Jones i'r môr, yn dawel eto wedi'r storm. Anodd credu y gallai hawlio unrhyw long. Ond heb fod ymhell roedd Ynys Moelfre. Y tu draw iddi yr aeth y *Royal Charter* i lawr, ac ar ôl bron i ganrif a hanner roedd pawb yn cofio hanes honno, a neb ym Môn yn diystyru grym y môr. Heb fod ymhell i'r cyfeiriad arall roedd Ynys Seiriol. Roedd y llanw i mewn dros Draeth Coch a Phen y Gogarth yn fawr mwy na chysgod ar orwel aneglur.

Yn ôl yr hyn a glywodd roedd ei hen daid yn saer maen fel yntau ac yn gweithio i stad Plas Mathafarn. Yn wir dywedodd ei fam fod ei nain yn gyfeillgar iawn â mab y plas cyn i hwnnw fynd i ffwrdd i rywle. Ac eto cyndyn fu ei fam i sôn am y peth bob tro y ceisiodd ei holi. Ymddangosai ei nain yn brydferth mewn llun a welodd ohoni yn hogan. Gwelodd ei bedd droeon pan fu'n barbro ym mynwent Llanbedrgoch. Wedi cael hyd i'w chorff yn y môr islaw Plas Mathafarn a hithau ond yn ddwy ar hugain oed, medden nhw. Ond d'oedd 'na bethau mawr yn digwydd ers talwm? O gofio'i orchwyl wrth y gofgolofn yn gynharach gallai ddeall pam fod colli'r mab yn y Rhyfel Mawr wedi effeithio cymaint ar hen ŵr y plas. Doedd gan Richard Jones fawr o gof am William Richard Lloyd. Arhosodd yn y plas tan y diwedd bron, meddan nhw. Byth yn dod i'r golwg ac yn sarrug iawn wrth blant y fro. Dyna efallai oedd i gyfrif am eu cyndynrwydd i ddod yma i chwarae. Rhyw hen gred, hyd yn oed heddiw, fod ysbryd yn tarfu ar y lle. Dyna o bosib pam i'r tŷ gael cystal llonydd. Amser yn fwy na dim fu'n ei ddadfeilio. Os bu angen saer maen ar le erioed . . . Ond bellach fyddai tai deirgwaith maint hwn ddim yn cyflogi rhai. Ac eto roedd yr hen grefftau'n aros. Ambell un . . .

Roedd y pileri cadarn a ddaliai'r portico mewn cyflwr rhyfeddol o dda. Rhosyn carreg yno wedyn uwchben y drws. Un mawr yn y canol a dau o rai llai o boptu pen y ffrâm, serch fod y drws ei hun wedi hen ddiflannu. Edrychodd i fyny i lygaid gweigion y llofftydd. Drwy un ohonynt gallai weld golau dydd. Roedd y to yn dechrau dadfeilio ac roedd triaglog yn tyfu yno hefyd; fe welai'r dail yn ymwthio o gyrn dwy o'r simneiau mawr. Fe dynnai hwnnw bopeth i lawr – yn y diwedd. Fe welai'r hen adeilad y ganrif nesa' wrth reswm; wedi'r cwbl doedd fawr mwy na deufis o hon yn weddill. Ond go brin y gwelai un arall. Ymhell cyn hynny byddai rhyw ddatblygwr o bell wedi gweld posibiliadau'r safle.

Cofiodd Richard Jones berwyl ei daith ac aeth i nôl y fan. Gyrrodd hi ar draws y gwair ac at adfail un o'r cytiau allan. Cyn cario rhagor byddai'n rhaid rhyddhau tipyn eto o wal y briws. Estynnodd am ei ebill a'r morthwyl lwmp. Aeth yn anodd cael cystal cerrig â'r rhain: y rhan fwya o chwareli'r fro wedi cau a'r rheiny oedd yn dal i gynhyrchu yn codi crocbris. Fesul tipyn fe gariai gymaint ag a allai oddi yma. Wedi'r cwbl doedd wybod pwy oedd biau'r lle erbyn hyn – os oedd perchennog o gwbl. Gosododd ei gŷn mewn hollt a dechreuodd forthwylio . . .

DIWEDD

Atodiad

'Wrth i'r Ugeinfed Ganrif dynnu tua'i therfyn haeddant oll i'w haberth gael ei gydnabod o'r newydd. Gofynnaf i'r Anrhydeddus aelodau ymuno â mi i arddel y rheiny a gafodd eu dienyddio am yr hyn oeddynt: milwyr, fel miloedd o rai eraill a aethant yn ysglyfaeth i ryfel enbyd ac erchyll. Gobeithiwn y bydd eraill y tu allan i'r Tŷ yn derbyn hyn oll drwy ystyried caniatáu i'r enwau coll gael eu hychwanegu at lyfrau coffa a chofgolofnau ledled y deyrnas.'

Dr John Reid, Gweinidog y Lluoedd Arfog
Tŷ'r Cyffredin, Gorffennaf 24, 1998

Wrth ddwyn i gôf, ond gan wrthod pardwn, i'r 306 o filwyr Rhyfel 1914-1918 a saethwyd 'Ar Doriad Gwawr' ar orchymyn y Fyddin Brydeinig am lwfdra honedig neu am ddianc o ŵydd y gelyn.

DAILY POST
The paper for Wales

Friday, October 22, 1999 — Weather: Stormy — Price 32p

YACHT MYSTERY AS WIFE FOUND DEAD ON BEACH

By David Greenwood
Daily Post Staff

HOPES were fading last night for a missing yachtsman after the body of a woman – believed to be his wife – was found washed ashore on the North Wales coast.

The grim discovery yesterday morning on the beach at Wern-y-Wylan near Llanddona, Anglesey, sparked a massive air and sea search for a missing yacht, reported overdue on passage from the Isle of Man to the Menai Strait.

With a married couple on board, the Thesis, described by coastguards as a 26ft Eventide class cruising yacht, had set sail for North Wales on Wednesday night and should have arrived in the Strait on Thursday morning

They were later reported overdue to coastguards and last night organisations involved in the search were linking the dead woman to the missing yacht.

Her body was spotted by people whose homes overlook Wern-y-Wylan.

Mike Roberts, who was looking out to sea through his binoculars said: "I saw something orange on the beach. When I got there somebody had already raised the alarm.

The woman seemed to be of Oriental appearance in her 30s. She was wearing a lifejacket, which wasn't inflated and appeared to have some kind of injury to her head."

Police were called and a local doctor, pronounced the woman dead at the scene. Her body was taken to Ysbyty Gwynedd, Bangor for a postmortem examination.

Holyhead coastguards co-ordinated a
continued on Page 10

Body found in search for yacht

from Page 1

huge search for the missing yacht.

Initially the operation concentrated on an area by the two sound to Red Wharf Bay and from Puffin Sound to Red Wharf an area involved two lifeboat crews from Moelfre, another from Beaumaris and a Sea King search and rescue helicopter from RAF Valley.

Two teams of coastguards, backed up by police, carried out a coastal search of the area.

Wreckage

By last night it had been extended to the whole of North Wales, including an area off Llandudno's West Shore and as far as Wirral.

A coastguard spokesman said: "We have found some bits of wreckage and a slick of fuel but we can't assume that is from the missing yacht.

□ SEARCH: The Sea King helicopter used in the hunt for the missing yacht

Pilgrim's & Sabie News – 16 July, 1919

Death of Breakneck Creek gold panner remains a mystery

- - - x - - -

The Transvaal Police are still baffled by the murder of well known Pilgrim's Rest miner, Jack Daniels whose body was recovered from a swollen creek at Breakneck Gully nearly three months ago. Despite exhaustive inquiries throughout the Province his last movements remain a mystery. This week, in the hope of finding new leads, the police department announced they have now ruled out robbery, as first was thought, as a motive for the brutal killing. Daniels, aged 34, it has been revealed, had on his person what the police call a 'sizeable' gold nugget. Robbers, it is surmised, would have found it during a search of the body. It is assumed that at the time of death Daniels was engaged in illicit gold panning activities although informed sources amongst the old timers claim it is common knowledge that the Breakneck Gully streams have long been exhausted. Daniels, who, it is believed, was bludgeoned to death with his own spade, was a native of North Wales and came to Pilgrim's with a contingent of slate quarrymen in 1908.

R Gordon Roberts Laurie & Co
Cyfreithwyr – Solicitors

Glandwr Chambers
Glandwr Terrace
Llangefni
Anglesey
LL77 7EE

Telephone: (01248) 722215
Fax: (01248) 723470

19eg Gorffennaf 1999

Mike Dawson Ysw
Dawson, Bailey & Associates
12fed Llawr
Macquarie Tower
Macquarie Street
Sydney
NSW
Awstralia

Annwyl Mr Dawson

Parthed: Ystâd y diweddar William Richard Lloyd, Plas Mathafarn, Glanmorfa, Ynys Môn

Diolch am eich llythyr dyddiedig 7 Gorffennaf 1999 (yn Gymraeg!) o Sydney. Gallwn gadarnhau i ni weithredu ar ran yr uchod ymadawedig a bod yn ein meddiant ddogfennau perthnasol i'r ystâd. Yn rhinwedd eich swydd fe ddeallwch na allwn wneud mwy na hynny ar hyn o bryd. Byddai'n rhaid i ni dderbyn prawf o deitl ynghyd â thystiolaeth gadarnhaol o etifeddiaeth cyn y gallem gychwyn trafodaethau ystyrlon ag unrhyw un yn honni olyniaeth. Fe sylweddolwch hefyd y gofynnem am gyfle i gael astudio y dogfennau gwreiddiol. Ni fyddai llungopïau yn dderbyniol mewn achos fel hwn.

Yr eiddoch yn gywir
Ieuan Redvers Jones

Friday
24 July 1998

Volume 316
No. 214

HOUSE OF COMMONS
OFFICIAL REPORT

PARLIAMENTARY DEBATES

(HANSARD)

Friday 24 July 1998

£5·00

My hon. Friend the Member for Thurrock wanted more detail included in the Bill. His amendment refers to registered political parties. We shall see what impact the Registration of Political Parties Bill has on Northern Ireland. We shall have to consult political parties in Northern Ireland on that matter.

We can make any necessary changes to the system of substitution in future through an amendment to the New Northern Ireland Assembly (Elections) Order 1998, to which the hon. Member for Belfast, East referred. Under the provisions of schedule 14, that will continue to apply to elections to the Assembly. I propose to discuss this matter further with the parties, because I know that they regard it as an important issue. There is the matter of by-elections being held if substitutes die or do not wish to take up their place. We shall have further consultation on that. It may require changes, although not necessarily to the Bill.

Mr. Peter Robinson: The Minister referred to by-elections and to the substitute system. What was in the Government's mind when they added the rider

"or such other method of filling vacancies as the Secretary of State thinks fit"?

Mr. Murphy: That is exactly why we need to consult further. It is unclear. We should consider how we deal with by-elections if a substitute does not want to take up his seat, dies or moves away. Because of the lack of clarity, we need to talk with parties in Northern Ireland. Changes could be made by order and not necessarily by amendments to the Bill. I ask my hon. Friend the Member for Thurrock to withdraw his amendment.

Mr. Mackinlay: I hope to hear further news from the Minister over the summer. I beg to ask leave to withdraw the amendment.

Amendment, by leave, withdrawn.

Clause 27 ordered to stand part of the Bill.

Clause 28

DISQUALIFICATION

Rev. Ian Paisley: I beg to move amendment No. 93, in clause 28, page 14, leave out lines 32 to 34.

The First Deputy Chairman of Ways and Means (Mr. Michael J. Martin): With this, it will be convenient to discuss amendment No. 21, in clause 28, page 14, leave out lines 38 to 41.

Rev. Ian Paisley: The amendment deals with an interest that Northern Ireland and its people expressly have, in that Ministers of the Crown, as they may well be called under the new system, may also be nominated by the Prime Minister of the Irish Republic and take their seats in the Senate of the Irish Republic. It is not consistent that a Minister of the Crown in one part of the United Kingdom should take a seat in the Senate.

It being Eleven o'clock, THE FIRST DEPUTY CHAIRMAN interrupted the proceedings, pursuant to Standing Order No. 11 (Friday sittings).

First World War (Executions)

11 am

The Minister for the Armed Forces (Dr. John Reid): With permission, I will make a statement about executions of soldiers and others in the first world war.

I doubt that anyone who has not gone through the awesome experience of war can ever truly imagine its effects on the emotions of human beings. Some 9 million troops from all sides died during the great war. Almost 1 million British and Empire soldiers fell, heroes to their nations and a testimony to the awfulness of war.

We rightly remember them still, not only on the 11th of November, but in ceremonies throughout the year and throughout the globe. Today, I am sure that I am joined by the whole House in once again paying tribute to the courage and fortitude of all who served from throughout Britain and the Empire.

For some of our soldiers and their families, however, there has been neither glory nor remembrance. Just over 300 of them died at the hands not of the enemy, but of firing squads from their own side. They were shot at dawn, stigmatised and condemned—a few as cowards, most as deserters. The nature of those deaths and the circumstances surrounding them have long been a matter of contention. Therefore, last May, I said that we should look again at their cases.

The review has been a long and complicated process, and I have today placed a summary in the Library of the House. I will outline some salient features.

Between 4 August 1914 and 31 March 1920, approximately 20,000 personnel were convicted of military offences under the British Army Act for which the death penalty could have been awarded. That does not include civilian capital offences such as murder. Of those 20,000, something over 3,000 were actually sentenced to death. Approximately 90 per cent. of them escaped execution. They had their sentences commuted by their commanders in chief.

The remainder, those executed for a military offence, number some 306 cases in all. That is just 1 per cent. of those tried for a capital offence, and 10 per cent. of those actually sentenced to death. Those 300 or so cases can be examined, because the records were preserved. In virtually all other cases, the records were destroyed. It is the cases of those 300 that many hon. Members, notably my hon. Friend the Member for Thurrock (Mr. Mackinlay), and others outside the House, including the Royal British Legion, have asked us to reconsider with a view to some form of blanket pardon.

Let me make it plain that we cannot and do not condone cowardice, desertion, mutiny or assisting the enemy—then or now. They are all absolutely inimical to the very foundation of our armed forces. Without military discipline, the country could not be defended, and that is never more important than in times of war.

However, the circumstances of the first world war, and the long-standing controversy about the executions, justify particular consideration. We have therefore reviewed every aspect of the cases. We have considered the legal basis for the trials—field general courts martial. The review has confirmed that procedures for the courts martial were correct, given the law as it stood at the time.

[Dr. John Reid]

The review also considered medical evidence. Clearly, if those who were executed could be medically examined now, it might be judged that the effects of their trauma meant that some should not have been considered culpable; but we cannot examine them now. We are left with only the records, and in most cases there is no implicit or explicit reference in the records to nervous, or other psychological or medical, disorders. Moreover, while it seems reasonable to assume that medical considerations may have been taken into account in the 90 per cent. of cases where sentences were commuted, there is no direct evidence of that, either, as almost all the records of those commuted cases have long since been destroyed.

However frustrating, the passage of time means that the grounds for a blanket legal pardon on the basis of unsafe conviction just do not exist. We have therefore considered the cases individually.

A legal pardon, as envisaged by some, could take one of three forms: a free pardon, a conditional pardon, or a statutory pardon. We have given very serious consideration to this matter. However, the three types of pardon have one thing in common—for each individual case, there must be some concrete evidence for overturning the decision of a legally constituted court, which was charged with examining the evidence in these serious offences.

I have personally examined one third of the records—approximately 100 personal case files. It was a deeply moving experience. Regrettably, many of the records contain little more than the minimum prescribed for this type of court martial—a form recording administrative details and a summary—not a transcript—of the evidence. Sometimes it amounts only to one or two handwritten pages.

I have accepted legal advice that, in the vast majority of cases, there is little to be gleaned from the fragments of the stories that would provide serious grounds for a legal pardon. Eighty years ago, when witnesses were available and the events were fresh in their memories, that might have been a possibility, but the passage of time has rendered it well-nigh impossible in most cases.

So, if we were to pursue the option of formal, legal pardons, the vast majority, if not all, of the cases would be left condemned either by an accident of history which has left us with insufficient evidence to make a judgment, or, even where the evidence is more extensive, by a lack of sufficient evidence to overturn the original verdicts. In short, most would be left condemned, or in some cases re-condemned, 80 years after the event.

I repeat here what I said last May when I announced the review—that we did not wish, by addressing one perceived injustice, to create another. I wish to be fair to all, and for that reason that I do not believe that pursuing possible individual formal legal pardons for a small number, on the basis of impressions from the surviving evidence, will best serve the purpose of justice or the sentiment of Parliament. The point is that now, 80 years after the events and on the basis of the evidence, we cannot distinguish between those who deliberately let down their country and their comrades in arms and those who were not guilty of desertion or cowardice.

Current knowledge of the psychological effects of war, for example, means that we now accept that some injustices may have occurred. Suspicions cannot be completely allayed by examination of the sparse records. We have therefore decided also to reject the option of those who have urged us to leave well alone and to say nothing. To do nothing, in the circumstances, would be neither compassionate nor humane.

Today, there are four things that we can do in this House, which sanctioned and passed the laws under which these men were executed. First, with the knowledge now available to us, we can express our deep sense of regret at the loss of life. There remain only a very few of our fellow countrymen who have any real understanding or memory of life and death in the trenches and on the battlefields of the first world war. This year marks the 80th anniversary of the end of the war, and we are recalling and remembering the conditions of that war, and all those who endured them, both those who died at the hands of the enemy, and those who were executed. We remember, too, those who did their awful duty in the firing squads.

Secondly, in our regret, and as we approach a new century, let us remember that pardon implies more than legality and legal formality. Pardon involves understanding, forgiveness, tolerance and wisdom. I trust that hon. Members will agree that, while the passage of time has distanced us from the evidence and the possibility of distinguishing guilt from innocence, and has rendered the formality of pardon impossible, it has also cast great doubt on the stigma of condemnation.

If some men were found wanting, it was not because they all lacked courage, backbone or moral fibre. Among those executed were men who had bravely volunteered to serve their country. Many had given good and loyal service. In a sense, those who were executed were as much victims of the war as the soldiers and airmen who were killed in action, or who died of wounds or disease, like the civilians killed by aerial or naval bombardment, or like those who were lost at sea. As the 20th century draws to a close, they all deserve to have their sacrifice acknowledged afresh. I ask hon. Members to join me in recognising those who were executed for what they were—the victims, with millions of others, of a cataclysmic and ghastly war.

Thirdly, we hope that others outside the House will recognise all that, and that they will consider allowing the missing names to be added to books of remembrance and war memorials throughout the land.

Finally, there is one other thing that we can do as we look forward to a new millennium. The death penalty is still enshrined in our military law for five offences, including misconduct in action and mutiny. I can tell the House that Defence Ministers will invite Parliament to abolish the death penalty for military offences in the British armed forces in peace and in war. [HON. MEMBERS: "Hear, hear."]

There are deeply held feelings about the executions. Eighty years after those terrible events, we have tried to deal with a sensitive issue as fairly as possible for all those involved. In remembrance of those who died in the war, the poppy fields of Flanders became a symbol for the shattered innocence and the shattered lives of a lost generation. May those who were executed, with the many, many others who were victims of war, finally rest in

Dychmygol wrth reswm yw prif gymeriadau y nofel hon. Cafwyd caniatâd parod y rhai sydd yn chwarae eu 'rhan' eu hunain, a gwerthfawrogir hynny. Cafodd hyd at un filiwn ar ddeg o bobl eu lladd yn y Rhyfel Mawr. Ymunodd 273,000 o filwyr o Gymru rhwng 1914 a 1918. O'r amcangyfrif o 17,745 a aeth o dair sir Gwynedd, bu farw 3,549. Roedd 955 ohonynt yn fechgyn Môn. O blith y 306 o filwyr a saethwyd 'ar doriad gwawr' yr oedd pymtheg yn Gymry, neu yn ddynion â chysylltiadau Cymreig. Nid oedd yn eu plith yr un milwr o Fôn.